엄마가 좋아,
아빠가 좋아?

마루별 장편소설

fiore
ret

엄마가 좋아, 아빠가 좋아? 3

초판 1쇄 인쇄 2022년 10월 7일
초판 1쇄 발행 2022년 10월 31일

지은이 마루별
발행인 오광백
편집 편집부
표지·내지디자인 디자인그룹 헌드레드
내지편집 오정인
제작 조하늬

펴낸 곳 (주)삼양출판사 · 피오렛
주소 서울시 강북구 도봉로 173
대표 전화 02-980-2112 / **팩스** 02-983-0660
편집부 전화 02-987-9393 / **팩스** 02-980-2115
블로그 blog.naver.com/dan_gul
출판등록 1999년 3월 11일 제9-00046호

ISBN 979-11-283-7183-7 (04810) / 979-11-283-7180-6 (세트)

+ 이 도서의 국립중앙도서관 출판시도서목록(CIP)은 서지정보유통지원시스템홈페이지(http://seoji.nl.go.kr)와 국가자료종합목록 구축시스템(http://kolis-net.nl.go.kr)에서 이용하실 수 있습니다.

fiore 은 (주)삼양출판사의 로맨스 판타지 문학 브랜드입니다.

마루별 장편소설

3

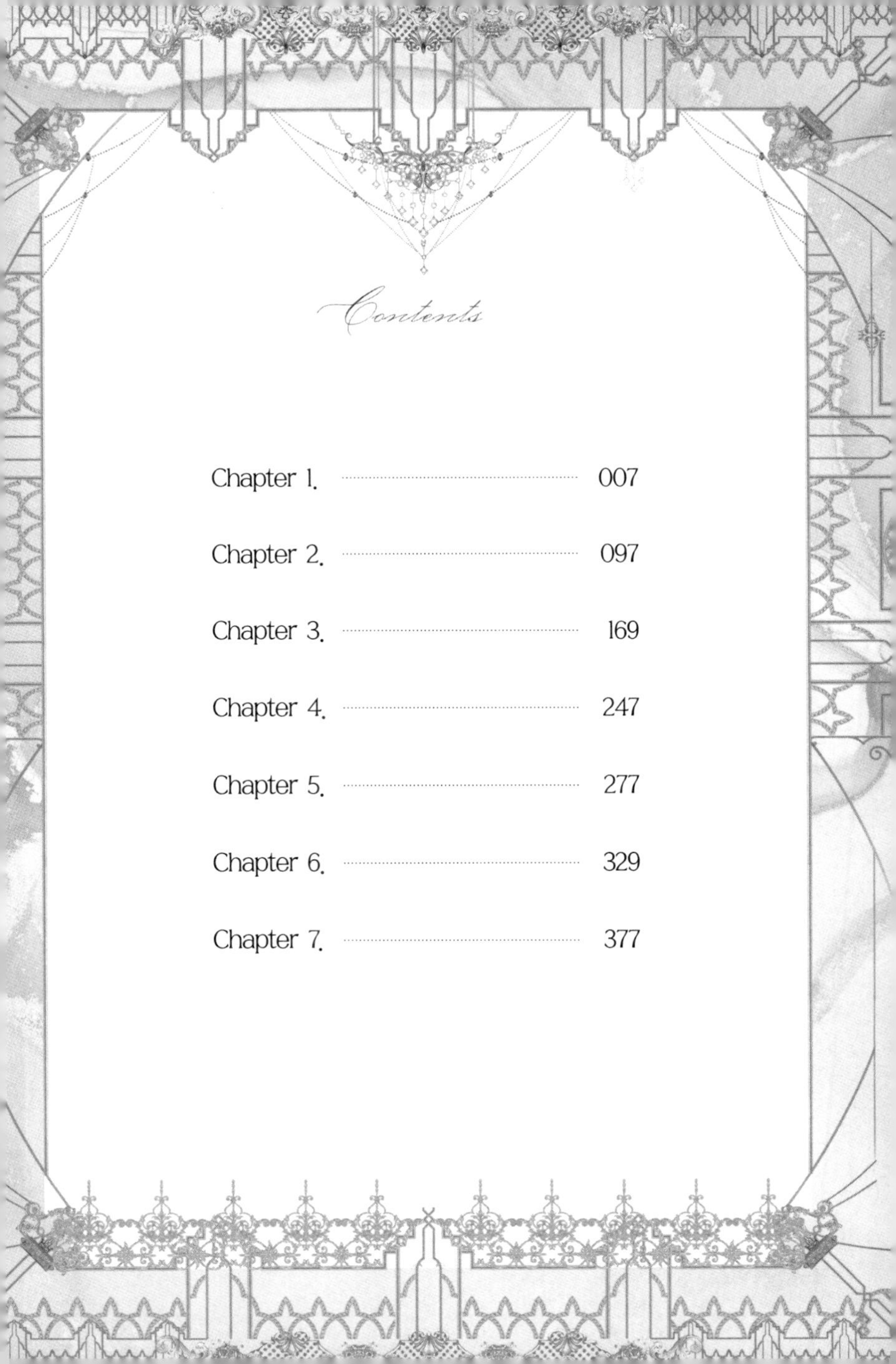

Contents

Chapter 1.

오흐리드에 들어오고 나선 게이트는 꽤 탔다. 하지만 두 번 연속 게이트를 타는 건 처음이었다. 제도와 대공가는 게이트 한 번으로는 도달하지 못할 만큼 멀었다.

처음도 아닌데 여전히 게이트를 탈 때의 감각은 익숙해지질 않았다. 눈부신 빛이 사라지자 갑자기 하얀 입김이 보였다. 순식간에 겨울이었다.

하지만 엄청난 입김과 달리 그녀는 추위를 느끼지 못했다.

'홍염을 이런 식으로도 쓸 수 있구나.'

열기를 저장해 옮겨 놓는 거라고 했다. 영구적인 것이 아니라 3, 4일 정도만 간다지만 그래도 엄청나게 신기했다.

대공이 그녀의 시선을 느꼈는지 하고 싶은 말이 있으면 하라는 얼굴로 그녀를 보았다. 방긋 웃은 디아나가 대공에게 붙어 섰다.

"아무것도 아니에요. 빨리 가요."

대공의 입매가 살짝 올라갔으나 몸을 돌려 아무도 이를 보지 못했다. 건물 밖을 향하는 대공의 곁을 함께 걸었다.

제도의 노히바텐 저택에서 가장 먼저 마거릿이 떠났다. 그녀는 디아나가 소백작의 인장 반지를 되찾은 걸 확인하고 이튿날 조용히 사라졌다.

다음 차례는 헤르만이었다. 나니사라는 동료가 온 이상 더는 미룰 수 없어 보였다. 디아나에게 해 주던 치료법은 대공가 본성에 있는 마법사에게 넘겼다.

헤르만이 직접 하는 것보다는 완치까지 오래 걸리겠지만, 그래도 앞으로 큰 문제는 없을 거라 했다.

헤르만은 나중에 세계탑에 놀러 오라는 소리를 하며 디아나에게 작별 인사를 했다.

그리고 할머니와 할아버지와도 인사했다. 당장 내일 다시 만날 것처럼 손만 흔들고 헤어진 헤르만과 달리 할머니와 할아버지와의 작별은 반나절이 걸렸다.

"와—"

게이트 건물을 나온 디아나가 감탄사를 토했다.

하얀 세상. 제도에는 아직 첫눈도 오지 않았는데 이곳은 벌써 빛깔이 달랐다.

처음 보는 양식으로 지어진 건물들의 뾰족뾰족한 지붕엔 흰 눈이 소복이 쌓여 있었다.

'눈이 지붕에 쌓이지 못하게 하기 위해서랬지?'

그녀를 제외한 다른 이들은 눈을 보곤 감탄이 아닌 걱정을 토했다. 종종걸음으로 추위를 피해 걸어가던 사람들은 이 시기의 손님을 신기한 얼굴로 지나쳤다.

디아나가 반사적으로 목도리로 코끝을 가렸다. 조엘이 심각한 얼굴로 쌓인 눈을 살폈다.

"갈 수 있을까요?"

"눈 폭풍 시기는 지났으니 로드빌까진 대로로 마차가 다닐 만할 겁니다. 다만, 그 이후로는 썰매를 타셔야 할 것 같습니다."

일행을 마중 온 사내가 공손히 답했다.

"어차피 말을 탈 거니 마차는 상관없습니다."

"마차를 준비해 놓았습니다만, 말이요?"

조엘의 말에 사내가 크게 당황했다. 조엘 또한 당황하여 되물었다.

"제가 분명 말을 준비하라 하지 않았습니까?"

"하지만 그……."

말하던 사내의 시선이 그녀를 향했다.

"아가씨와 함께 가시는 거라고 하셨잖습니까."

"……."

목도리에 얼굴을 파묻은 디아나가 눈을 깜빡였다.

왜 여기서 갑자기 내가 나오지?

"죄송합니다. 제 불찰입니다."

입을 쩍 벌렸던 조엘이 재빠르게 고개 숙였다. 대공님의 기색이 심상치 않았다.

'설마…….'

의심이 피어났다. 절절매는 사내와 조엘의 대화를 더 듣자 의심에 확신이 섰다.

'정말 내가 눈길에 말을 못 탈 거라고 생각해서?'

대공의 노기에 주변의 온도가 5도쯤 더 내려간 듯했다. 분위기를 눈치챈 사내가 넙죽 엎드렸다.

"죄, 죄송합니다."

노히바덴가의 본성은 게이트가 있는 도시에서 일주일을 더 위로 올라가야 했다. 마차를 탄다면 최소 보름 이상, 마을 사이에 간격이 먼 곳은 길에서 노숙도 불사해야 했다.

그래서 조금 힘들지라도 말을 타는 걸 선택한 것이었는데.

디아나가 콧등을 긁적였다. 이런 무시는 정말 오랜만이었다. 크게 화가 나진 않았다. 다만—

'노히바덴은 오흐리드만큼 녹록지 않겠네.'

* * *

도시의 성곽 밖으로 나오자 한 무리의 군사가 그들을 환영했다. 갑옷에 노히바덴의 문양이 보였다.

일주일간의 여정에 저렇게 대규모 호위라니 약간 남부끄러웠다. 황족도 이러진 않을 것 같다 말했지만, 대공님은 이 정도는 당연하다 말했다.

눈 폭풍이 멎었다지만, 한겨울의 이동이었다. 매우 보기 힘든 광경에 들르는 마을마다 관심이 드높았다. 그리고 놀랐던 것은 대공님이 대공령에서 꽤 인기가 높다는 것이었다.

제도 사람들이 수군수군하는 반응과 전혀 달랐다. 대공령 사람들은 마치 대공님이 방금 전쟁에서 승전고를 울린 것마냥 환영했다. 빨개진 콧등과 귓불을 하고서도 대공가의 기사들에 대한 환영을 멈추지 않았다.

하얀 들녘과 작은 마을들이 반복되다 어느 순간 주변이 울창한 숲으로 변했다. 그 숲 안으로 한참을 들어가자 드디어 대공성이 보였다.

제도의 아름다운 성과는 위용이 달랐다. 어두운 색의 단단히 쌓인 돌벽, 일체의 장식을 걷어 낸 실용적인 모습. 고요한 숲속에 거대한 성은 주변의 모든 풍광을 압도했다.

대공이 그의 애마인 갈라테아의 말고삐를 당겼다. 성벽 위에 기사의 모습이 보인 후 소란스러움이 느껴졌다.

"조금 기다려야 한다."

디아나가 고개를 끄덕이자 조엘이 설명을 덧붙였다.

"겨울이라 도르래를 녹여야 합니다."

"아하."

디아나가 작게 감탄사를 토했다. 짧은 기다림 끝에 육중한 소리와 함께 세 명은 들어설 법한 두께의 문이 느리게 열렸다. 디아나가 주변을 두리번거리며 들어섰다.

'확실히 제도랑은 다르네.'

아헨과도 달랐다. 코끝에 시린 바람을 타고 비릿한 쇠와 메마른 향이 났다.

안으로 들어가자 노히바덴 성의 가솔들이 도열해 있었다. 모두 기본적으로 가죽에 털 달린 외투를 걸치고 있었다.

"안녕히 다녀오셨습니까. 대공 각하."

가장 앞줄에 서 있던, 머리가 희끗희끗한 노인이 나와 절했다.

"……벤자민."

조엘이 슬쩍 대공의 눈치를 보았다. 대공의 낯은 별달리 변하지 않았으나, 디아나는 대공님의 기분이 가라앉은 걸 알아챘다.

"일어나라. 건강도 좋지 않은데 나와 있을 필요 없다 하지 않았나."

"제가 어찌 그러겠습니까."

노인은 희미하게 웃으며 몸을 일으켰다. 그리고 자연스럽게 시선을 미끄러트려 대공 곁의 소녀를 보았다. 미간을 찌푸린 대공이 그녀의 어깨를 당겼다. 대공의 망토 속으로 들어가 얼굴만 내민 꼴이 되었다.

"디아나. 내 딸이다."

"오오! 이 분이……!"

그리고 인사하려던 그녀의 어깨를 꽉 붙들어 막았다.

"대공님?"

디아나가 의아하게 대공을 보았다.

"모두 입을 조심하도록."

갑작스러운 대공의 말에 디아나가 눈을 휘둥그레 떴다.

"특히 벤자민, 그대가 지금껏 그랬듯이 신경 쓰이지 않게 할 거라 믿겠다. 절대 눈앞에 띄지 않게 해."

"각하……."

벤자민이 안타까운 얼굴을 했다.

"내 말 알아들었나."

"……알겠습니다."

입술을 깨문 벤자민이 깊게 고개 숙였다.

'무슨 소리를 하는 거지?'

도통 대화 내용을 따라갈 수 없었다. 그녀의 어깨를 짚고 있던 대공이 몸을 홱 돌렸다. 디아나도 당연히 같이 돌아갔다.

"해산시켜."

다급할 정도로 빠른 퇴장이었다. 벤자민 외에 고개를 숙이고 있던 가솔들은 아마도 그녀의 얼굴조차 확인하지 못했을 것이다.

디아나가 뒤를 힐끗거리며 대공의 걸음에 맞춰 발을 재게 놀렸다.

"대공가의 유일한 아가씨다. 모두 성심성의껏 모시도록. 실수하는 자는 엄벌에 처할 것이다."

이미 게이트 앞에서 한번 혼쭐이 난 조엘이 눈을 부라렸다.

대공과 보폭을 맞추던 디아나가 결국 걸음을 멈췄다. 앞만 보고 걷더라도 움직임은 느껴졌는지 대공도 뒤이어 멈춰섰다.

"왜 그러느……."

돌아본 대공이 그녀의 가쁜 숨소리를 듣고 충격받은 얼굴을 했다.

“말을 하지 그랬느냐.”

말을 할 틈은 있었고?

숨을 헐떡이는 디아나의 얼굴이 대번에 불퉁해졌다. 대공이 그녀의 시선을 피했다.

“…….”

숨을 몰아쉬던 디아나가 마른 목과 차가운 공기에 결국 기침했다. 대공이 손을 쓴 덕에 몸은 따뜻했으나 들이쉴 공기마저 데울 순 없었다. 대공의 눈빛이 대번에 변했다. 디아나가 별거 아니라며 손을 내저었다.

“콜록, 콜록, 저 괜찮…… 흡!”

바짝 다가온 그녀를 안듯 몸을 숙인 대공이 대번에 그녀를 안아 올렸다. 반사적으로 목덜미를 잡은 디아나가 황급히 주변을 둘러보았다.

“아, 아니 콜록, 저 괜찮아요!”

디아나가 빨개진 얼굴로 말했다.

대공가에 오자마자 공주님 안기라니!

대공님은 전혀 아무렇지 않은 얼굴로 말했다.

“어서 들어가 쉬는 게 좋겠다.”

대공이 저벅저벅 걷기 시작했다.

‘아니, 내려달라고―!’

실랑이하며 한참을 가던 대공은 그녀의 계속된 요구에 결국 그녀를 내려주었다. 하지만 이미 오는 동안 고용인 몇을 마주쳐 버렸다.

디아나는 창피함에 당장이라도 어딘가에 뛰어 들어가고 싶었다. 그런 아주 좋은 타이밍에 목적지에 도착했다.

"여기가 네가 지낼 방이다."

디아나가 후다닥 방으로 뛰어 들어갔다. 그 모습을 대공은 어서 방을 구경하고 싶은 마음이라고 여겼다. 디아나가 알면 뒷덜미를 잡을 생각이었다.

그리고 뛰어 들어간 디아나는 방 안에서 기다리던 부인을 보고 눈을 동그랗게 떴다. 약간 놀란 표정이던 부인이 황급히 허리를 굽혔다.

"이곳의 하녀장을 맡은 헤이워스 라델입니다. 부족하나마 최선을 다해 보필하겠습니다."

"아, 잘 부탁드려요."

미리 준비했는지 방 안은 따뜻한 온기가 훈훈했다. 벽난로에서 불꽃이 활활 타오르고 있었다.

"대공님께서 소공 시절 쓰시던 방입니다."

"아……."

디아나는 당황한 얼굴을 숨기지 못했다.

대공가의 후계자가 머무는 방.

그 의미가 가슴에 박혔다. 디아나가 옷자락을 쥐었다. 뒤따라 들어온 대공이 무표정하게 말했다.

"마음에 들지 않으면 다른 방으로 바꿔도 된다."

디아나가 대공을 힐끗 보았다. 정말 괘념치 않는 태도였지만, 사람이 눈치가 있지, 싫다고 하면 적잖이 실망할 터였다.

나랑은 같이 차도 같이 안 마신다고 투정하던 대공님이 아니던가.

'정말 소문이랑은 다르시단 말야.'

노히바덴 대공님이 투정이라니!

디아나는 뛰어 들어왔던 모습과는 반대로 조심스럽게 방을 살폈다.

소공작의 방이라기엔 은근 간소한 편이었다. 무거운 빛깔의 고풍스러운 가구들은 필수적인 것들만 마련돼 있었다.

디아나가 푹신하게 깔린 털가죽들 위를 걸어 한쪽 벽에 다가갔다. 벽에 걸린 장식대에는 아주 새파랗게 날이 서 있는 검들이 걸려 있었다. 디아나가 고개를 기울이자 검날에 비친 그녀의 얼굴도 같이 기울였다.

"……."

헤이워스 부인이 약간 민망한지 재빨리 설명했다.

"손댈 수 있는 부분은 새로이 단장하였습니다만, 아무래도 본성에 안주인이 계시지 않은 지 오래여서, 임의대로 할 수 있는 부분이 적었습니다."

"그렇군요."

'무슨 의미라도 있는가 봐.'

디아나가 슬그머니 뒷걸음질 쳤다. 제도의 노히바덴 저택에 비교해 대체로 천장이 낮고 방의 창문은 모두 작았다. 햇살을 들이되 외풍을 줄이는 방향으로, 최대한 난방에 집중하여 만들어진 걸 알 수 있었다.

그나마 접견실에 딸린 라운지의 창이 가장 컸다. 그 창문 아래로 흰 눈이 소복이 쌓인 본성의 정원이 내려다보였다.

"마음에 들어요. 이 방 쓸게요."

어차피 오흐리드에서 보낸 짐이 있으니 곧 그 짐을 풀면 절로 단장될 터였다. 할아버지와 인사할 때 이번에는 거리가 멀어 침대는 보내지 못한다고 슬퍼하는 걸 들었다. 그것참 다행이었다.

—똑똑

문을 두드리는 소리에 상념에서 빠져나왔다.

"각하, 그리고 아가씨, 조엘입니다."

"들어와."

조심스럽게 들어온 조엘이 송구하다며 말했다.

"지금 확인해 본 결과 아가씨의 짐과 하녀는 이틀 뒤에 도착한다고 합니다."

원래 그녀의 짐을 실은 마차와 제인은 그녀보다 훨씬 먼저 출발했었다. 조엘이 의문을 풀어 주었다.

"죄송합니다. 예정대로라면 미리 도착하여 아가씨를 모실 준비를 끝냈어야 합니다만, 중간에 눈이 내려 일정이 약간 지체되었다고 합니다."

"천천히 와도 상관없으니 조심해서 오라고 하세요."

"걱정하지 마십시오."

조엘은 내심 다행이라 생각했다.

대공님이 아가씨가 말을 타는 데 문제없다고 할 때 걱정이 많았지만, 지금은 그도 인정했다.

아가씨가 마차를 탔다면 눈 속에서 전전긍긍하는 것은 지금 그들일 터였다. 상상만 해도 끔찍했다.

눈 속에서 지체되는 일정, 그럴수록 쌓이는 눈과 또 그로 인한 지체, 길에서 노숙하게 되면 아가씨의 잠자리는 어찌해야 하며, 그리고 호위 문제까지.

습격은 다행히 없었다. 군을 움직였기에 사린 듯했다. 하지만 오발론 남작과 손을 잡은 황후가 호시탐탐 디아나 아가씨를 노리는 건 사실이었다.

대공이 곁에 있는 한 성공할 리가 없었다. 하지만 제도에서 곱게만 지내신 황후는 대공님의 힘을 전쟁터라는 특수 상황에서 벌어진 거품이라고 여기는 모양이었다.

아주 멍청하게도.

그러니 자꾸 슬금슬금 사람을 보내서 간을 보지.

그래서 마물 토벌을 하지 않겠다는 대공의 경고를 무시하고 있는 거고.

대공님의 힘을 인정하는 데선 차라리 오흐리드 백작가가 훨씬 깔끔했다.

“일단 오늘은 이대로 여독을 풀거라. 그때까진 헤이워스.”

“성심껏 살피겠습니다.”

대공의 부름에 헤이워스 부인이 공손히 말했다.

“그래. 나는 장서관에 있을 예정이니…….”

대공이 약간 머뭇거렸다. 있을 예정이니, 그래서?

그러나 그는 말을 마치지 않고 쉬라며 몸을 돌렸다. 방을 나서는 대공을 조엘이 뒤따르며 다급하게 말했다.

"각하, 기사단장이 보고 드릴 게 있다고 합니다."

문고리를 잡은 대공이 눈을 꾹 감았다. 짜증을 참는 모습에 디아나가 입을 가리고 살짝 웃었다.

"어디 있나."

"외성 회의실에 계십니다."

"가지."

역시 대공 각하. 본성에 오자마자 바빴다. 달칵 문이 닫히는 소리와 함께 대공이 나가자 헤이워스 부인이 입을 열었다.

"갈아입으실 옷을 준비해 놓았습니다. 혹여 시장하시면 먼저 식사를 준비할까요?"

"목욕부터 할게요."

*　*　*

회의는 늦은 밤이 되어서야 끝났다. 회의실을 나서던 대공이 멈춰섰다.

"내가 들어가 쉬라 하지 않았나?"

"노신이 어찌 쉬겠습니까. 그나저나 소주인께서는……."

"내 딸에게 관심 끊거라."

예민할 정도의 반응이었다. 집사는 이를 예상했는지 태연하게 말을 이었다.

"각하, 정말로 소개치 않으실 겁니까?"

"필요 없다."

"하지만……."

"어차피 성인이 되면 더 볼일 없다."

대공의 냉랭한 모습에 집사의 눈은 오히려 측은한 이를 보듯 했다.

"……각하, 그래도 다시 한번만 재고해 주십시오. 지금까지는 각하께서 필리파 아가씨 때문에……."

"그 입 다물어."

노한 기색이 피어올랐다. 움찔 놀란 집사가 고개를 조아렸다.

"벤자민. 주제넘은 충고다."

"……."

"내가 그대를 내버려 두는 이유는 새로 일할 사람을 구하기 귀찮을뿐더러 네 충성을 의심하지 않기 때문이라는 것을 명심해라."

대공이 싸늘하게 내려다보곤 자리를 떴다.

* * *

―뽀드득 뽀드득

디아나는 아무도 지나가지 않은 새하얀 눈길을 열심히 걸어 다녔다. 디아나를 뒤따르던 호위 기사는 발을 굴러 부츠에 달라붙은 눈을 털어 내길 반복했다.

"저기 아가씨 아냐?"

"아침부터 뭐 하시는 거지?"

아침 훈련을 마치고 각기 근무지로 향하던 기사들의 눈에 띄는 건 당연했다.

"아가씨, 뭐 하고 계십니까?"

일주일 동안의 여정으로 인해 안면을 튼 이들이었다. 디아나가 눈을 굴리며 답했다.

"눈사람 만들려고요."

"눈사람이요?"

"눈이라면 오는 내내 지겹게 보지 않으셨습니까?"

"그땐 만들 시간이 없었으니까요."

마을마다 가장 좋은 잠자리를 제공한다 하더라도 디아나는 기본 체력 자체가 병사나 기사들과 비교할 수가 없었다. 숙소에 도착해 마련된 식사를 하고 나면 그대로 곯아떨어졌다.

"제가 어릴 적 머물던 보르도는 겨울에도 눈이 쌓이는 경우가 없었거든요."

눈이 가끔 오긴 했다. 그러나 바닥에 닿자마자 녹아 버렸다. 제도 또한 눈이 쌓이는 건 거의 한 달 남짓한 아주 짧은 기간이라고 들었다. 왜 '들었다' 냐면 첫해는 할머니와 두 번째 해에는 할아버지와 함께 제도의 나뭇잎이 모두 떨어졌다 싶으면 남쪽의 별장으로 떠나 버렸다.

겨울은커녕 남쪽의 따뜻한 해변에서 휴양을 즐기다 제도로 돌아오면 어느새 봄이었다.

"그래서 이렇게 눈이 많이 쌓인 건 처음 봐요."

반짝거리는 눈동자에 기사는 홀린 듯 다가섰다.

"도와드리겠습니다. 아가씨를 닮은 눈사람을 만들죠."
"저를요?"

*　　*　　*

대공의 눈이 빈방을 싸늘하게 훑었다.
"디아나는?"
"아침을 드시고 잠시 산책을 한다고 말씀하시고 나가셨습니다. 전하실 말이 있으십니까?"
"……딱히 용건은 없다."
잠시 침묵하던 대공이 뒤늦게 답했다.
"예. 그럼 후에 아가씨께 각하가 오셨다고 말씀드리겠습니다."
대공 뒤편의 조엘이 헤이워스 부인에게 필사적으로 눈짓했다. 헤이워스 부인이 눈을 가늘게 뜨자 입 모양으로 말했다.
'아가씨!'
헤이워스 부인이 살짝 고개를 기울였다.
'아가씨 모셔 와요.'
'어째서요?'
답답함에 조엘이 가슴을 두드렸다. 아침 내내 장서관에 있던 대공이 점심시간에 맞춰 이곳에 온 이유는 뻔했다. 서류 처리를 해 달라며 대공을 졸졸 따라다니는 조엘은 대공을 모신 세월만큼 눈치도 빨랐다.
그때였다.

"아, 너무해요!"

뒤따르는 청아한 웃음소리. 대공이 멈칫했다. 소리가 들려온 곳은 방에 딸린 가장 큰 창문이었다.

"디아나가 정원에 있나."

저벅저벅 걸어간 대공이 창을 통해 정원을 내려다보았다. 반짝이는 은발에 하얀 모피 코트를 입은 디아나가 몇몇 기사들과 함께 웃고 있었다.

"저, 저것들 뭐 하는 거야?"

조엘이 기겁했다. 헤이워스 부인도 그 격의 없는 모습에 약간 놀란 듯했다. 대공의 표정만 딱딱하게 굳었다.

"꽤 친해졌나 보군."

"그, 글쎄요? 으음."

서로 대화할 일은 없다지만 일주일 동안 함께한 일정이었다. 제도 아가씨를 어찌 모시나 걱정하던 기사들도 별다른 투정 없이 묵묵하게 일정을 따르고, 말을 다루는 실력마저 상당한 아가씨에게 호감을 느끼기엔 충분했다.

대공이 내려가는 동안에도 웃음소리가 간간이 들렸다. 이윽고 정원에 도달했을 때 대공이 왔는지 모르던 이들은 눈사람 앞에서 심각하게 속닥거렸다.

"아가씨, 저 새끼, 아니 아니, 쟤 말 들으시면 안 됩니다. 근데 왜 이렇게 등이 간지럽지. 아가씨, 잠시만요."

등을 벅벅 긁던 기사가 고개를 돌리다 그대로 굳었다.

"제가 부엌에서 당근을…… 아, 왜 자꾸 찔러?"

그가 눈치 없이 열심히 떠드는 다른 기사를 향해 눈짓하며 팔꿈치로 신호를 주었다.

"아, 그만 찔러 이 새ㄲ……."

눈짓하는 곳으로 고개를 돌리던 기사는 말을 마치지 못했다.

디아나도 그들을 따라 보았다.

"대공님?"

놀란 듯 눈을 크게 떴던 디아나가 말갛게 웃었다.

"어쩐 일이세요?"

"……그냥 지나가던 길이었다."

"아하."

본성에 돌아오니 많이 바쁜 모양이었다. 지금도 지나가던 길이었다니. 회의라도 있는 걸까?

벙어리장갑에 묻은 눈을 가볍게 털며 디아나가 말했다.

"같이 점심 먹었으면 했는데, 아쉽네요."

"뭐?"

아침을 홀로 먹는데 조금 쓸쓸했다. 오흐리드 저택에서는 집에 있다면 아침을 다 같이 먹는 것이 규칙과도 같았고, 노히바텐 저택에 있을 때는 헤르만과 함께했었다.

"어쩔 수 없죠."

대공이 재빨리 답했다.

"같이 먹어도 상관없다."

"아, 바쁘신 거 아니셨어요?"

흐려졌던 디아나의 낯이 다시 밝게 개었다.

디아나가 대공과 대화하는 사이 기사들이 기척을 죽이고 누구보다 빠르게 도망쳤다.

"별로 그렇게 바쁘지 않다."

"각하……!"

장서관에서부터 서류 처리를 위해 졸졸 따라오던 조엘이 상처받은 얼굴로 대공을 불렀다.

"아직도 있었나."

대공은 조엘을 이제야 깨달은 듯 흘깃 보고는 어서 꺼지라고 손짓했다. 대공이 눈사람에 다가가며 물었다.

"눈사람을 만든 건가?"

"네! 오늘 처음 만들어 봤는데, 기사님들이 도와줬어요."

그렇지 않았다면 그녀만 한 눈사람을 만들 수 있을 리가 없었다.

"어때요?"

"흠."

팔짱을 끼고 눈사람을 내려다본 대공이 말했다.

"못났군."

"……."

"무슨 문제라도 있나?"

"저 닮게 만들어 주신다고 한 건데……."

"……."

"……."

조엘이 서둘러 끼어들었다.

"하하하! 식사하시고 나선 탑에 올라가 보시는 건 어떠십니까?

오늘은 날이 좋으니 아주 멀리까지 보일 겁니다.”

*　　*　　*

폭풍 한설로 유명한 북부였지만, 정령의 힘 덕에 디아나는 추위를 느끼지 못했다.

물론 만능은 아니다. 들이쉬는 차가운 공기에 코끝이 시렸고, 안을 토끼털로 덧댄 벙어리 가죽 장갑을 끼고 눈을 뭉치더라도 손끝이 차갑게 굳었다.

추위가 추위인지라 방한복은 꼼꼼히 갖춰 입어야 했다. 그러나 이곳에서 지내는 보통의 사람들보다는 훨씬 가볍게 입었다. 그리고 몸을 많이 움직이면 더웠다.

바로 지금처럼.

디아나는 진즉에 모피 코트를 벗어 던지려고 했다. 하지만, 갑자기 찬 공기를 맞으면 감기에 걸린다는 대공의 반대에 땀을 삐질삐질 흘리며 숨을 헥헥댔다.

“헉, 대체, 헉, 계단, 허억, 언제까지, 헉.”

벽을 짚고 선 디아나가 숨을 몰아쉬었다.

“힘든가?”

대공이 진심으로 궁금하다는 듯 물었다.

“그, 걸, 헉, 질문이라, 헉, 하시는 거예요?”

소리쳤더니 더 숨이 가빴다. 탑 안에 디아나의 외침이 벽에 부딪히며 울렸다. 디아나의 격한 호흡도 함께였다. 반면에 대공은 땀방

울 하나 흘리지 않았다. 숨소리마저 정갈했다.

"내가 네 체력을 생각지 못했구나."

"학, 학, 잠깐만 쉬, 죠."

"힘들면 내려갈까."

"허억, 헉, 생각, 좀. 헉……."

짚은 벽에 머리를 기댔다. 돌벽이 차가운 게 아주 시원했다.

이렇게까지 해서 올라가야 하는 걸까. 지금이라도 내려가는 게 좋지 않을까. 끝은 대체 언제일까. 하지만 또 내려가자니 지금까지 올라온 계단이 너무 아까웠고…….

물론 아직 3분의 1밖에 올라오지 않았다는 사실을 말했다면 바로 포기했을 터였다.

뭔가 계속 고민하는 듯하던 대공이 조심스럽게 말했다.

"힘들면 안기는 건 어떤가."

"……."

디아나가 눈을 깜빡거렸다.

"물론 싫으면 괜찮다."

저번엔 말도 없이 안더니 이번엔 또 왜 저리 말을 꺼내며 안절부절못하는지 알 수가 없었다.

'누가 뭐라고 했나?'

정답이었다. 정확히는 조엘이 조심스럽게 조언한 것이었지만.

"음……."

디아나가 위로 난 계단과 아래로 난 계단을 번갈아 보았다.

'아까워.'

지금까지 올라온 노력이 너무 아까웠다. 고민은 짧았다.

'여긴 아무도 없으니까.'

디아나가 안아 달라는 듯 손을 뻗었다. 대공의 얼굴이 살짝 폈다.

"잠시."

대공이 마법 등을 내려놓았다. 불빛 하나 없는 어두운 탑 안을 유일하게 밝혀 주는 빛이었다. 저 빛이 없으면 발을 내딛기도 어려웠으리라.

"실례하지."

대공이 그녀의 다리와 허리 뒤쪽으로 손을 넣었다. 불쑥 눈높이가 높아졌다. 디아나가 놀라 대공의 목을 반사적으로 껴안았다.

대공의 옆에 불이 확 피어올랐다. 놀람도 잠시 디아나가 전혀 느껴지지 않은 뜨거움에 불을 향해 손을 뻗었다.

"안 뜨겁네……?"

손이 닿아도 아무런 열기도 느껴지지 않았다. 그저 조명이었다.

"진작 이러시면 되지 않았어요?"

굳이 마법 등을 가져올 필요도 없지 않나? 그녀의 의문에 대공이 숨을 씁쓸하게 삼켰다.

"정령의 불이니 일반 사람들은 볼 수 없다."

"아……."

그녀와 대공만 볼 수 있는 빛이란 뜻이었다.

"진짜 불은 환기가 잘 안 되는 탑의 특성상 산소가 부족해질 수 있어 안 된다."

대공 혼자면 모를까, 디아나까지 함께하는 것이니만큼, 대공성의 다른 사람들의 눈을 속이기 위해서 마법 등을 가져왔다는 말이었다.

대공은 묵묵히 계단을 올랐다. 내려가기 위해 꼼지락거리던 디아나가 결국 포기하고 몸을 편하게 기댔다. 계단을 오르는데도 대공의 품은 흔들림 없이, 놀라울 정도로 편안했다.

불꽃을 향해 손장난하던 디아나가 입을 열었다.

"여기서 찾아보겠다는 건 찾으셨어요?"

"……아직 찾지 못했다."

정령의 계약을 파기하는 방법을 찾으려 했다.

"정령이랑 계약하면 좋지 않아요?"

처음엔 노히바덴 대공님의 딸인 것을 증명하는 능력이라 싫었지만, 지금은 그때와 달랐다.

"몸을 지킬 수도 있고, 힘이 필요한 사람을 도와줄 수도 있잖아요."

"정령의 힘은 강대한 만큼 제어하기 힘들다. 제대로 다루지 못한다면 정령에게 잡아먹힌다."

역사서에는 나오지 않는 수많은 죽음.

"정령의 사고 구조는 인간과 달라. 그들은 매우 변덕스럽고 제멋대로다."

정령은 강렬한 감정에 이끌렸다.

디아나가 정령과 계약하게 된 건 강렬한 행복을 느꼈거나…….

그만큼 절망했기에 계약하게 된 것이었다.

"그렇게 위험해요?"

"그래. 내가 네게 제대로 된 친부는 아니지만…… 적어도 네 안전만큼은 무슨 일이 있어도 지킬 것이다."

디아나가 작게 입을 벌린 채 대공을 보았다. 멍하니 눈을 깜빡이며 보던 디아나가 대공님의 목덜미를 꽉 껴안았다. 이윽고 대공이 디아나를 조심스럽게 내려주었다.

"대공님."

"말해라."

"그럼 홍염도 위험하지 않아요?"

"뭐?"

의문에 디아나의 얼굴을 본 대공이 멈칫했다. 창백할 정도로 하얀 얼굴에는 부드러운 빛깔의 걱정하는 낯빛이 떠 있었다.

"괜찮은 거예요?"

착각으로 여길 수 없었다.

"대공님."

"……뭐라고 했지?"

"홍염은 괜찮은 거예요?"

"나를 걱정한 건가?"

정말 이상하다는 표정의 대공의 되물음에 디아나가 고개를 기울였다.

"그럼 안 돼요?"

"네가 걱정할 필요 없다."

"……."

입술을 깨문 디아나가 콧방귀를 끼며 몸을 돌렸다.

친아버지라며 걱정도 못 하나.

하여간 매번 이런 식으로…….

— 덜컹

그때, 무거운 무언가가 흔들리는 소리가 들렸다. 디아나가 소리가 들린 방향을 보았다. 용도를 알 수 없는 그녀만 한 크기의 거대한 태엽과 사람이 체중을 실어 밀어내는 용도로 보이는 두꺼운 나무 손잡이. 용도를 알 수 없는 기계 장치였다.

그리고 그 장치 뒤에 문이 있었다.

— 덜컹, 덜컹

소리는 거기서 나고 있었다. 흔들리는 문 너머로 거센 바람 소리가 들렸다. 그 소리만으로도 바람이 어느 정도인지 예상할 수 있었다.

다가온 대공이 그녀를 자신의 망토 안에 넣고 어깨를 붙들었다. 대공이 문을 막던 고정쇠를 들었다.

"바람이 거셀 거다."

문이 열리는 순간 세찬 바람에 눈을 뜰 수가 없었다. 대공님이 잡아 주지 않았더라면 바람에 그대로 넘어졌을 것이었다.

바람이 탑의 통로를 타고 아래로, 아래로 내려가는 소리가 마치 비명 같았다.

밖으로 나온 대공이 문을 닫았다. 그제야 바람이 조금 잦아들었다. 간신히 얼굴을 가리던 팔을 내리고 눈을 떴다.

그리고 눈앞에 펼쳐진 광경에 넋을 놓았다.

"우와……!"

끝없는 설원의 숲.

하늘을 찌를 듯 솟아오른 나무와 그 위를 덮은 눈들.

조금 아래에 자리 잡은 마을. 설원의 숲에 자리 잡은 얼어붙은 호수. 동화 속 한 장면 같은, 대자연의 위용에 압도되었다.

여기가 바로 노히바덴 대공가의 영지였다.

* * *

[할머니께.

할머니, 전 대공령에 잘 도착하였어요. 대공가 기사분들이 살뜰히 보살펴 주셔서 별다른 문제 없이 올 수 있었어요. 제가 출발할 때 제도는 봄꽃이 피고 있었는데, 여기는 아직도 겨울 장군님의 시샘이 무척 강해요. 온 세상이 모두 하얘요. 추위를 느낄 법도 한데 대공님 덕에 따뜻하게―]

디아나가 멈칫했다. 그리고 대공을 언급하려던 부분을 죽 그었다. 다시 쓰려고 자세를 잡던 디아나가 또 멈췄다.

'그래도 가깝게 지내면 좋을 텐데.'

'아니야. 서로 어떤 일이 있었는지도 모르면서 나서는 것도 무례하지.'

'하지만…….'

생각은 연달아 떠올랐다.

'아, 궁금하다.'

할머니와 대공님의 사이가 좋지 못한 이유가. 어머니와 대공님의 관계를 반대한 사실은 알지만 거기서 끝이라기엔 서로 정말로…….

'그래도 대공님이 정말 나쁜 사람 같진 않은데.'

그녀도 자신에게 잘해 주는 이에게 모질게 굴 성품이 되진 못했다. 특히 대공이 정말, 진심으로 그녀를 아끼는 모습을 보일 때마다 그것을 마냥 편하게 받아들이기엔 어쩐지 죄책감이 들었다.

입술을 꾹 깨문 디아나가 새 종이를 꺼내 다시 처음부터 써 내려갔다.

—똑똑

노크 소리에 디아나가 고개를 들었다. 코끝이 붉은 제인이 문을 열고 들어왔다.

"부르셨다면서요?"

"네. 할아버지랑 할머니께 편지 보내려고요."

제인이 활짝 웃었다.

"백작님이 좋아하시겠네요."

코를 훌쩍이며 다가온 제인이 서랍을 열었다. 그러곤 고개를 갸웃 기울이고 다른 서랍을 몇 번 여닫기를 반복하여 편지를 봉할 촛농과 마도구를 찾았다.

"제인, 이거 전달하고 쉬어요. 몸도 아직 안 나았는데."

그녀는 대공님 덕에 북부의 추위를 거의 느끼지 못했지만, 제인은 달랐다.

"아니에요. 저 괜찮아요, 아가— 푸에취!"

"……."

"잠깐 코가 간지러— 푸에취! 에취! 에취!"

"……."

"쉬고 오겠습니다. 감사해요. 킁."

제인을 내보내고 정리하다 말았던 짐을 풀었다. 별의별 물건들이 다 들어 있었다.

'뭐, 그래도 제도의 대공가에 머물 때처럼 침대를 뜯어 보내지 않은 게 다행인가.'

예쁜 장식의 유리병 안에 든 사탕을 꺼내 먹으며 그 옆에 놓인 손수건을 밀치자 책이 보였다.

'이거! 궁금해하던 소설의 후편이잖아? 언제 나왔지?'

다음 편이 나올 날만 손꼽아 기다리고 있었는데, 최근 정신이 없다 보니 새까맣게 잊어버렸다. 디아나가 서둘러 책을 펼치자 안쪽에서 팔랑, 하고 종이가 떨어졌다.

[기대하시기에.]

"세니르가 보낸 거구나!"

활짝 미소 지은 디아나가 침대로 뛰어들었다. 한참 소설에 집중하다 들려온 희미한 소리에 책에서 눈을 뗐다. 얼마나 집중했는지 엎드려 있던 허리랑 팔이 뻐근했다.

—똑똑

이번에는 제대로 들렸다.

"들어오세요."

헤이워스 부인이 들어오다가 슬쩍 눈썹을 치켜들었다.

"주무시고 계셨으면 물러갈까요?"

"어, 아뇨. 무슨 일이에요?"

디아나가 옷자락을 정돈하며 앉았다.

"대공님께서 마저 성을 안내해드리라고 하시더군요."

"아, 맞아요. 사람을 보낸다고 했어요."

탑에 올라간 날, 성으로 들어오는 마차를 보고 서둘러 내려왔다. 제인이 탄 마차였다. 마차의 물품을 정리하느라 그날의 성 구경은 거기서 끝났다.

디아나가 대강 몸단장을 하고 헤이워스 부인을 따라나섰다.

"그럼 이 성에서 나고 자란 거예요?"

"예. 그래서 전 대공성 주변 외에는 나가 본 적이 없습니다. 그, 그러니 혹여 제가 제도의 예절을 모른다면 말씀해 주시면 감사하겠습니다."

"딱히 뭐, 제도만의 예라고 할 것까진 없는걸요."

제도 아가씨가 얼마나 까다로울지, 이런 성에서 얼마나 버틸 수 있을지 대공성 사람들은 걱정이 높았다. 대공성의 사람들에게 제도 사람은 연약한 종이 인간과 비슷하게 느껴졌다.

심지어 보통 제도 사람도 아니었다. 오흐리드의 공주님이라는 별칭이 붙을 정도로 곱게 자랐을 아가씨가 아닌가. 그런 아가씨의 눈높이를 맞출 수 있을까 모두 걱정이 태산이었다.

하지만 걱정과는 전혀 다르게 흘렀다. 아가씨는 오히려…….

"앞으로 2년은 여기에 머물러야 할 테니 제가 적응해야죠. 계속 가죠."

검은빛에 가까운 점판암으로 만들어진 성은 아무리 불을 피우더라도 어두운 기운이 맴돌았다. 윙윙 소리를 내며 성을 두드리는 거센 바람도 이 성의 삭막함에 한몫했다.

물론 관리는 깔끔하고 완벽했다. 아무렴 화려하지 않다고 해도 대공가였다.

반질반질하게 닦인 대리석과 고풍스러운 느낌의 촛대들과 샹들리에, 일정한 간격으로 걸려 있는 태피스트리들.

태피스트리에는 화려한 무늬가 아닌 가문의 일대기를 짜놓았다. 그러니까 드래곤과 벌였던 치열한 전투 같은 것들을. 화려한 무늬보다 오히려 이쪽이 손이 더 갈 텐데, 대공성의 분위기는 이 태피스트리도 한 일조하고 있었다.

'뭔가 마왕의 성 같은 느낌이야.'

헤이워스 부인을 따라 연회장으로 들어간 디아나가 눈을 휘둥그레 떴다.

그러니까…….

"연회를… 여기서 여나요?"

"예. 연회 홀이니 보통은 그렇습니다만, 제가 성에 머무는 동안 연회가 열린 적은 없었답니다."

"부인이 대공성에 머문 지 스무 해는 넘었다고 하지 않으셨어요?"

헤이워스 부인이 고개를 숙이며 살짝 민망한 듯 말했다.

"예, 맞습니다. 일단 제가 머물고 있던 스무 해 동안도 없었고, 제 어머니가 머무는 동안도 없었다고 합니다."

"그럴……수가 있어요?"

15년을 연회 없이 지낸 백작가도 온갖 소문의 대상이었다. 그런데 북부의 대귀족인 대공가에서 40년 동안 연회가 없었다고?

"그것이…… 전 대공비 각하께선 몸이 허약하셔서 친정에 머물거나 대공가의 최남부 별장에 지내셨습니다."

그나마도 대공님을 낳고 바로 돌아가셨다. 대공성의 사람들이 제도 사람을 종이 인형과 비슷하게 여기는 이유 중 하나였다.

안주인 없이 40년이 된 성.

그런 것치고는 잘 관리된 건가? 실내 장식 자체는 반세기 전 유행이지만. 뭐, 연회를 열 일이 없다면야 실내 장식이 어떻든 무슨 상관인가. 관리만 깔끔하면 되었지.

가만히 홀을 둘러보던 디아나가 스쳐 지나간 그림을 다시 보았다. 그림 앞으로 걸어간 디아나가 한참을 살피다 액자를 들었다.

"아, 고정되어 있네."

"조심하십시오."

헤이워스 부인이 놀라 다가왔다.

"그림에 무슨 문제라도 있는 겁니까?"

"아뇨, 그림 뒷면을 확인해 보고 싶어서요."

헤이워스 부인은 이해가 가지 않는 얼굴이었다.

"이 그림, 혹시 브리텔 건가요?"

"브리텔이 누구죠?"

"유명한 화가인데, 지금은 실종된 대표작하고 비슷해서요."

"그런가요? 전 예술에 대해선 잘 몰라서요."

생각지도 못한 작품을 보아 놀라웠다. 가짜인가? 하지만 대공가의 연회 홀에 가짜 그림을?

더군다나 저 그림이 다가 아니었다. 대공성 곳곳에는 세월 속에 그 존재가 사라진 예술품들이 곳곳에 있었다.

예술에 일천한 디아나로서는 진품인지 확신하지도 못할뿐더러 그녀는 정—말 유명한 사람 작품만 알아봤다. 그러니 알아채지 못한 작품도 꽤 있으리라.

'할아버지가 오시면 좋아하겠다. 아니, 화를 내려나?'

디아나가 속으로 웃었다.

예술품을 이런 식으로 관리한다고 입에서 불을 뿜을 수도 있었다.

아무래도 다람쥐 도토리 재듯 보물고를 들락날락하다 보니 예술품을 보는 눈이 조금 길러졌다.

할아버지의 취향 강요도 약간은 있었지만, 어쨌든 오흐리드의 보물고는 들어갈 수 있는 사람도 소수로, 물품 리스트도 철저하게 관리했다. 예술품은 더 세심하게 관리했고.

그런데 예술품들이 이렇게 아무렇게나 방치된 모습을 보면 할아버지가 진짜 머리를 싸맬지도 몰랐다.

디아나는 이어서 잎을 벗은 나무들만 가득한 황량한 정원을 둘러봤다. 헤이워스 부인은 약간 민망한 얼굴로 여름엔 정원도 꽤 괜찮다고 말했다.

성안 한가운데에 뜬금없이 새카맣게 불타 반쯤 무너진 건물 앞에선 고개를 갸우뚱거렸다. 큰불이라도 난 적 있느냐는 질문에 헤이워스 부인은 속을 알 수 없는 얼굴로 사고로 크게 탄 건물인데 대공께서 내버려 두라고 하셔서 사람들의 접근만 막아 놓았다 설명했다.

그 뒤로도 푸른 갈기를 지닌 말이 쉬고 있는 마구간과 ―그러고 보니 여기가 노히바덴산 말의 원산지였다!― 백 명은 식사 가능해 보이는 식당도 구경했다.

"식당이 무척 크네요."

"기사님들도 드시러 오시고, 기사단이 토벌에서 돌아오면 여기서 주연을 엽니다."

"아하."

여기를 연회장 대용으로 쓰는 모양이었다. 식사 중인 기사들도 있었다. 그녀를 본 기사들이 눈을 휘둥그레 떴다가 가슴을 두드리며 캑캑 기침했다.

"미안해요. 성을 둘러보고 있었는데, 제가 식사를 방해했나 보네요."

그녀의 어색한 웃음에 기침하던 기사가 그대로 굳었다. 물론 아주 잠깐일 뿐 멈춘 만큼 더 크게 기침했다.

"아닙니다! 아닙니다, 아가씨. 계속 둘러보셔도 상관없습니다."

"패트릭 솔입니다."

인사를 하던 패트릭은 그녀의 주변을 살피는 기색이었다.
"호위도 없이 다니시다니! 이런 실수가! 제가! 호위하겠습니다!"
"네? 아니, 식사 중이시지 않으셨어요? 전 괜찮아요."
"다 먹었습니다!"
이제 막 수저를 뜬 것 같은 접시를 보던 디아나가 의자를 끌어 앉았다.
"아가씨?"
헤이워스 부인이 의아하단 목소리로 물었다.
"저도 여기서 식사해도 되죠?"
"……그야, 물론이죠. 주방장에게 서둘러 음식을 가져오라 하지요."
"따로 만들 건 없고, 같은 거로 부탁드릴게요."
"어떻게 아가씨께 그런……."
"그냥 기사님들 식단이 궁금해서요."
"……알겠습니다."
점심시간이 가까워지자 이른 점심을 하던 기사 둘뿐이었던 식당에 기사들이 점차 많아졌다.
시끌벅적 떠들며 식당으로 들어온 기사들은 생각지도 못한 이의 모습에 그대로 못 박힌 듯 눈을 휘둥그레 뜨길 반복했다.

*　　*　　*

소란스러웠던 식사 후, 마저 성을 돌아다녔다. 호위를 맡겠다 나선 기사도 뒤따랐다.

"아가씨?"

"조엘?"

양손에 서류를 잔뜩 들고 가던 조엘이 인사했다.

"머리를 자르셨네요."

"아, 예. 알아보시는군요."

"모를 수가 없잖아요?"

디아나가 고개를 갸웃 기울였다. 조엘은 살짝 감동한 얼굴이었다.

"같이 일하는 덩치만 큰 시커먼 남정네들은 모르던걸요. 거기 뒤에 계신 분 얘기하는 겁니다."

뒤편에 패트릭 경이 헛기침을 했다. 디아나가 작게 웃었다. 조엘이 반색하며 말했다.

"각하를 뵈러 오셨습니까?"

그러고 보니 조금만 걸어가면 대공님의 집무실이었기에 오해를 사기 딱 좋았다.

"아뇨. 헤이워스 부인이랑 그냥 성을 둘러보고 있었어요."

"그래도 여기까지 오셨는데 대공 각하도 뵙고 가시죠. 좋아하실 겁니다."

"……그럴까요?"

디아나는 대공님께서 좋아하실까요? 방해만 되지 않을까요? 라는 의문이었지만, 조엘은 뵈러 가자는 뜻으로 알아들었다.

조엘은 바로 집무실을 노크했다.

—똑똑

디아나는 당황했으나 이미 벌어진 일이었다. 하지만 방 안은 조용했다.

"안 계시나 본데요?"

"대공 각하. 아가씨께서 오셨습니다."

조엘이 아랑곳하지 않고 소리쳤다. 그러자 벌컥 문이 열렸다. 조엘이 빙그레 웃었다.

"역시 아가씨……."

"쓸데없는 말 마라."

대공의 시선이 그녀와 헤이워스 부인 그리고 패트릭 경까지 차례로 훑었다.

"들어와라."

"일하셔야 하는 거 아니에요?"

"괜찮아."

대공이 다시 자리로 돌아가 앉았다. 피리 부는 소년의 뒤를 따르던 아이처럼 호위를 핑계로 따라오던 기사들과 헤이워스 부인이 조용히 물러갔다. 하지만 조엘은 대공의 따가운 시선에도 꿋꿋하게 버티고 섰다.

"각하, 이 서류는 정말로, 꼭, 오늘까지 처리하셔야 합니다. 루이스 사무관이 며칠째……."

"놓고 나가."

"각하. 이번엔 처리하시는 걸 바로 받아……."

"알았으니 거기다 놓고 가."

"저번에도 분명……."

그 실랑이가 너무 익숙했다.

'이건 마치 일하지 않겠다던 할아버지와 비서의 모습.'

눈을 흐리게 뜨면 이곳이 백작가라고 해도 믿어질 정도였다.

'그냥 나갈까.'

쉽게 끝날 것 같지 않았다.

'뭘 저렇게 보시는 거지.'

대공이 넘기는 책장은 노랗게 색이 바랜 것이 아주 오래돼 보였는데, 조엘이 말꼬리를 잡으며 나가지 않고 버티자 책장을 넘기던 대공의 미간이 점차 좁혀졌다.

하지만 조엘의 집착도 이해됐다. 지금도 서류에 눈길도 주지 않는 대공의 모습을 보니, 조엘이 이대로 나가면 절대 서류를 살피지 않을 것 같았다.

그때 문가에 들어오며 조엘이 떨어트린 서류가 보였다.

"여기 떨어졌어요."

"이런. 말씀만 하셔도 되셨는데, 감사합니다. 아가씨."

"예산안이네요. 아, 보면 안 되려나."

"예, 맞습니다. 잘 아시는군요. 보셔도 됩니다. 아가씨도 노히바덴이시니까요."

디아나가 어색하게 웃었고, 좁아졌던 대공의 미간이 살짝 펴졌다.

그것을 허락으로 알아들은 디아나가 서류를 들어 살폈다. 서류 양식은 그녀가 할머니의 집무실에서 보던 것들과 비슷했다.

'진짜 예산안이네? 이걸 지금? 좀 늦지 않았나?'

오호리드는 3분기 예산안을 다룰 시긴데……. 디아나가 조엘의 품 안의 다른 서류를 조금씩 들춰 보았다. 다들 기한이 엄청 촉박해 보이는 서류들이었다.

"……."

잠시 생각에 잠겼던 디아나가 대공을 돌아보았다. 그리고 조엘이 들고 있던 서류를 받아 가려 했다.

"아가씨?"

"윽."

생각보다 너무 무거운데?

포기하고 위에 몇 장만 들었다. 조엘의 얼굴에 의문이 떠올랐다. 디아나는 씩 웃고는 대공에게 다가갔다.

"보고 계신 책은 뭐예요?"

"노히바덴가의 고서다."

"저도 봐도 돼요?"

"네가 흥미를 느낄 만한 내용은 없을 텐데."

말은 그렇게 하면서도 대공은 보고 싶으면 보라며 책을 내밀었다. 디아나는 들고 있던 서류를 대공 앞에 내려놓고 책을 가져갔다. 그리고 모든 얼굴 근육을 동원해 가장 화사하게 웃었다.

"이거랑 바꿔서 봐요."

"……."

"……."

"……."

방 안에 침묵이 흘렀다. 조엘은 잠시 숨 쉬는 법을 잊어버렸다. 디아나와 시선을 마주한 대공이 불만스럽게 눈썹을 꿈틀거렸다.

"이거 빨리 처리하고 저랑 차 마셔요. 네?"

"……조엘, 서류 다 가져와."

"……!"

* * *

조엘은 얼이 빠진 상태로 방을 나갔다. 그리고 그와 교대하듯 찻주전자를 들고 들어가는 하녀를 멍하니 보았다. 한참을 그렇게 눈앞에서 닫힌 문을 바라보다 고개를 내저었다.

조엘은 일단 발이 향하는 방향으로 터덜터덜 걸어갔다. 방문을 열자 모여 있던 사무관들이 벌떡 일어나 다가왔다.

"조엘! 어떻게 됐어?"

"각하께서 처리하셨어? 오늘까지 안 하면 진짜……."

"조엘, 조엘!"

사방에서 그녀를 불러댔다.

"아냐, 아냐 그래도 모레 출정 전까지만 어떻게든 하면……."

"아 씨, 다 처리하셨으니까 들러붙지 마."

"역시 다 같이 가 봐야겠지? 루이스 사무관이 자긴 기대 안 한다고 자긴 그냥 포기하고 눈이나 붙여야겠다고……."

"뭐? 루이스 사무관 자러 갔다고?! 이 자식이 미쳤나. 당장 다시 오라고 해!"

"아니, 어차피 남은 부분은 각하께서 처리 안 하면 우린 아무것도 진행 못 하잖아. 그냥 자게 둬."

"아니, 다 처리했다니까?"

"뭐?"

"처리했어."

사무관이 얼빠진 표정으로 입을 쩍 벌렸다.

"대공님이, 모두, 처리, 했어."

"……."

"……진짜?"

"그래!"

"아니…… 왜?"

사무관들이 서로 믿기지 않는다는 듯 시선을 마주 보았다. 그 모습에 마치 집무실에서 얼빠져 있던 자신이 비쳐 보이는 것 같았다.

"그러니까 아가씨가……."

"아가씨?"

"어떻게 그러시지?"

"무슨 말을 하는 거야?"

조엘은 괴물의 아가리에 머리를 들이밀던 아가씨의 모습을 애써 털어냈다.

"됐고! 이해했으면 그 개자식 데려와. 어딜 감히 토껴?"

* * *

어느새 목도리에 모자, 허름한 옷까지 챙겨 입은 정원의 눈사람은 녹을 기미 없이 꼿꼿했지만, 날은 조금씩 풀리고 있었다.

그리고 그 뜻은 동면에 들었던 마물이 깨어나거나 혹은 추위를 피해 둥지에 모여 있던 마물들의 활동이 시작된다는 뜻이었다.

자연스럽게 올해의 첫 토벌이 잡혔다. 혹시나 민가로 내려올 마물을 토벌하고 내려오지 못하게 위협을 해 놓는 일로, 매해 봄마다 이뤄지는 관습이라 했다.

워낙 일하는 걸 싫어하는 대공님이 봄 토벌도 빠진다고 할까 걱정했는데 또 의외로 토벌은 순순히 준비했다.

황제 폐하 앞에서 토벌 안 한다고 한 건 어찌 된 건가 물으니, 봄 토벌은 늦가을의 대토벌과 전혀 다르다고 했다.

봄 토벌은 마물의 수를 줄이는 대토벌과 다르게 마을로 내려오려는 마물 정도만 잡고, 더 오지 못하도록 경고하는 순찰의 한 종류일 뿐이라고.

그저 추운 겨울을 낸 마을의 안전함을 확인하고, 대공가 기사단의 위용을 내보이는 새해 첫 행사의 의미가 더 깊다고 했다.

'그럼 대토벌은 어떻게 된 거지.'

묻고 싶었지만, 조엘이 너무 바빠 보여 더 묻지 못했다.

대공이 내키지 않는 얼굴로 한숨을 내쉬었다.

"혼자 두어 미안하구나."

"진짜 혼자도 아닌걸요, 뭘."

디아나가 뒤를 돌아보고 말을 이었다.

"그보다 토벌에 참여해야 할 기사분들을 이렇게 다섯이나 빼도 돼요?"

"별로. 저들은 있으나 없으나 상관없다."

"아, 아하하."

그 무심한 대답에 디아나가 어색하게 웃었다. 뒤편에 있던 기사는 아무렇지도 않다는 듯 도리어 그녀를 달랬다.

"각하께서 출정하시면 기사의 숫자는 중요치 않으니까요."

추켜세우는 기사의 말에도 대공은 무심했다. 기사는 진심인지 대공님을 추앙하는 시선으로 보았다.

'이럴 땐 또…….'

대공성의 사람들도 대공을 바라보는 시선은 이것저것 혼재돼 있었다.

사무관들의 태도는 제도의 사람들과 크게 다르지 않았다. 대공을 무서워해 보고도 최대한 피했고, 그나마 대공과 대면해도 제일 뻔뻔하게 구는 조엘에게 대면 업무를 떠넘겼다.

뭐 조엘은 개의치 않아 했다. 도리어 여성의 몸으로 서기관에 오를 수 있는 이유였던 것 같다며 겁쟁이들을 비웃었다.

그리고 기사들은 대공령을 지나던 마을 사람들과 비슷, 아니 오히려 더한 것 같기도 했다.

'완전히 열렬하네.'

저렇게 추종하듯 뜨거운 시선으로 바라보았다. 그 안에서 그들의 절대적인 충성심을 알 수 있었다.

'하긴 뭐…….'

가끔 대공님이 훈련하는 모습을 보게 될 때도 있었는데, 대공님이 검을 휘두르는 모습은 정말 한 폭의 그림 같았다.

호사가들이 왜 노히바덴 대공이 기사 중 최고로 강할 거라고 떠드는지 절로 이해 갔다.

'그때도 엄청났지.'

검으로 찻잔을 날려 보낼 때도, 디아나는 검의 궤적을 보지도 못했다. 그저 앗, 하는 순간 찻잔이 나뒹굴고 있었다.

잠시 그때의 일을 떠올리던 디아나에게 대공이 말했다.

"돌아오면 연회를 열 생각이다."

"……네? 뭘요?"

"연회를 열 생각이다. 눈이 녹을 시기에 날을 정할 생각이다."

"연회요?"

"그래."

"어디서요?"

"당연히 여기서지."

디아나가 저도 모르게 입을 벌렸다.

"네 존재를 북부에 알릴 것이다."

그 말에 정신이 번뜩 들었다.

"자, 잠시만요. 연회를 여기서, 이 성에서 여는 거예요?"

"당연히 여기서 열지 않겠느냐."

커다랗게 뜬 디아나의 눈을 본 대공이 되물었다.

"무슨 문제라도 있느냐?"

"그…… 대공님은 연회를 싫어하시는 거 아니셨어요?"

"필요성을 못 느꼈을 뿐이다."

디아나가 입을 다물었다.

"연회에서 필요한 것이 있다면 헤이워스에게 말하거라."

"……."

이 상황을 어찌해야 할지 곤란했다.

'대공님은 모르는가 봐.'

당장 연회를 하려면 대대적인 준비가 필요하다는 걸 모르고 있었다.

디아나가 헤이워스 부인을 힐끔 보았다. 창백한 얼굴의 헤이워스 부인의 눈동자가 사정없이 떨리고 있었다. 보아하니 부인도 방금 처음 들은 소리인 것 같았다.

이걸 어찌 해야 하나.

"디아나?"

"그게……."

"말하거라."

"헤이워스 부인 혼자 맡기엔 너무 중책이지 않을까요?"

디아나가 조심스럽게 간언했다.

대공이 헤이워스 부인을 돌아보았다. 부인이 대공과 시선을 마주치지 못하고 고개 숙였다.

"어려운가?"

"그, 그것이."

헤이워스 부인은 입술을 달싹이며 쉽사리 답하지 못했다. 그녀 뒤편의 기사들 또한 바짝 긴장한 모습이었다.

"원래 연회 같은 경우엔 안주인이 총괄하니까요."

대공의 눈이 살짝 가늘어졌다.

"그도 그렇군."

다행히도 더 설명할 필요 없이 대공도 상황을 이해한 듯했다.

"그럼 어찌해야 할까."

"제게 물어보신 건가요?"

디아나가 눈을 크게 뜨고 되물었다.

"그래. 여기서 제대로 연회를 열어 본 건 너밖에 없으니까."

"그으……런가요?"

왠지 모르게 부끄러워졌다. 이렇게 많은 사람 앞에서 그녀의 의견을 물어보는 것이, 마치 그녀가 대단한 사람이라도 된 것 같은 느낌이 들었다.

"아, 아니면 네가 맡는 건."

"네?"

"그래. 네가 맡아 줬으면 좋겠구나. 필요한 게 있다면 모두 지원해 주겠다."

정수리 방향으로 향했던 손이 잠시 멈칫하더니 그녀의 어깨를 짚었다.

"네 데뷔탕트에 가지 못해 매우 아쉬웠으니."

* * *

디아나가 편지를 접어 접시에 올려놓았다.

"상인은 빨라야 다음 달에나 올 수 있다네요."

원하는 뭐든 마음대로 하라고 하였지만, 생각과 달리 아직 높게 쌓인 눈으로 도로 사정이 좋지 못한, 고립되다시피 한 대공성에서 당장 할 수 있는 건 많지 않았다.

그래도 샘플 책자를 먼저 보내 준다고 하였으니, 그걸로…….

'세니르나 할아버지가 있었다면 좋을 텐데. 두 분이 나보다 눈썰미가 좋으니까.'

순간 든 생각에 속으로 고개를 내저었다. 아냐, 아니야. 그런 생각하면 안 되지. 이건 그녀가 해결해야 했다. 언제나 의지할 수 없었다. 더군다나 여긴 노히바덴 대공가였다.

그때 헤이워스 부인이 말했다.

"아가씨께서 도와주지 않으셨다면 어찌 준비해야 했을지."

디아나가 찻잔을 내려놓으며 손을 내저었다.

"뭘요. 오히려 제가 없었으면……."

연회를 열 생각 자체를 안 하셨을 것 같던데. 잠시 생각에 잠겼던 디아나가 헤이워스 부인께 물었다.

"대공님은…… 연회 홀에 오신 적이 없나요?"

"예. 아무래도 대공성에 오래 머무르시질 않으셔서요. 대부분 토벌 때만 잠시 머무르셨다가 금방 자리를 비우시곤 하셨습니다. 이제 아가씨도 계시니 떠나시는 일은 적어지겠지요."

헤이워스 부인이 부드럽게 웃었다.

디아나는 헤이워스 부인의 말 뒤의 저의를 알아챘다.

대공은 그간 그녀의 어머니를 찾기 위해 성을 떠나 돌아다녔고, 이제 그녀를 데리고 왔으니 떠나지 않을 거라는 것.

"……."

디아나가 찻잔 뒤로 미묘한 감정이 드러나지 않도록 입가를 숨겼다.

'나도 여기 잠깐만 있다가 떠날 건데.

차마 꺼내지 못한 말을 속에만 담아 두었다.

* * *

성을 조금 돌아다니고, 제인과 둘이 이야기할 만한 쉴 곳을 찾아 나왔다.

"정원은 아직 좀 그렇지 않아요? 바람이 찬데."

두 사람은 정원의 입구에 호위를 대기시켜 놓고 안쪽으로 들어갔다.

"이제 푹 쉬어서 괜찮아요."

눈 쌓인 정원 안쪽에서 하늘이가 슬렁슬렁 걸어 나왔다. 정원에서 구르기라도 했는지 온통 눈투성이였다.

"응? 하늘이 너 여기 있었어?"

"아, 그리고 마석 정말 감사했어요."

마수를 잡아야 얻을 수 있는 마석은 개간이 힘든 혹독한 기후를 가진 노히바덴 영지의 주요 수입원이었다. 대륙에 유통되는 마석의 8할이 노히바덴 영지에서 나왔다.

개중엔 온기를 내는 독특한 것들도 있었는데, 디아나가 제인에게 건네준 마석이 그런 종류였다.

"뭘요, 전 대공님이 챙겨 주셔서 쓸데도 없었는데요."

디아나도 지금은 쓰고 있었다. 대공님이 출정을 나가며 기간이 다할 홍염의 능력 대신 쓰라며 한가득 안겨 줬기 때문이다.

하늘이의 목덜미를 긁어 주듯 쓰다듬던 디아나가 의심스럽게 하늘이를 보았다.

"얘는 대체 여기서 혼자으아악!"

난데없는 눈 벼락에 디아나가 소리쳤다.

"하늘아!"

기운차게 온몸을 턴 하늘이가 또 어딘가로 슬렁슬렁 걸어갔다.

"또 어디 가! 아이, 참 옷에 다……."

툴툴거리며 망토를 털던 디아나가 순간 멈칫했다. 하늘이가 향한 수풀 안쪽에서 뭔가 이상한 것이 보였다.

마른 가지로 사이에 보이는 웅크린…….

"사람?"

"네?"

"저기, 사람이……."

디아나가 하늘이가 들어간 수풀을 가리켰다.

"거기 누구야!"

놀란 제인이 소리쳤다.

입구를 호위에게 지키도록 한 정원이었다. 아무도 들어올 수 없었을 텐데.

디아나가 정원의 유일한 입구를 지키는 호위를 보았다. 기사는 들어올 때와 같은 모습이었다. 자리를 비운 건 아니었다.

"당장 나오지 못……."

소리치던 제인이 옷자락을 당기는 디아나의 손길에 멈칫했다. 디아나가 다시 수풀 사이를 가리키며 소곤거렸다.

"아이 같아요."

"아이요? 대공성에 웬 아이가……."

대대로 대공가에 봉사하는 식솔의 경우 부모를 따라 일을 배우는 아이도 드나든다지만, 겨울에는 모두 내보낸다고 들었다.

"호위를 불러올게요."

"잠시만."

"하지만 아가씨."

"하늘이도 있잖아요."

입을 꾹 다문 제인이 모로 비켜섰다. 바스락 밟히는 눈을 헤치며 다가가자 먼저 하늘이가 보였다. 바닥에 앉은 하늘이가 소년을 가만히 바라보고 있었다. 아니, 다시 보니 꼬리를 살랑살랑 흔들고 있는 게 놀아달라 하고 있었다.

'처음 보는 사람한테 이러는 애가 아닌데.'

디아나가 하늘이를 향해 이리 오라 손짓하며 말했다.

"여기는 어쩌다 들어온 거니? 해코지할 생각은 없으니 얼굴을 보여 주겠어?"

"……."

아이가 주춤주춤 수풀 사이에서 빠져 나왔다. 그리고 아이를 본 디아나와 제인이 놀란 얼굴로 서로를 바라보았다.

열 살 정도 되었을까. 잔뜩 주눅이 든 표정의 아이였는데 무엇보다 문제는. 맨발이었다.

"아니, 무슨……."

수북이 쌓인 눈에 잠긴 맨발은 이미 빨갛게 달아올라 있었다. 놀란 디아나가 아이에게 다가갔다. 바지에 셔츠 한 장. 이 날씨에 밖에 있기엔 너무 얇은 차림새였다.

"세상에, 괜찮아?"

망토를 끌러 낸 디아나가 재빠르게 아이에게 둘렀다. 아이가 반사적으로 어깨에서 흘러내려 가려는 망토를 잡았다가 살짝 놀랐다. 디아나가 망토를 여며 주며 물었다.

"여긴 어떻게 들어온 거니?"

"문이…… 열려 있어서……."

"문?"

반사적으로 호위가 지키는 방향을 본 디아나가 눈가를 찌푸렸다. 언제 호위에게 향했는지 제인이 호위와 함께 다가오고 있었다. 아이를 본 호위의 얼굴에 경악이 퍼졌다.

"어떻게……!"

그를 본 아이 또한 놀라며 주변을 둘러보았다. 도망칠 만한 곳을 찾는 모양이었다.

그러나 유일한 출구는 호위가 있는 방향이었다. 그런데도 아이는 일단 달렸다. 성기게 묶은 망토가 바닥으로 툭 떨어졌다. 얼마 지나지 않아 아이는 금세 호위에게 붙잡혔다.

디아나가 호위 기사의 험악한 손길에 눈가를 찌푸렸다. 하늘이도 마음에 들지 않는지 으르렁거렸다.

아이를 붙잡지 않은 다른 기사가 땀을 뻘뻘 흘리며 사죄했다.

"전 괜찮아요. 얌전한데 살살 다뤄요. 아직 아이잖아요."

마구 발버둥 칠 것 같던 아이는 붙잡히자마자 도망친 것이 거짓인 것처럼 고분고분했다.

'아니, 그냥 포기한 것 같기도 하고……?'

아이는 알 수 없는 시선으로 그녀를 가만히 응시하다 기사에게 끌려 나갔다. 왠지 모르게 아이에게서 시선을 뗄 수 없었다.

"누구길래 대공성에 있는 거죠?"

"그…… 벤자민 집사님이 돌보시는 아이입니다."

디아나가 고개를 갸웃 기울였다. 벤자민 집사라면 처음 인사 나온 날 이후론 한 번도 보질 못했다. 몸도 좋지 않아 대부분의 일을 헤이워스 부인께 넘겼다 들었는데 돌보는 아이가 있다고?

몇 번이나 사죄하는 기사를 내보낸 제인이 바닥에 떨어진 망토를 주었다.

"이게 무슨 소란인지, 어휴. 다행히 망토는 깨끗하네요. 아가씨 추우니까 어서 들어가요."

마석을 지니고 있더라도 망토가 없자 슬슬 손이 시렸다.

"그래요. 그런데 제인, 아까 기사들의 반응이……."

"맞아요. 그냥 성안에 몰래 들어온 아이라기엔 너무 크게 놀라던데."

제인이 다시 입구를 지키고 선 호위를 의심스럽게 보았다. 디아나도 찝찝한 기분을 애써 털 듯 말했다.

"이름이라도 물어볼 걸 그랬나 봐요."

"또 만나게 되면 물어봐요."

"또 만날 일이 있을까요?"

그러나, 그 질문이 우습게도 아이는 금방 다시 만날 수 있었다.

*　*　*

찜찜했던 아이와의 만남은 금세 잊어버렸다. 그도 그럴 것이 정말 바빴다. 원래는 연회 홀만 손대려고 했지만, 마치 결정권자만을 기다렸다는 듯이 여러 일이 몰려왔다.

"처음 뵙겠습니다. 저는 주방 담당자인……."

"여기 창고 리스트입니다만……."

"마수 부산물들을……."

"마도구 상단에서……."

상인이 눈 때문에 당장 올 수 없다고 말한 것이 차라리 다행일 정도였다. 오늘도 어제와 같이 바쁘게 성을 살피고 다니던 디아나가 눈앞의 건물을 보고 멈칫했다.

"저 건물은 뭐에요?"

잠시 멈칫한 헤이워스 부인이 설명했다.

"지금은 안 쓰는 곳입니다."

"그래요?"

멀쩡해 보이는데 안 쓴다니. 뭐, 워낙 대공성이 넓으니 그럴 수도 있겠다 생각하며 넘어가려는 찰나 건물에서 누군가 나왔다.

벤자민 집사였다. 첫날 인사를 한 후 한 번도 만나지 못한.

디아나가 저도 모르게 헤이워스 부인을 보았다. 헤이워스 부인이 낭패라는 듯한 표정을 지었다가 뒤늦게 수습했으나 이미 모두 본 후였다.

제인이 기가 찬다는 듯 물었다.

"안 쓰는 곳이요?"

"……."

대답을 제대로 하지 못하는 부인을 뒤로하고 디아나가 집사에게 향했다. 피로한 기색이 몸이 좋지 않아 보이긴 했다. 문을 단속하던 집사가 뒤늦게 그녀를 보곤 살짝 눈을 크게 떴다가 공손히 몸을 숙였다.

"아가씨를 뵙습니다. 여기까진 어쩐 일이십니까."

"안녕하세요. 성을 살피고 있었어요."

"예. 이야기 많이 들었습니다. 살뜰한 소주인이 오셨다고요."

디아나의 시선이 집사가 들고 있던 쟁반으로 향했다. 식은 수프와 빵. 손도 대지 않은 모습이었다.

저 건물이 부엌이 아니라면—

"안에 누가 있나요?"

"……."

"아가씨……."

헤이워스 부인이 모기만 한 목소리로 그녀를 불렀으나 돌아보지 않았다.

"여기, 들어가 봐도 되나요?"

"그것이……."

"안 돼요?"

문 앞을 막듯이 서 있던 집사가 어쩔 수 없다는 듯 모로 비켜섰다. 그러면서도 한마디 덧붙였다.

"모르시는 게 좋을 겁니다."

디아나가 미간을 찌푸렸다.

"……그건 대공 각하의 판단인가요?"

"……."

대답하지 못했다.

'너무 수상한데.'

대체 이 안에 있는 것이 무엇이길래 이런 반응인 거지?

—철컥

손잡이를 당긴 디아나가 멈칫했다. 집사가 헤이워스 부인에게 쟁반을 넘겼다. 그러곤 품속에서 여러 열쇠가 달린 꾸러미를 꺼냈다. 그중 하나를 넣고 돌리자 달칵 소리와 함께 문이 열렸다.

들어선 방 자체는 평범했다.

난방을 위한 낮은 천장, 작은 창문에서 바람이 새어 들어오지 않도록 덮은 나무 덮개. 보온을 위해 벽에 걸어 둔 태피스트리와 바닥에 깔린 카펫. 다른 방들과 비슷했다.

테이블이 놓인 방향의 벽난로에선 장작 타는 소리가 들렸다.

'누군가 머물고 있어.'

방 안을 확인하자 더 의문이 들었다.

'왜 거짓말을 했지?'

디아나가 방 안쪽의 침실 문을 열었다. 침실엔 아무도 없었다.

그대로 돌아 나오려던 디아나가 멈춰 섰다. 다시 몸을 돌려 침대가 있는 방향으로 향했다.

이 침실의 벽난로도 활활 타오르고 있었고, 침대 근처엔 숯이 든 화로도 있었다. 침대 뒤편으로 향한 디아나가 그대로 멈춰 섰다.

"너……."

디아나를 뒤따른 제인 또한 눈을 크게 떴다. 디아나가 침대와 벽 사이에 숨듯 웅크린 소년 앞으로 걸어갔다.

그녀가 다가가자 겁에 질린 얼굴의 소년이 더 물러갈 곳도 없어 벽으로 주춤주춤 붙었다. 디아나가 소년의 앞에 한쪽 무릎을 꿇고 눈높이를 맞췄다.

"안녕. 이렇게 다시 만날 줄 몰랐는데."

집사가 보살피고 있다는 게 이런 의미였나. 그럼 왜 굳이 거짓말을…….

머릿속이 복잡했지만, 그보다 먼저 하고 싶은 말이 있었다.

"발은 괜찮아?"

숨은 쉬는지 걱정될 정도로 굳은 소년의 눈동자에 미약한 의문이 서렸다.

"그날 맨발이었잖아."

"……."

"동상 걸렸을까 걱정했는데. 동상 걸리면 되게 아프니까."

"……."

"……괜찮은가 보네."

둘둘 두른 이불 사이에 빼꼼 나온 아이의 발을 흘끔 보았다.

"말하고 싶지 않으면 어쩔 수 없지."

디아나가 몸을 바로 세웠다. 소년의 시선이 따라오는 것이 느껴졌다. 마지막으로 소년을 돌아본 디아나가 고개를 기울였다.

왠지…….

—콜록

순간 소년이 기침했다. 소년이 다급히 입을 막았으나 한번 물꼬를 텄다는 듯 기침이 연달아 밀려 나왔다.

디아나가 눈을 깜빡이며 소년을 응시했다. 그러다 불쑥 손을 뻗어 소년의 이마를 짚었다. 그녀의 손을 피할 길이 없던 소년이 파드득 몸을 떨었다. 디아나가 딱딱하게 굳은 얼굴로 몸을 돌렸다.

"의사 불러와요."

*　*　*

"배려 감사드립니다. 아가씨."

집사가 안도하듯 말했다. 디아나는 답하지 않았다. 진찰받는 내내 그리고 의사의 말에 따라 묽은 수프를 억지로 먹는 내내 긴장하던 소년은, 보기만 해도 쓴 내가 절로 느껴지는 약을 마시곤 그대로 잠이 들었다.

디아나는 아이의 얼굴을 가만히 바라보았다. 침묵이 이어지다 집사가 입을 열었다.

"이야기가 길어지겠군요."

"벤자민 님!"

집사가 당황한 헤이워스 부인을 돌아보며 말했다.

"이 노구는 살 만큼 살았으니 괜찮네. 내가 모두 책임질 테니 헤이워스, 자네는 나가 있게."

헤이워스 부인이 입술을 깨물었다.

부인이 허락을 구하듯 디아나를 바라보았고, 그녀가 살짝 고개를 끄덕이자 침통한 낯으로 방을 벗어났다. 집사가 디아나를 향해 말했다.

"침실 밖에서 말씀 나누시지요."

일단 자리를 옮겼다. 들어올 때 확인한 벽난로 앞의 테이블에 자리를 잡았다. 집사가 침실의 문을 조용히 닫고 다가왔다. 맞은편에 선 집사가 제인을 향해 말했다.

"차를 부탁드립니다."

자리를 비워 달란 뜻에 소리치던 제인이 굳었다.

"아가씨를 혼자 둘 수 없습니다."

"제인. 부탁해요."

"아가씨!"

"부탁해요."

믿기지 않는다는 표정의 제인이 머뭇거리며 방을 나섰다. 제인에게 따로 비밀을 만들고 싶진 않았다.

'하지만……. 아니, 하지만이 아닌가. 대공가니까 당연한가.'

왠지 대공님과 관련된 비밀을 들을 것만 같았다. 왠지 느낌이 그러했다.

제인은 주기적으로 할머니께 보고를 올렸다. 할머니가 걱정하는 바를 알았기에 막을 생각은 없었다.

하지만 대공가의 비밀이라면 그건 좀 달랐다. 일단 그녀가 들어보고 제인에게 알려도 될지 판단하는 것이 최소한의 예의라 생각했다.

“배려 감사합니다. 아가씨.”

“이제, 말해 주세요.”

집사는 잠시 이야기를 정리할 시간이 필요한 듯 침묵했다. 그러나 미룰 수 없다는 듯 입을 열었다.

“침실에 있는 소년은 아가씨의 이복동생이 되십니다.”

집사에게 모든 설명을 들은 디아나는 표정을 가다듬지 못했다.

“하, 그러니까, 저 아이가 정말로, 제 이복동생. 노히바덴이라고…….”

아니, 어떻게?

정말 누군가 세게 뒤통수를 때리고 간 것만 같은 충격이었다. 세상에, 아니 이게 무슨 일이지?

사실 보통의 귀족 집안에서 이런 이야기는 흔했다. 이복동생, 혼외자. 통속 소설에서도 뻔하다고 지탄 받을 소재였다.

세니르가 정색한 적 있지만, 엄밀히 따지면 그녀도 혼외자였다.

친부가 성을 주려 안달이니 조금 그 궤가 달랐지만, 그렇다고 적법한 부부 사이에 축복받으며 태어난 아이는 아니었으니까.

‘진짜…… 바람 잘 날 일이 없네.’

정말, 정말로 그녀가 어머니를 잃고 하녀로 살던 시기 말고는 가족과 연관된 일 모두가 굽이굽이 충격의 연속이었다.

'아니 오히려 이쯤 되니 덜 놀랍기도 하고.'

그래, 뭐 엄마가 오흐리드 소백작이라는 것보단, 친부가 노히바덴 대공이라는 것보단 이복동생의 존재가 좀 덜 놀랍긴 한데, 하지만 그래도 왜 이렇게 속이 답답하지?

디아나가 애써 차분하게 말했다.

"그걸 왜 숨긴 거죠?"

"저는 감히 대공 각하의 심중을 짐작할 수 없습니다."

"여기까지 말씀하셨는데, 알려 주세요."

"……대공 각하께서는 도련님의 존재를 믿지 않으셨습니다."

믿지 않았다고? 이상한 소리였다.

"하지만 선대 대공 각하께서 도련님을 대공성에 들이는 조건으로 대공 작위를 넘기셨습니다."

디아나가 작게 입을 벌렸다.

"전혀 그런 이야기는, 들어 보지 못한……."

"북부의 이야기가 제도까지 전해지긴 힘드니까요."

하지만 그것만으론 납득하기 어려웠다. 전해지기 힘들다고 하지만 그것도 정도가 있다.

미혼의 대공이 작위 계승을 조건으로 혼외자를 들인다? 이렇게 조용할 이야기가 아니었다.

그야말로 제국이 발칵 뒤집힐 스캔들이었다.

"작위 계승 조건에 관해선 정말 소수만 아는 이야기일 뿐입니다. 헤이워스 부인도 모르지요."

"……."

"대공님이 내부 단속을 철저하게 하시기도 했지만, 무엇보다 대공께서 애타게 필리파 아가씨를 찾으시는 걸 아는데 어찌 감히 좋지 못한 이야기를 퍼트릴 수가 있겠습니까."

때마침 들어온 제인이 쟁반을 내려놓으며 뾰족하게 말했다.

"필리파 아가씨가 아니라 오흐리드 소백작입니다. 집사님."

"죄송합니다. 그만 무심코."

오흐리드가의 친밀한 사람도 아닌 타 가문 사람이 소백작인 그녀의 어머니를 아가씨라고 부르는 건 가볍게 보면 무시, 심각하게 보면 모욕이었다. 어머니의 작위를 인정하지 못하거나 혹은 낮춰 보는 것이었다.

"언사를 조심해 주세요."

디아나도 굳은 표정으로 말했다. 테이블에 차를 모두 세팅한 제인이 디아나를 향해 물었다.

"다시 나갈까요?"

"아니요."

어차피 제인도 알게 될 수밖에 없었다.

이복동생이라니.

어머니가 말도 없이 도망친 시점에서 약혼도 하지 않은 사이의 대공님이 꼭 정절을 지켜야 하는 건 아니지만, 왜, 왜 그녀가 이렇게 화가 나는지 알 수 없었다.

이토록 배신감이 느껴지는지 알 수 없었다. 마치 엄마만 한평생 사랑할 것처럼 행동하던 대공님이 사실은…….

뭘 믿었던 건지.

그냥 웃음이 나왔다.

"몇 살이죠?"

"열두 살이십니다."

제인이 고개를 기울였다. 디아나는 웃었다고 생각했지만, 제인이 본 그녀의 얼굴은 우는 것과 비슷했다.

"제인. 저 아이가…… 제 동생이래요."

"예?"

"이복동생이요."

제인이 저도 모르게 입을 크게 벌렸다가 뒤늦게 막았다. 경악한 제인의 시선이 문이 살짝 열린 침실을 향했다.

다른 자식이, 동생이 있을 줄이야. 그러면 대체 왜 자신을 데려오려고 한 거지? 더 이해가 가질 않았다. 심지어 동생은 이렇게 방치하고.

왠지 정신이 번쩍 들었다. 그러고 보니 대체 뭘 하고 있었는지 알 수 없었다.

처음부터 돌아갈 생각으로, 소송을 취하하는 걸 목적으로 그냥 잠시 머물 생각으로 온 거였는데.

디아나는 홀로 중얼거렸다.

"이제야 정신이 드네요."

*　　*　　*

살짝 열린 문틈으로 대화 소리가 들렸다.

'정말 저 사람이…….'

잠든 척했다가 일어난 소년이었다. 아이가 뜨거운 숨을 내쉬며 열린 문틈 옆에 주저앉았다. 열 기운에 머리가 어질어질했지만 약을 먹어서 아까보다 버티기 쉬웠다.

'……날 싫어하겠지?'

문틈으로는 슬쩍 훔쳐본 표정은 어두웠다. 놀라 충격받은 얼굴 아래, 어린 그의 눈에도 상처 입은 모습이 보였다.

'막 화를 냈으면 좋겠는데.'

일부러 모습을 보였다. 소년은 끌어안은 다리에 얼굴을 묻었다.

'빨리 쫓겨났으면.'

평소 잠겨 있던 문이 그날따라 열려 있던 것도 우연이 아니었다. 소년은 알았다. 그를 유일하게 살피는 집사가 실수인 척 열어 준 것이라는 걸.

집사의 목적은 알 수 없었지만, 기회를 놓칠 순 없었다. 사랑받는 대공의 진짜 딸. 이복 누나를 만날 생각이었다. 자신의 존재를 안다면 쫓아내 주지 않을까. 유일한 희망이었다.

하지만 어떻게 생겼는지, 어디에 머무는지도 몰랐다. 일단 갑갑한 방을 뛰쳐 나왔지만, 마주치는 사람들을 피해 도망 다니는 것이 최선이었다. 그렇게 사람들의 눈을 피해 다니다 숨은 곳이 그 정원이었다.

갓 내린 눈처럼 빛나는 은발, 별빛을 담은 것처럼 반짝이는 주홍색 눈동자. 흰 모피 망토를 두른 주먹만 한 얼굴 위에 오밀조밀하게 모인 이목구비까지.

살면서 그렇게 빛나는 사람은 처음이었다. 소년의 친모도 그 거리에선 가장 아름다운 사람으로 유명했다. 하지만 소녀는 분위기와 어우러져 정말 하늘에서 천사가 내려온 것만 같았다.

기척을 죽이는 걸 잊어버리고 넋을 잃고 보았다. 그 때문에 결국 다시 방으로 끌려왔지만, 마주친 사람이 이복 누나란 사실도 알았다.

'막 화를 내면서 쫓아내 줘야 하는데.'

소년은 대공가를 나가고 싶었다. 하루라도 빨리. 어머니에게 돌아가면 크게 혼나고 다시 대공성으로 쫓아낼 것이 뻔하니, 다시는 대공성에 오지 못하도록 제대로 쫓겨나야 했다.

물론 갑갑하고 눈치 보이더라도 그가 살기엔 엄마 곁보다 대공성이 낫다는 걸 어린 나이에도 알았다.

그가 냉대받는 것과는 별개로 최소한의 생활은 보장받았으니까. 엄마 옆에선 당장 그날의 끼니를 고뇌하고 손찌검을 피할 걸 걱정해야 했지만, 그렇다 하더라도 어서 빨리 이곳을 나가야 했다. 그 누구에게도 이유는 말할 수 없었다.

말하는 순간 죽을 테니까.

자신은 대공의 자식이 아니었다. 어머니가 대공을 속인 것이었다. 그가 이 사실을 알게 된 건 어머니가 술에 취해 너만 알라며 주저리주저리 떠들어서였다. 그렇게 모든 걸 털어놓은 어머니는 다음 날 그런 말을 했다는 사실조차 모두 잊어버렸다.

자신도 그렇게 잊어버리고 싶었다. 차라리 몰랐다면 마음이라도 편할 수 있었을 텐데.

대공 각하를 처음 뵌 날 고개를 들 수조차 없었다. 사람을 짓누르는 듯한 위압감. 대체 어머니는 어떻게 이런 사람을 속이려 드는 건지 믿기지 않았다.

사지에 힘이 들어가지 않아 후들거렸다. 인사를 하다 넘어질 뻔한 걸 어머니의 우악스러운 손길에 겨우 정신을 차렸다. 대공의 앞을 벗어나 정신을 차리자 온몸에 식은땀이 흥건했다.

'대공 각하께서 진실을 알면……. 난, 죽을 거야.'

매일 잠들 때마다 악몽을 꿨다. 속였다고 화를 내며 저 녀석의 목을 치라고 외치는 대공이…….

"……어디 아픈 거, 땀을……. 저기…… 이름이……."

그 꿈속에 어울리지 않는 희미한 목소리가 들려왔다.

"얘, 일어나 봐! 일어나렴!"

소년은 늪에서 끄집어 올려지듯 깨어났다. 정신이 혼곤했다.

"괜찮아?"

소년이 흐릿한 눈을 비볐다. 손바닥에 눈물이 흥건하게 묻어났다. 고개를 갸웃 기울인 소년은 눈가를 찌푸리며 몇 번이나 다시 비볐다. 그러곤 점차 표정이 굳었다.

'최대한 상냥하게…….'

디아나는 일단 입꼬리를 부드럽게 올렸다.

"안녕."

"……."

식은땀 가득한 소년이 그녀를 무표정하게 응시했다. 그러곤 슬그머니 그녀를 피하듯 물러났다. 침대 헤드에 막혀 얼마 가진 못했지만. 눈을 굴리던 소년이 먼저 물었다.

"여긴…… 왜, 아니 어떻게…… 어떻게 오셨어요?"

쇠를 긁는 듯한 목소리에 디아나가 협탁으로 손을 뻗었다. 소년이 크게 움찔 놀랐다. 멈칫했던 디아나가 조심스럽게 손을 뻗어 협탁의 주전자를 들었다.

"마셔."

소년은 쉽사리 물 잔을 받아 들지 않았다.

"음……."

디아나가 머리를 긁적였다. 고양이가 바짝 털을 세운 것처럼 바짝 경계하는 모습에 고민하던 디아나가 자신이 먼저 물을 한 모금 꿀꺽 마셨다. 소년의 눈이 동그래졌다.

"괜찮으니까 마셔."

소년이 그제야 잔을 받아 들었다.

"악몽 꾸는 거 같던데."

소년은 이불 끝자락만 쥐고 고개를 들지 못했다. 그런 소년에게 불쑥 손이 다가왔다. 그리고 화들짝 놀라 고개를 든 소년의 이마를 짚었다.

"열은 많이 내렸네."

"……."

"몸은 좀 괜찮아?"

"……."

디아나가 어깨를 으쓱하곤 베게 옆에 떨어진 물수건을 주워 대야에 넣었다.

"누가 계속 간호해 준 모양이네."

"……."

침묵하던 소년에게 딱히 대답을 기대한 건 아닌지 디아나가 대야에 손을 담가 보더니 그대로 들고 침실을 나갔다.

"……아."

디아나가 나가고 나서야 입이 트인 것처럼 신음을 냈다. 입술을 짓씹으며 불안해하길 잠시. 소년이 몸을 일으켜 이불 밖으로 발을 내딛기 무섭게 디아나가 다시 들어왔다.

흠칫 놀란 소년이 다시 발을 침대 위로 올리고 눈을 굴렸다. 잠시 밖에 나갔다 온 모양인지 대야엔 방금 퍼 담은 눈이 녹아내리고 있었다.

대야를 침대맡 협탁 위에 내려놓은 디아나가 물수건을 쭉 짰다. 이런 일이라고는 해 본 적 없을 것 같은 사람이 익숙하게 물수건을 짜는 모습에 괴리감을 느꼈다.

물수건을 적당히 짜낸 디아나가 소년의 어깨를 살짝 밀었다. 저도 모르게 침대에 다시 누운 소년의 머리에 물수건이 올라왔다.

"으."

그 차가움에 소년이 작게 신음했다.

"시원해?"

입술을 짓씹던 소년이 조심스럽게 고개를 끄덕였다.

왜, 왜 나에게 이렇게 잘 대해 주는 거지? 당혹스러울 정도였다. 분명 화를 낼 거라고 여겼는데. 전혀 예상하지 못한 반응이었다.

"내 이름은 디아나야."

소년은 몸 둘 바 모르고 굳어 눈을 굴렸다. 가만히 바라보던 디아나는 문득 롬벨 후작 부인의 충고가 떠올렸다.

「자신을 소개할 때는 가문 명을 함께 말해야 합니다.」

"디아나 오흐리드."

"……오흐리드?"

"그래."

"하지만 각하의 따님이시라고…… 아닌가요?"

"그건 맞아."

"……?"

"음, 그러니까 난 지금 어머니의 성을 따랐거든."

소년은 여전히 이해가 되지 않는 기색이었다.

"그냥 네 이복……."

그렇구나. 말하려는 순간 저 아이가 자신의 동생임을 새삼 깨달았다. 지금껏 동생이라고 이성적으로는 알아들었지만, 감정적으로는 전혀 받아들이지 못하고 있었다.

"네 이복 누나지. 그래. 누나가 될 사람."

짧은 한숨에 어깨를 들썩였다.

아이가 무슨 잘못이 있겠나. 모두 대공님 잘못이었다. 새삼스럽게 배신감이 들었다. 이 성에 있는 모두가 그녀를 속였다. 아무것도 모른 채 따르던 그녀를 보고 무슨 생각을 했을까.

디아나가 물었다.

"이름이 뭐야?"

"……바스티안……이요."

"이름 예쁘네."

"대, 대공 각하께서 지어 주셨어요."

"그래?"

그냥 방치만 한 줄 알았더니 이름을 지어 주다니? 뭐, 그건 나중에 차근차근 알아봐도 됐다.

"알고 있었니?"

"뭐, 뭘요?"

디아나가 자기 자신을 가리켰다.

입술을 살짝 깨문 바스티안이 미약하게 고개를 끄덕였다.

"그래? 뭐라고 들었어?"

"……진짜 작은 주인님이 오신다고."

"진짜 작은 주인님?"

디아나가 키들거리며 어깨를 들썩였다.

"그게 뭐야."

진짜 기가 막혔다. 대체, 진짜 가짜가 다 무언가. 그녀나 저 아이나…….

'다를 게 뭔데.'

씁쓸하고, 비참하며, 외로웠다. 보르도 남작 부인에게 배신당했을 땐 이렇지 않았는데.

바스티안을 물끄러미 바라본 디아나가 이마의 수건을 들었다.

그새 미지근해져 있었다.

바스티안이 놀라 몸을 일으켰다. 좀 전엔 무슨 행동을 하려는지 알지 못해 내버려 뒀지만, 더는 귀한 이에게 이런 시중을 하게 둘 수 없었다.

"괘, 괜찮아요. 제가, 제가 할게요."

"누워 있어."

"진짜 제가 할 수 있어요."

"나도 할 수 있어."

"……."

디아나가 씩 웃으며 대야에 수건을 다시 담갔다.

"진짜 작은 주인님이라니, 누가 그렇게 말하던?"

"그냥…… 엿들었어요."

"웃기지도 않아, 정말."

왜 저 아이와 자신의 처지가 다를까. 그저 어머니 때문에? 다시 우울한 상념이 몰려오기 전, 털어 내듯 고개를 저었다.

"오늘 밤에 내가 찾아온 건 비밀로 해 줘."

"비밀이요?"

"응, 우리 둘만 아는 비밀."

디아나가 입술에 손가락을 가져다 대며 웃었다.

"혼자 몰래 나온 거 알면 혼나거든."

바스티안이 조용히 고개를 끄덕였다. 어떻게 이 늦은 시각 시중도 없이 왔나 했더니 몰래 나온 모양이었다.

"그리고…… 다 나으면 같이 식사라도 할까?"

"시, 식사요?"

"응."

"……."

"네가 싫다면 어쩔 수 없고."

"그건 아닌데. 아닌데요. 그게……."

"그래. 그럼 난 이만 가 볼게. 푹 쉬고."

"……."

"밤에 갑자기 찾아와서 미안했어."

디아나가 방문을 열자 커다란 그림자가 꼬리를 흔들었다. 정원에서 만난 네발 달린 짐승이었다.

살짝 긴장했던 바스티안은, 하늘이를 확인하고 긴장을 풀었다. 오늘 처음 보는 저 동물이 왜 그에게만은 친밀감을 표하는지 알 수 없었지만, 저 하늘이라는 이상한 이름의 동물은 그를 꽤 좋아했다.

열린 문으로 들어온 하늘이는 디아나를 지나쳐 바스티안 침대 주변을 한 바퀴 둘러보았다. 그리고 문가에서 기다리던 디아나와 함께 방을 나갔다.

원래 건강한 체질이라던 바스티안은 약을 먹자 금세 자리를 털었고, 디아나가 이야기한 식사 자리도 빠르게 마련되었다.

* * *

아이의 어머니는 신분이 낮은 사람이었다. 다들 언급하기를 꺼릴 정도로 매우 낮았고, 선대 대공의 부름에 며칠 성에 머무르다 떠난 것이 전부라고 했다.

그리고 꽤 시일이 지난 후에 선대 대공이 소년을 데려왔다고 한다. 그제야 소년의 존재를 안 대공이 정말 불같이 분노를 토했다고 했다.

성을 둘러보다 보았던 영문 모를 불에 탄 건물이, 그때 대공이 분노를 표하던 건물이라고 했다.

그렇게 화를 냈지만, 결국 대공님은 바스티안을 받아들였다.

처음 보았던 맨발에 추레한 차림새, 감금된 것 같은 상황으로 아이가 학대라도 당하는 거 아닌가 생각했지만, 다행히도 대공님이 그렇게 못된 사람은 아니었다.

대공님은 바스티안에게 모든 생활의 편의를 제공했다. 다만 대공성의 사람들이 대공님의 심기를 거스르지 않으려 조심했을 뿐이었다. 그러니까 그저, 대공성의 아무도 바스티안에게 관심을 주지 않았단 말이었다.

유일하게 집사만이 아이를 신경 썼다고 하였다. 하지만, 여러 노환에 시달리며 대공성 살림도 손에서 대부분 놓은 집사가 아이를 살뜰히 보살피긴 힘들었다.

거기에 그녀의 존재가 알려지자 바스티안의 취급은 더 박해졌다고 한다.

'내가 잘못한 건 없다지만…….'

왠지 모르게 미안했다.

바스티안의 존재 자체가 그녀와 대공님 사이에 걸림돌이 될 거라 여기고 성에서 내보내자는 말도 나왔다고 했다. 하지만 대공님이 그건 막았다고 한다.

집사의 말대로 대공성 사람들 대부분은 선대 대공과 현 대공 사이의 약조에 대해선 전혀 몰랐다. 식당에 들어선 디아나가 멈칫했다.

"먼저 왔네?"

바스티안이 어찌할 바도 모르고 어색하게 인사했다. 디아나가 살짝 웃었다.

"왜 그렇게 서 있어? 편하게 앉아."

귀족 가문에서 혼외자는 흔한 추문이었다. 더럽지만 오히려 그런 이야기 없는 깔끔한 가문을 찾기가 더 어려웠다.

황제부터 즉위하자마자 대놓고 정부와 놀아나다 전 황후가 사망하자마자 정부를 황후 자리에 앉힌 스캔들의 주인공 아닌가.

그런데도 대공에게 이리 실망한 건 그녀의 아버지는 다르다 여겨서임을 깨달았다.

그를 믿었다.

대공님을 믿지 않았다면, 소송을 취하하는 조건이었다지만 이렇게 대공님을 따라서 온건히 북부에 올라오지도 않았다.

그런데 자신의 자식을 저렇게 팽개치는 무책임한 인간이었다니. 심지어 그녀에게 아무 언질도 준 적이 없었다.

그녀를 속인 헤르만에게도 화가 났다. 원흉까진 아니지만 —

'나밖에 남은 가족이 없다며!'

어머니를 아주 오랫동안 포기하지 않고 찾던 아버지. 가족을 원하는 마음만큼은 진심일 거라고 믿었는데!

포크를 쥔 손이 와락 구겨졌다. 이를 모른 체하며 제인이 디아나의 취향에 맞는 음식을 집게로 덜어 왔다.

"아가씨, 드세요. 맛있는 걸 먹으면 기분이 좋아진답니다."

"그래……."

—쨍그랑

말이 잘린 디아나가 소리가 들린 방향을 보았다.

바스티안이 놓친 스푼이 접시에 부딪히곤 테이블을 굴러 바닥으로 떨어졌다. 대번에 안색이 질린 바스티안이 다급하게 몸을 숙였다.

"제인."

"네. 아가씨."

제인이 재빨리 떨어진 스푼을 새 걸로 바꿔 주었다. 디아나가 다른 하녀들을 향해 말했다.

"시중은 필요 없으니 남은 음식은 한 번에 내오고 모두 나가 주세요."

헤이워스 부인이 착잡한 얼굴로 하녀들에게 손짓했다.

부인은 바스티안에 대해 알려진 이후로 죄인처럼 그녀의 눈치를 살피고 있었다.

그도 그럴 것이 그날 이후로 디아나에게 불려가 바스티안에 관한 이야기를 모두 고한 후에, 그녀가 한 번도 찾질 않았기 때문이다. 어쩔 수 없이 이야기하더라도 예전 같은 친근함은 보여 주지 않았다.

작은 주인의 마음에 상처를 입혔다는 죄책감과 제대로 모시지 못하고 있다는 자괴감이 합쳐져 헤이워스 부인은 며칠 새 몰라볼 정도로 수척해졌다.

하녀들이 준비된 음식들을 줄줄이 날랐다. 디아나가 이를 약간 질린 얼굴로 보았다.

'고작 둘이 먹는데 너무 열심히 준비한 거 아냐?'

무슨 준연회 수준이었다. 기사 스무 명은 더 앉아 먹어도 될 정도였다. 그냥 평범하게 식사하며 이야기를 하는 정도만 생각했던 디아나에겐 모두 과했다.

"후."

이렇게 나오면 화를 내던 것도 미안해지지 않는가. 하긴, 여기 사용인들이 무슨 잘못인가. 고용주, 그들의 주인은 대공이었고 대공의 눈치를 볼 수밖에 없었을 텐데.

디아나가 한숨을 쉬며 헤이워스 부인에게 말했다.

"준비하느라 고생했겠네요. 모두 수고했다고 전해 주세요."

"예? 아, 예. 저, 전하겠습니다."

헤이워스 부인이 눈물이 살짝 어린 얼굴로 고개 숙였다.

부인이 나가자 제인이 입을 삐죽였다.

"아가씨, 벌써 용서하시는 거예요?"

"사용인들이 무슨 죄가 있겠어요."

"같이 뻔뻔하게 속인 공범이죠!"

제인의 말에 바스티안이 눈치를 보았다. 디아나가 말을 돌렸다.

"저, 자리 저쪽으로 옮길래요."

"도련님 옆으로요?"

"네."

둘이 식사하기 위해 따로 마련한 자리임에도 식탁 자체가 어마어마하게 넓었다. 바스티안과 디아나는 테이블의 끝과 끝에 앉았다. 너무 멀어 어떤 낯인지 살피기 어려웠다.

바스티안이 옆자리의 의자를 빼는 제인에게 작은 목소리로 말했다.

"도, 도련님이라뇨. 그, 말 거두세요."

"아가씨 동생분이시면 도련님이랍니다."

제인이 싱긋 웃으며 단호하게 말했다.

각하가 자식으로 받아들였든 말든 알 게 뭐냐. 그녀의 주인은 아가씨였고 아가씨가 동생으로 생각한다면 그에 맞게 대접할 생각이었다.

바스티안의 옆자리로 옮긴 디아나가 부드럽게 웃었다.

"너무 멀어서."

"아, 네."

바스티안이 뻣뻣하게 굳어 어쩔 줄을 몰랐다. 식기까지 모두 옮겨지고 디아나가 음식을 먹기 시작했다. 바스티안도 눈치껏 그녀를 따라 행동했다.

'식사 예절은 배운 것 같은데…….'

익숙하지 않은 손놀림이었다. 배웠으나 쓸 일이 별로 없던 모양이었다. 식기를 어색하게 사용하며 틀리진 않았는지 그녀의 눈치를 보느라 정신없어 보였다.

자꾸만 예전의 그녀 자신이 떠올랐다. 수프를 깨작거리는 손목이 무척 말라 있었다.

디아나가 테이블에서 고기를 덜어 잘랐다. 북부의 술에 며칠 재운 다음 향신료를 잔뜩 뿌려 훈제한 고기로 그녀가 북부에 와서 가장 감탄한 음식이었다.

"이거 맛있어. 먹어 봐."

"……감사해요."

바스티안이 덜어 낸 고기를 그대로 입으로 가져가는 모습에 디아나가 이를 막았다.

"너무 크니까 썰고 먹는 게 좋을 것 같아."

그러곤 바스티안의 나이프와 포크를 집어 들었다.

"이 정도면 되겠지?"

"네? 아, 네. 충분해요."

디아나가 바스티안에게 포크를 넘겼다. 양 뺨 가득 빵빵하게 음식을 넣고 우물우물하는 모습을 바라보다 새로운 음식을 집어 왔다.

"이것도 맛있어."

"이건 되게 단데 이 빵이랑……."

"요건 기사들이 많이……."

그녀의 권유대로 하나씩 맛보는 모습을 본 디아나의 입가에 짙은 호선이 그려졌다.

'너무 귀엽다. 이래서 할아버지가 뭘 자꾸 먹이려고 들었나 봐!'

디아나는 그녀보다 어린 사람을 보는 일 자체가 오랜만이었다. 거기다 바스티안은 양 뺨이 뽀얘서 더 귀여웠다.

'만져 보고 싶다.'

그건 실례겠지. 디아나가 식탁 아래에서 손을 꼼지락거리며 바스티안을 보았다.

'눈은…… 검정인가? 그런데 왜 머리를 저렇게 기른 거지?'

마구잡이로 자란 회색 머리칼이 눈앞을 덥수룩하게 가리고 있었다.

*　　*　　*

"자, 이제 도련님은 감고 오세요."

의자에 앉아 있던 소년이 조용히 몸을 일으켰다. 디아나는 하녀를 따라 욕실로 향하는 바스티안의 동그란 뒷머리를 보며 가위를 내려놓았다. 가위 옆엔 잘려 나간 머리칼이 수북이 쌓여 있었다.

"아가씨, 머리도 자르실 줄 아셨어요?"

하녀로 일하던 시절에 머리를 자르는 데 쓸 돈이 없어 홀로 잘랐다. 그러다 보니 늘었다고 말하면 제인이 슬퍼할 것이 뻔하니 그저 씩 웃음으로 답했다.

"이렇게 짧게 잘라 보는 건 처음이라 실수할까 걱정했는데 다행이네요."

"그래도 솜씨 좋으시던걸요? 손재주는 별로 없으신 거 같던데."

제인이 절대 늘지 않던 디아나의 수놓는 솜씨를 이야기했다.

"가, 가끔은 못 하는 것도 있죠."

이상하게 아무리 연습해도 수놓는 건 늘질 않았다. 그녀의 손재

주는 왠지 생존과 관련 있어야만 느는 느낌이었다.

“그래도 도련님 머리는 정말 잘 자르셨어요! 미용 일하는 친구가 말한 적 있는데 원래 자르는 건 보통 남자 머리가 더 어렵대요.”

“음? 그래요? 근데 보통 여자 머리 자를 때 돈을 더 받던데요? 제가 있던 곳만 그랬나?”

“어? ……그렇네요? 제가 가던 곳도 그랬는데? 뭐지?”

—똑똑

문을 두드리는 소리가 대화 사이를 파고들었다. 자리를 정리하던 제인이 일어나 문으로 향했다.

“무슨 일이죠?”

들어와 공손히 인사한 하녀가 답했다.

“대공 각하께서 곧 귀성하신답니다.”

*　　*　　*

복도를 서성이던 조엘이 헤이워스 부인을 보곤 잰걸음으로 다가갔다. 헤이워스 부인이 조엘을 보곤 고개를 저었다. 조엘이 졸린 목소리로 물었다.

“무, 뭐라셨길래요?”

“그냥 알았다고만 하셨답니다.”

“마중은요?”

“그에 대해선 아무 언급도 없으셨답니다.”

조엘이 땅이 꺼져라 한숨을 내쉬었다.

"식사 때 좀 풀리신 것 같다지 않으셨어요?"

"아가씨 생각을 제가 어찌 알겠습니까."

이 대화를 듣던 패트릭 경이 머리를 벅벅 긁으며 말했다.

"정말 무슨 생각이신지 모르겠습니다. 바스티안 님께는 무척 살갑게 구시던데. 저라면 갑자기 생긴 이복동생한테 그러진 못할 것 같은데 말이죠."

"대공님은 아무 말 없으셨습니까?"

조엘이 고개를 끄덕였다.

"아니. 진짜 보고하신 거 맞으십니까?"

"보고했으니 지금 귀성하시는 거죠. 원래 예정이라면 최소 사흘은 더 계셨을 텐데."

확실히 평소보다 이른 귀성이었다. 할 말이 없어 입을 다문 패트릭에게 조엘이 문득 떠오른 사실을 물었다.

"패트릭 경!"

"왜, 왜요."

"그러고 보니 예전에 바스티안 님 검술 가르친 적 있으시죠?!"

보통 기사들을 쪼는 업무를 하던 조엘이기에 반사적으로 겁을 집어먹었던 패트릭 경이 별거 아님에 안도했다.

"예, 뭐 예전에 집사님이 부탁하신 적 있었죠."

"어떻던가요."

"뭐…… 별로 오래 가르치질 않아서……."

"아니, 뭐라도 정보 될 만한 거 없습니까?"

"알면 진작 뭐라도 말씀드렸죠. 집사님이 저한테만 부탁한 것도 아니지 않습니까. 저 말고도 몇 명 부탁하셨는데 다들 비슷하게 얘기합니다."

"뭐라고 합니까."

"그냥…… 뭐, 관심 가질 만하지 못하다고 하죠, 뭐."

조엘이 고개를 절레절레 저었다.

"아니 뭐, 조엘 서기관도 바스티안 님께 아무 관심 없었잖습니까!"

조엘의 매서운 시선에 뒤로 갈수록 패트릭 경이 우물거리며 말했다.

"뭐 저희도 대공님 눈치 보이는데, 바스티안 님도 의욕이 없으니 검술을 가르치는 건 흐지부지되었죠."

몸놀림이 좋은 걸 보아 검에 재능은 있어 보였다. 하지만 본인이 별 열의가 없었다.

한번 배운 건 잊지 않았지만, 수업은 빼먹기 일쑤였고 불량한 수업 태도에 집사에게 부탁을 받은 기사들의 자존심에 상처를 냈다.

그들에게 밉상으로 찍힌 것은 바스티안이 대공성에서 외따로 돌게 된 데에도 영향을 끼쳤다.

"저보다 차라리 엣센 경에게 묻는 게 나을 겁니다. 바스티안 님을 가장 오래 가르치셨으니까요."

조엘이 세상에서 가장 멍청한 사람을 보는 얼굴로 패트릭 경을 보았다. 그럴 수 있었다면 진작 물어봤을 터였다. 엣센 경이 바스티안의 친모 감시 업무도 했었으니까.

"엣센 경은 이번에 대공님하고 같이 출정했는데 뭘 어떻게 물어

봅니까?!"

"돌아오시면 물어보시라는 거죠……."

"진짜 답답하네, 대공 각하께서 돌아오기 전에 뭐라도 알아내려는……!"

목소리를 낮추며 소리를 지를 수 있는 능력을 보이던 조엘의 눈에 두리번거리는 루이스 사무관이 보였다. 루이스 사무관도 마침 조엘을 보곤 찾았다는 듯 다가왔다.

"서기관님, 제도에서 보고가 올라왔습니다."

"아, 젠장. 별다른 내용 없으면 나중에 회의해요."

루이스 사무관이 주변을 의식한 듯 목소리를 낮췄다.

"로베르트 저하와 에스테반 저하께서 탄 마차가 전복되는 사고가 일어났답니다."

"뭐요? 거기도 개판이구먼. 젠장."

"뭐, 지금껏 조용한 게 이상했죠."

"그래서요?"

"에스테반 저하가 크게 다치셨답니다. 남은 보고는……."

바닥에 시선을 두던 헤이워스 부인이 조엘에게 인사했다.

"서기관께서도 바쁘실 듯하니 저도 이만 가 보겠습니다. 귀성하시는 분들을 맞이할 준비를 해야 해서요."

"아, 예. 알겠습니다. 헤이워스 부인도 수고하셨어요."

조엘에게 패트릭 경을 돌아보았다.

"아가씨께서 무슨 말씀하시면 바로 보고 주세요."

"예에."

조엘이 고개를 저으며 루이스와 함께 걸었다.

“아, 거기는 눈치도 없나. 하필 이럴 때 사고를 친답니까? 진짜 사고긴 하답니까?”

“보고서를 확인해 보시면 알지 않을까요?”

“각하께 보고를…….”

*　　*　　*

머리를 감겨 주는 손길이 깜빡 졸 정도로 부드러웠다. 헹구는 것이 끝나 일어난 소년은 다시 바짝 정신 차렸다.

모든 것이 이상했다. 상상과 전혀 다르게 전개되었다. 식사 시간에도 밥이 입으로 들어가는지 코로 들어갔는지도 몰랐다. 너무나 상냥한 목소리, 태도. 그녀의 미소는 진실돼 보였다.

‘이게 아닌데.’

하녀들의 태도도 모두 극진하게 변해 있었다. 머리를 감겨 주는 손길만이 아니었다. 태도부터 시선까지 모조리 변했다.

바로 얼마 전까지 어떻게 대해야 할지 몰라 곤란해하다 결국 무시를 선택한 자들이라고는 볼 수 없을 지경이었다. 특히 자신을 우악스럽게 끌고 갔던 기사는 그와 눈을 마주치지도 못했다.

‘아냐, 잘해 주는 척하면서 견제하지 않을까?’

그러나 곧 부인할 수밖에 없었다.

‘……그럴 이유가 없어.’

그, 디아나라던 소녀는 각하의 친딸로 각하의 사랑을 듬뿍 받으며 어머니의 신분도 높다고 들었다. 자신 같은 존재는 그저 손가락만으로도 치워 버릴 수 있을 텐데…….

그의 머리를 말리며 하녀들이 부산스럽게 움직였다.

"옷이 이거밖에 없어? 어떡하지?"

"어쩔 수 없지. 아가씨께서 기다리실 테니 일단 최대한 깔끔한 것으로……."

준비를 모두 마친 바스티안이 욕실 곁방을 나가기 위해 손잡이를 잡았을 때였다.

"아가씨께선 도련님께 왜 그렇게 잘해 줘요?"

방 안의 대화가 희미하게 들려왔다. 제인이랬던가. 그를 도련님이라고 부르던 하녀. 주인하고도 남다른 사이로 보였다. 둘만 있는 자리에서 나오는 얘기라면 본심에 가깝다고…….

"그냥."

대답은 가벼웠다.

"아이한테 잘해 주는 데 이유가 꼭 있어야 해?"

바스티안이 입술을 깨물었다. 그때 뒤편의 하녀가 말을 걸었다.

"무슨 문제 있으신지요?"

바스티안이 고개를 젓고는 문을 열었다.

"어머."

제인이 저도 모르게 감탄했다. 디아나도 마침 차를 머금은 것이 아니라면 분명 탄성을 내질렀을 것이었다.

씻고 나온 바스티안의 모습은 그만큼 그전과는 완전히 달라져 있었다.

"은발이었잖아?"

"그러게요?"

회색 머린 줄 알았더니 그게 다 먼지였단 말인가? 입을 벌리고 바스티안을 보던 디아나가 벌떡 일어났다. 그러곤 쭈뼛쭈뼛 걸어오는 바스티안에게 향했다.

요모조모 바스티안을 살피는 발걸음이 발랄했다. 참다못한 바스티안이 무슨 문제라도 있냐 물으려 할 때였다.

"귀여워. 제인 진짜 귀엽지 않아요?"

어떻게 뺨 한 번만 만져 보고 싶다, 머리 한 번만 쓰다듬어 보고 싶다, 예쁘다 등등, 그녀의 칭찬에 바스티안의 귀와 목덜미가 붉게 달아올랐다.

그리고 바스티안이 머리를 자르고 얼굴을 모두 드러내자—

'닮았어.'

아가씨와 소백작님처럼 똑 닮은 건 아니었다. 하지만 아이에게선 대공님의 모습이 언뜻언뜻 보였다. 외모도 상당히 닮았지만, 표정이 다채롭지 않아 외모보다는 뭐랄까, 어린아이면서 딱딱한 태도에서 대공님의 느낌이 났다.

살펴보던 제인이 미간을 좁히고 유심히 비교했다.

'왜 아가씨랑도 닮은 거 같지?'

"은발이라서 그런가?"

"뭐가요?"

"아뇨, 아니에요."

제인이 실수로 중얼거린 거라며 손을 내저었다. 디아나가 일어나 바스티안의 손을 잡고 자리로 향했다.

"앉아. 좋아하는 차 있니?"

"……."

"그럼 혹시 다른 일정이 있니?"

일정이라니. 그런 것 없는 지 오래였다. 바스티안이 고개를 저으며 조심스럽게 자리에 앉았다.

제인이 차를 내리는 동안 바스티안을 흘끔거렸다. 그 시선이 느껴졌는지 잠시 가라앉는가 싶던 바스티안의 귓가가 다시 달아올랐다.

"바스티안, 우리 통성명은 전에 했었지."

"……네."

바스티안이 머뭇거리다 답했다. 그리고 디아나는 제인의 얼굴에 의문이 떠오르자 자신의 말실수를 깨달았다. 밤에 바스티안을 몰래 찾아간 건 비밀이었는데.

"으음, 그러니까 내가 하고 싶은 말은……."

디아나가 급하게 뒷말을 이어 붙이며 마른 입술을 훑었다.

"누나라고 불러 줄 수 있을까?"

바스티안이 눈을 동그랗게 떴다.

바스티안의 눈은 대공님을 쏙 닮아 있었는데 그 눈매가 저렇게 놀라는 모습을 보니 웃음이 터질 뻔했다.

"큼, 큼."

헛기침하는 척하며 웃음을 참았다.

"크음, 우린, 아니 우리라고 할 만큼 오래 안 사이도 아니지만……. 그래도 조금씩 가까워지면 우리라고 부를 수 있게 되지 않을까?"

"어……."

당황해하는 바스티안에게 환하게 웃으며 덧붙였다.

"말도 편하게 해."

"그건 조금……."

"음, 그래, 네가 하고 싶은 대로 해."

그녀만 해도 사용인들에게 말을 놓는 게 어떻냐며 할머니와 할아버지께 들은 적 있지만, 지금까지 존대하지 않나. 말하는 사람이 편한 게 제일 중요하지.

디아나는 바스티안이 홀로 마음을 정할 때까지 기다렸다. 약간은 초조했지만, 만약 지금 안 되면 다음에 또 도전해 봐야지, 하고는 홀로 열의도 불태웠다.

어머니가 어릴 적 돌아가시고 동생이 생길 거라 생각해 본 적 없었다.

한때는 세니르가 오라버니가 되는 게 아닐까 하는 기대를 한 적도 있었다. 그러나 오발론 영애와 파혼하면서 그가 오흐리드가 되는 일 또한 요원한 일이 되어 버렸고.

그런데 약간 당혹스럽긴 하지만 정말로 피가 이어진 — 반뿐이지만 — 동생이라니!

한번 동생이라고 받아들이고 나니 그 뒤는 일사천리였다. 디아나의 머릿속엔 벌써 바스티안과 손을 잡고 뛰어놀 계획이 1에서 10까지 모두 짜여 있었다. 그 속을 모르는 바스티안은 어색하게 디아나의 눈치를 보았다.

그때 노크도 없이 문이 벌컥 열렸다. 열린 문에서 붉은 새가 날아 들었다.

"디아나."

"오셨어요."

디아나가 일어나 공손히 인사했다.

대공의 시선이 디아나에게서 그 뒤편의 바스티안에게로 향했다. 대공의 턱에 힘이 빳빳하게 들어갔다. 방 안의 기운이 순식간에 무거워졌다. 제인과 바스티안의 안색이 대번에 질렸다.

"모두 나가."

머리를 짓누르는 듯한 위압감에 제인이 바스티안을 부축해 방을 벗어났다. 그 사이에 디아나만 홀로 태연했다. 그 와중에도 대공이 디아나 쪽에는 영향을 미치지 않도록 조정했기 때문이었다.

"출정에 피로가 쌓이셨을 텐데, 각하도 돌아가 쉬세요."

평소와 다른 호칭에 대공의 한쪽 눈썹이 치켜올라갔다.

"……디아나."

"네."

"얘기 좀 하지."

"말씀하세요."

디아나의 태도는 흠잡을 곳 없었다. 하지만 대공은 다시 단단히 세워진 벽을 느낄 수 있었다.

"네게 미리 설명하지 않은 건 미안하다."

디아나가 계속 말하라며 대공을 응시했다.

"하지만 네가 알 필요 없는 일이라 생각했다. 나는 저 아이가 성인이 될 때까지만 성에 둘 생각이었다."

"성인이 될 때까지만요?"

"그래. 그게 내가 저 아이를 받아들인……."

"각하."

디아나가 대공의 말을 잘랐다. 숨을 크게 들이쉰 디아나가 깍지 낀 손에 힘을 주었다.

"제 질문에 진실대로 답해 주셨으면 해요."

"말하거라."

"바스티안은 제 동생이 맞나요?"

"……."

"……."

"……그래."

잠시 망설이던 대공이 답을 내놓았다. 어딘가 찜찜한 느낌이었지만 디아나는 깊게 생각하지 않았다.

"알겠어요."

디아나가 일어났다. 대공이 깊은 한숨을 내쉬며 얼굴을 쓸어내렸다.

"나는 대공가의 전권이 필요했다. 필리파는 사라진 지 수년이 되었고, 수색엔 진척이 없었다. 나 혼자의 힘으론, 소공의 힘으론 대륙을 모두 뒤질 수 없었다."

"그 말은 다 어머니 때문이라는 건가요?"

그러면 더 말이 안 됐다. 어머니가 이걸 용납했을 거라고? 그리고―

"각하, 제가 실망한 건요."

디아나가 입술을 얕게 깨물었다. 애써 표정을 관리하는 디아나의 눈꺼풀이 파르르 떨렸다.

"각하께서 저를 속였다는 점이에요."

"네가 알 필요 없는 일이었다."

"왜요? 제가 아직 오흐리드여서요?"

"……."

"각하, 각하께서 저를 정말 딸로 여겼다면, 이건 제게 숨겨선 안 됐어요."

그녀와 정말 가족이 되고 싶었다면, 가족을 원한 거라면 그래선 안 됐다. 아니, 그녀가 주제를 몰랐다. 그녀는 어차피 소송을 취하하는 이유로 이곳에 왔을 뿐이었는데.

가늘게 떨리는 손을 마주 잡은 디아나가 더는 대공을 올려다보지 못하고 바닥에 시선을 고정했다.

"저를 믿지 않았다는 점이, 정말 상처에요."

Chapter 2.

"후우우우."

"여기서 눕지 말게."

그는 아랑곳하지 않고 아주 소파에 몸을 파묻었다.

"어휴우우우."

"……."

"아이고오오오."

"……."

온갖 난리에도 관심 한 자락 없었다. 아니 오히려 그 난리에도 서류를 넘기는 백작의 미간은 미약하게 찌푸려져 있었다.

스펜서 때문에 지은 표정이 아니었다. 디아나가 북부로 떠난 뒤, 아니 독을 마시고 정신을 잃은 후 백작의 미간은 펴지질 않았다.

디아나가 오고 나서야 미소 짓던 사람이니 원래로 돌아간 것뿐이라지만 그렇다 치더라도 전보다 배는 싸늘해진 것도 사실이었다.

"디아나가 보고 싶소."

"……."

"디아나."

"……."

"디아나!"

"시끄럽소."

"북부에서 혼자 외롭진 않을지."

"일 없으면 가서 잉센에서 온 상단이나 좀 만나시오."

"역시 내가 따라가야 했는데!"

"가 봤자 춥다고 일주일도 못 버틸 거 아오."

스펜서가 소파에서 몸을 일으켰다.

"노히바텐 그 자식은 별장도 많으면서 왜 굳이 최북부 대공성으로 데려간 거요?! 어? 얼굴 보러도 오지 말란 뜻 아냐?!"

"대공성에 갈 생각은 꿈도 꾸지 마시오."

스펜서가 분하다는 듯 테이블을 내려침과 동시에 문을 두드리는 소리가 들렸다.

"들어와."

집사가 백작과 스펜서를 향해 공손히 인사했다.

"북부에서 편지가 왔습니다."

스펜서가 나이가 무색하게 벌떡 일어났다. 집사가 다가오는 것조차 기다리지 못하고 재빠르게 걷다 테이블에 다리를 부딪혔다.

"괜찮으십니까?"

넘어진 잔에 담겨 있던 찻물이 바닥으로 뚝뚝 떨어져 마차 다섯 대 값의 카펫이 얼룩졌다.

"괜찮네. 편지, 디아나 편지! 이거군."

스펜서가 쟁반에서 그의 이름으로 된 편지를 쏙 빼 갔다. 쟁반 위에 준비된 페이퍼 나이프가 무색하게 맨손으로 봉인을 뜯어내고 내용물을 꺼냈다.

집사는 스펜서가 뒤적이느라 흐트러진 편지를 정리하고 백작이 자리한 책상 위에 조심스럽게 내려놓았다.

"나가 보게. 카펫은 새로 주문 넣고."

"알겠습니다."

꽤 두툼한 편지를 순식간에 읽은 스펜서가 머리를 짚으며 소파에 몸을 묻었다.

"우리 불쌍한 디아나, 그 촌구석에서 얼마나 고생할지."

백작이 혀를 차며 디아나의 편지와 함께 온 하녀의 보고서를 꺼냈다.

"무슨 내용이 있었소?"

"물론, 디아나는 잘 지내고 있다지만 그걸 어떻게 믿소?!"

"노히바덴 대공이……."

보고서를 읽던 백작이 말을 멈췄다. 굳은 얼굴로 보고서를 읽던 백작이 피식 웃음 지었다.

디아나의 편지도 아니고 보고서를 보고 웃다니?

스펜서가 의심스럽게 물었다.
"뭐 웃긴 일이라도 있소?"
백작이 입매를 비틀며 읽던 종이를 내려놓았다.
"아들이 하나 있다는군."
"……뭐요?!"
스펜서가 반 박자 늦게 소리쳤다. 그러곤 믿기지 않는다는 듯 되물었다.
"누가?"
"노히바덴 대공."
"뭐, 뭐가 있다고? 아드을?! 지금, 그러니까 혼외자를 말하는 거야?"
백작의 입가에 계속 어처구니없는 웃음이 흘러나왔다. 고개를 젓다가 얼굴을 쓸어내리며 정신 사납게 굴던 스펜서가 심각하게 되물었다.
"뭔가 착각한 거 아닐까? 디아나는 아무 말도 없었잖소."
"뭐, 아비의 치부를 밝히는 성미는 아니니."
"그렇지. 디아나가 좀 매우 착하지. 아니, 근데 그놈이 진짜로?"
감탄하며 고개를 주억거리던 스펜서가 왈칵 인상을 찌푸렸다.
"그럴 놈은 아닌 것 같았는데."
"글쎄…… 뭐 진실이 중요친 않으니. 우리에겐 잘됐지."
대공에게 다른 자식이 있다면 오히려 매우 좋은 일이었다. 노히바덴가가 제대로 된 핏줄 없이 사라질 걸 걱정하는 척하던 황후도 입 다물 수밖에 없었으니까.

한바탕 난리를 치던 스펜서가 돌아가고 다른 이가 방에 들어왔다.

"왔느냐."

세니르가 보고서를 내밀었다. 백작은 보고서를 받고 곁에 있던 편지를 세니르 방향으로 밀었다.

"여기 디아나가 보낸 편지다."

세니르는 그 자리에서 읽지 않고 품에 고이 넣었다.

"노히바덴 대공에게 아들이 있다더군."

"죄송합니다."

"되었다. 사과 받자고 말한 게 아니니. 그보다 부득불 대공성에서 간자를 잡아내던 비밀이 고작 이거라면 어처구니가 없구나."

"사람을 다시 보내겠습니다."

"그래, 이번에는 아들 쪽을 알아보거라. 특히 친모 쪽에 사람을 보내 봐."

"예."

세니르가 공손히 고개 숙였다.

그러자 백작이 세니르가 건넨 서류를 두어 장 들추더니 책상 위에 내려놓았다.

"이건 소용없다."

하지만 약간 아쉬운지 서류 위를 손가락으로 톡톡 두들겼다.

"나도 생각해 보지 않은 건 아니다. 네가 오기 전에 벌어진 일이니 내가 너보다 이 일에 대해선 먼저 알았다만, 왜 지금껏 묻어놨다고 생각하느냐?"

"오흐리드에 타격이 오기 때문입니까?"

"타격이야 있겠지만, 그것도 못 막을 오흐리드가 아니다."

백작이 입매를 비틀었다.

"어차피 오발론은 이제 오흐리도도 아니니."

대륙법으로 금지된 인신매매. 오발론 남작은 인신매매에도 손을 댔다. 세니르의 보고서는 그 일을 조사한 내용이었다.

대륙법상 금지라지만, 또 그만큼 절대 근절될 수는 없는 게 바로 인신매매였다.

부패하거나 전쟁 중인 나라에서는 쉽게 사람을 사고팔 수 있었다. 오발론 남작이 인신매매에 손을 댔다고 하더라도 그건 흠 거리도 되질 못 했다.

하지만, 그 인신매매가 생체 실험과 관련이 있다면?

그건 더는 묻을 수 없는 일이었다.

인간을 매개로 한 마법 실험. 그렇게 앙숙인 세계탑과 신전 둘 다 유일하게 통일되는 의견이 있다면 인체 실험에 대한 징벌이었다.

인체 실험을 한 마법사라면 계보에서 파이고 배신자로 낙인찍힘과 동시에 이단으로 신전기사단의 심판을 받았다.

그리고 오발론 남작은 그 실험의 후원자였다. 그 소식을 들었을 땐 기가 막혔다.

죽고 싶어 환장을 한 게지.

발각된 후에 그 실험을 한 나라가 지도에서 사라졌지만, 오발론 남작은 그 사건에서 빠져나왔다.

그가 무사히 빠져나온 이유는—

"내가 소용없다고 말한 건, 어머니께서 모든 증거를 묻었기 때문이다."

대부인이 아직 정정하셨을 때 일이었다. 오흐리드의 모든 힘을 다해 사건을 묻었다. 오발론 남작의 휘하 중 한 사람에게 모든 죄를 뒤집어씌운 후 자살시켰다.

가만히 고민하다 멈칫한 백작이 다시 보고서를 들었다. 넘기는 손길이 빨라졌다.

"증거를 찾았군."

"예."

"하지만 이건……."

책상을 규칙적으로 두드리던 백작이 입을 뗐다.

"노먼 선생을 불러오거라."

* * *

"좀 더 날이 풀리고 떠나셔도 될 텐데요. 아직 여행은 불편하실 텐데……."

디아나가 바스티안을 흘끔 보았다.

눈가가 붉어진 채 입술을 앙다물고는, 잔뜩 화가 난 모습이었다.

바스티안을 안 동안 본 모습 중, 당황하는 것 외에 그가 처음으로 드러내는 가장 격렬한 감정이었다.

'이러면 안 되는데, 어쩌지…… 너무 귀여워.'

디아나는 입술을 꾹 깨물었다.

집사가 바스티안을 힐끗거리는 디아나의 모습을 보고 미소 지었다.

"괜찮습니다. 오히려 더 기다리면 여행이 힘들 겁니다."

날이 더 풀려 눈이 녹으면 관리되지 않은 도로는 모두 진창이 되었다. 차라리 눈발이 그치고 도로가 얼어붙은 지금이 나았다.

"그래요. 집사님 뜻은 알겠어요."

디아나가 어쩔 수 없이 물러났다.

집사는 바스티안을 돌본 거의 유일한 사람이었다. 바스티안의 애답지 않은 말투에는 집사의 영향이 지대했다.

바스티안도 집사에겐 꽤 풀어진 모습을 보였고, 잘 따르기도 했다.

그런 집사가 떠난다는 말에 바스티안이 처음으로 아이 같은 모습을 하며 집사에게 가지 말라 매달렸다.

하지만 결과는 결국 이리되었고, 바스티안은 크게 삐졌다.

이에 바스티안은 집사님이 떠나는 오늘 배웅도 하지 않으려 했다. 이를 디아나가 억지로 끌고 온 상황이었다.

"딸아이가 벨스텐 마을에서 결혼해 살고 있습니다. 예전부터 이제 그만 일을 쉬고 놀러 오라고 말이 많았으니 한동안 거기에 머물 생각입니다."

벨스텐 마을은 대공성에서 남서로 말을 타고 보름은 넘게 가야 하는 마을이었다. 중간에 게이트도 없으니 쉽사리 오갈 거리가 아녔다. 아마 떠나면 당분간 오기 힘들 터였다.

바스티안과 그녀만 말려 본 것이 아니었다. 대공도 넌지시 좀 더 머무는 것이 어떠냐 붙잡았다고 한다.

그러나 집사는 결정을 번복하지 않았다.

집사와 대화하는 내내 바스티안은 바닥에 시선을 고정한 채 입을 꾹 다물고만 있었다.

집사는 모든 세파에 초탈한 노인처럼 허허롭게 웃을 뿐이었다.

"아들 녀석은 며칠 후면 도착한다니 그놈을 잘 부탁드립니다."

"네."

벤자민이 말한 아들은 이미 디아나가 알고 있는 이었다. 제도의 노히바텐 저택을 관리하던 집사.

아들은 대공성에서 일을 배우고 제도로 내려간 것이기에 인수인계는 따로 없어도 된다 했다. 하지만 관계까지 인수인계되진 않았다. 새로 온 집사가 바스티안의 마음을 달래려면 얼마나 많은 시간이 필요할지 몰랐다.

바스티안을 챙겨 준 것은 벤자민 집사였으니.

잠시 말을 멈췄던 디아나가 목소리를 낮춰 속삭이듯 말했다.

"일부러였죠?"

"무얼 말씀하시는지……."

"바스티안, 일부로 제게 보여 준 거죠?"

"허허, 말년의 도박이었습니다."

대공가에 몇십 년을 봉사했다더니 역시나 속에 능구렁이가 가득했다.

말이 되질 않았다. 열심히 단속하던 문을 그녀가 대공가에 온 후 실수로 열었다는 것도, 하필 그녀가 바스티안이 머물던 성 앞을 지나갈 때 집사님이 그 성에서 나오는 것도 모두 우연이었을 리가.

디아나가 새초롬하게 집사를 보다 바스티안을 보고 탁 한숨을 내쉬었다.

'뭐, 오히려 동생을 찾은 거니…….'

"아가씨."

집사가 진중한 낯으로 그녀를 불렀다. 무슨 말을 하려고 저리 심각한 표정인지 걱정하기가 무섭게 집사가 말했다.

"각하를 잘 부탁드립니다."

"……."

"서투를 뿐이지 늘 진심이신 분입니다."

"……."

"바스티안 님에 대한 이야기를 되도록 아가씨께 숨기시려 한 건 각하의 실수일지라도, 각하께서는 잘못된 행동을 하신 적이 없습니다. 그 점에 대해서는 의심하실 필요 없습니다."

"……의심한 적 없어요."

"그렇다면 다행이군요."

집사가 주름진 입가가 호선을 그렸다. 이어 집사의 시선이 바스티안에게 향했다. 이제 정말 헤어질 때였다. 디아나가 떨어져 있던 바스티안에게 다가갔다.

"바스티안, 그래도 작별 인사해야지."

"……."

"바스티안."

디아나가 바스티안의 어깨를 찬찬히 다독이고 자리를 비켜 주었다. 집사가 그 모습을 보고 미소 지었다.

*　　*　　*

디아나와 바스티안은 빠르게 가까워졌다. 쫓겨나겠다는 목적을 지닌 바스티안이 이건 아니다 싶어 일부러 미움받으려고 행동한 적이 없던 건 아니었다.

하지만 주홍색 눈을 동그랗게 뜬 소녀가 고개를 갸웃거리며 부드럽게 다독이는 말에, 바스티안의 시도는 매번 실패했다. 그 몇 번의 패배 끝에 바스티안은 오히려 싸우는 법을 잊어버렸다.

속이야 어쨌든 애정에 굶주린 아이였다.

좋은 감정이 없는 게 뻔히 보이는 이에겐 똑같이 매몰차게 굴어도, 상냥한 손길엔 저도 모르게 세운 날을 접을 수밖에 없는 것이다.

그나마 의지할 집사마저도 떠난 상황에서는 더욱이.

"바스티안 님, 아침입니다."

끙끙 앓던 바스티안이 몸을 일으켰다.

눈에 띄지 않는 걸 목적으로 태만한 생활을 반복하던 바스티안에게 아침 일찍 일어나는 건 아주 고역이었다.

세수하면 잠이라도 깰까 싶었지만, 따뜻한 물은 외려 더 졸음을 불러왔다. 찬물이면 잠이라도 깰까 싶었지만, 디아나가 바스티안을 살피는 걸 안 후로 태도가 바뀐 하녀들은 바스티안의 소세 물을 꼬박꼬박 데워 왔다.

잠에 취해 낑낑거리면서도 바스티안은 서둘러 옷을 갈아입었다.

"바스티안, 왔어?"

바스티안이 힘겨워하면서도 아침에 몸을 일으킬 수밖에 없게 만든 이가 살갑게 인사했다.

오늘도 먼저 오는 건 실패였다.

귀족 여인은 늦게 일어나는 것이 미덕이라고 하던데, 그의 누님은 꽤나 아침형 인간이었다.

"졸리면 가서 쉬어."

잼을 바르던 디아나가 설핏 웃고 말했다.

"아니에요."

바스티안이 크게 하품하던 입을 딱 다물었다.

"피곤하면 꼭 먹으러 안 와도 돼. 혼자 먹기 적적해서 같이 먹자고 한 것뿐이니까."

"정말 괜찮아요."

디아나가 작게 웃자 바스티안의 귓가가 붉어졌다.

차라리 아침을 먹고 돌아가 다시 잠을 자면 잤지 절대 그럴 수 없었다. 이 시간은 절대 빠지고 싶지 않은 시간이었다.

"원래 아침은 항상 여럿이 모여 먹었었거든, 그래서 혼자 먹으려니 쓸쓸하더라고."

오흐리드에서 지낸 시간이, 지내지 않은 시간보다 훨씬 짧을 텐데 이상한 노릇이었다.

어느새 그녀의 일부가 된 느낌이었다.

바스티안을 만나기 전에는 제인이나 헤이워스 부인과 함께 식사해 봤다. 하지만 둘 다 식사를 하면서도 그녀의 시중을 챙기느라 정작 식사는 하는 둥 마는 둥 하는 걸 보고선 그 이후론 포기했었다.

"원래 각하와 드셨어요?"

"어?"

당연히 그랬으리라 생각한 질문이었으나 의외의 반응에 바스티안이 식기를 움직이던 손을 멈췄다.

"음…… 아니. 각하께서는……."

이상한 노릇이었다. 그의 누님도 대공님을 각하라 불렀다.

"아침이 이보다 훨씬 이르시더라고. 기사라 그런지 새벽에 일어나셔서, 같이하자고 말…… 안 했어."

바스티안은 눈치가 빨랐고, 그 눈치로 누님의 말이 핑계에 불과하다는 걸 알았다. 하지만 더는 말을 붙이지 않고 그러느냐 고개를 끄덕였다.

"아, 그리고 모레 상인이 올 거야."

상인? 디아나가 성을 새롭게 단장하느라 바쁘게 돌아다니는 건 그도 알고 있었다. 그런데도 매일 그와 애프터눈 티를 함께했다.

바스티안이 말을 계속하라며 디아나를 응시했다.

디아나의 눈이 반달로 곱게 접혔다. 저렇게 눈을 마주할 때마다 사랑스러운 것을 보는 눈을 하는 사람을 어떻게 밀어낼 수 있을까.

"……맞출까 하는데."

"네."

"그래? 의외로 선선한데? 좋아, 동의한 거야?"

"……예? 저, 잠시, 앞의 말을 못 들었어요."

"그래?"

고개를 갸웃 기울인 디아나가 장난스럽게 웃었다.

"별거 아니야. 모레 애프터눈 티 때 꼭 나오면 돼."

"네?"

* * *

이튿날 애프터눈 때 바스티안의 의문은 풀렸다. 외부인 앞에 서는 건 대공성에 들어오고 나서 처음이었다. 바스티안은 바짝 얼어붙었다. 그런 바스티안의 턱 아래로 여러 종의 원단이 스쳐 지나갔다.

"바스티안에게는 짙은 색이 잘 어울리네요."

"그럼 이 원단은 어떤가요?"

"좋네요. 그래도 기본 셔츠는……. 바스티안 너는 어때?"

바스티안이 숨을 들이켰다. 자신을 보는 시선들.

"저는…… 아무거나……."

그 굳은 모습을 본 디아나가 바스티안에게 다가왔다.

"원단은 지금까지 본 거로 충분한 듯하니 잠깐 쉬죠."

"알겠습니다. 정리해라."

상인이 눈치 빠르게 직원과 함께 물러갔다. 디아나가 바짝 굳은 바스티안의 손을 감싸 쥐고 소파로 이끌었다. 단둘이 남자, 긴장이 풀린 듯한 바스티안의 손이 가늘게 떨렸다.

"저한테 왜 이렇게 잘해 주세요?"

갑작스러운 질문에 디아나는 눈만 깜빡였다. 놀람이 가시고 답은 바로 나왔다.

"동생이잖아."

정답은 아니었던 모양이었다. 바스티안의 안색이 한층 창백해졌다. 헐떡거리는 바스티안을 디아나가 걱정스럽게 보았다.

"바스티안?"

"저는, 저는……."

나는 당신의 동생이 아니다.

라는 말이 목 끝까지 치솟았다. 하지만 입 밖으로 낼 수 없었다. 목구멍에 걸린 말이 숨구멍까지 막으려 들었다.

"나는 그냥……. 내가, 아니, 나도 이런 친절을 받고 싶었거든."

디아나는 고심하며 입을 열었다.

"그리고 받았고."

헤르만.

이 상황에서도 헤르만을 떠올리자 설핏 웃음이 나왔다.

모든 일에 가정은 소용없지만, 헤르만이 아니었다면 그녀의 삶은 지금과는 아주 많이 달라졌을 것이었다. 끊임없이 발을 잡아채는 악의의 늪에 가라앉았을 터였다.

'아 역시, 헤르만은 잘못이 없어.'

'보르도 남작 부인은……. '

'그리고 아티시아.'

아주 짧은 시간에 많은 일이 스치듯 떠올랐다가 바스티안 얼굴 뒤로 사라졌다.

"그래서 주고 싶어. 내가 받은 만큼."

"……."

고개를 푹 숙인 바스티안의 머리에 손을 올리려던 디아나가 눈에 띄게 떨리는 소년의 몸을 보고 멈칫했다. 그러나 다시 손을 뻗어 쓰다듬었다.

"미안해요."

"대체 뭐가, 바스티안."

머리를 쓰다듬던 디아나의 손이 굳었다.

"……울어? 아니 내가 뭐 잘못 말했나? 어떡해, 왜 울어. 우, 울지마."

당황한 디아나의 손이 손수건을 찾아 헤맸다.

"제가, 제가…… 여기 있어도 될지 무서워요."

너무 무서웠다.

그리고 미안했다.

말할 수 없었다. 나는 당신의 동생이 아니라고.

어머니만 아니면 아무도 모르는 비밀이었다. 지금껏 아무도 알아채지 못했고. 그렇다면, 그냥 비밀로 하는 게 어떨까.

자신만 입을 다물면 아무도 몰랐다.

그만 입을 다물면.

대체 무엇에 버튼이 눌린 것인지 알 수 없었지만, 바스티안은 둑이 터진 것처럼 한참을 울었다. 뭐, 우는 건 나쁘지 않았다. 바스티안은 항상 조용하니 아이답지 않았으니까. 차라리 이런 모습이 좋왔다.

저 모습을 보니 자신이 아이답지 않게 너무 조숙하다고 슬퍼하던 할아버지가 이해가 됐다.

'미안했어요, 할아버지.'

히끅거리는 바스티안을 진정할 수 있게 혼자 두며 방을 나왔다. 그러자 눈물에 푹 젖어 버린 앞섶과 소매를 본 제인이 입을 쩍 벌렸다. 제인의 손길에 이끌려 간 디아나는 옷을 갈아입고 상인을 만나러 갔다.

"……무려 오흐리드라고."

대공성은 기후 때문에 응접실도 방의 내실에 딸려 있었고, 혹시나 있을 비상 상황을 대비해 내실 문이 열려 있었다. 상단 사람들이 목소리를 낮추긴 했지만 가까워질수록 대화가 모조리 들렸다.

"우리가 지금 노히바텐 성에 있지만, 물건 보시는 분은 오흐리드에서 자라신 분이라고. 웬만한 수준은 눈에 차지도 않을걸."

"하지만 이건 너무 손해인걸요."

"멍청한 소리 하지 마! 못 들었어? 지금 제도에서 모두 나그한 비단 사려고 난리라 다섯 배가 더 오른 거?"

디아나가 눈을 동그랗게 떴다. 말려야 할 제인은 아주 흥미로운 얼굴로 귀를 기울이고 있었다.

벌써 한소리 해야 했는데 왠지 조용하더니만.

"그래애! 안 그래도 부호들만 수집 가능했는데, 오흐리드 공주가 데뷔탕트 때, 알지? 그래서 더 경쟁 심해졌어. 이젠 웬만해선 구경도 못하게 됐어."

“오흐리드라는 이름값이 정말…….”

“대단하지. 오흐리드 공주님이 직접 골랐다는 것만으로도 북부 귀부인들에게 먹히고도 남아. 손해 생각 말고 모두 최고급으로만 알겠어?”

“알겠습니다. 근데 단주님, 그럼 그 소년은 뭘까요?”

“그러게. 대공성에 들락날락한 지 좀 됐는데, 저런 소년은 처음 봐. 들어 본 적도 없어.”

“영애가 되게 아끼시던데 옷도 직접 맞춰 줄 정도로요.”

“그러니까 대체 누구길…….”

문지방에 선 디아나가 인기척을 냈다. 상단 사람들은 언제 떠들고 있었냐는 듯 입을 다물고 일어났다.

그중 대표로 보이는 자가 서둘러 말했다.

“영애께서 말씀만 하시면 바로 아래에서 샘플을 가지고 올라오겠습니다.”

디아나가 고개를 저었다.

“아니요. 저도 내려가서 같이 가서 보죠.”

“예? 아, 귀하신 분께 어찌, 여기서 기다리고 계시면…….”

“다른 마음에 드는 걸 찾을 수도 있으니까요.”

디아나는 직접 실물을 보기 위해 상단 마차가 있는 곳으로 향했다. 대공성 한쪽 공터에 상단 마차에서 푼 짐이 한가득 쌓여 있었다.

그곳엔 일찍이 살폈던 옷감도 있었다. 상단의 일꾼들이 그녀가 구매한 것을 빼고는 다시 꺼내 차곡차곡 말아 정리하고 있었다. 그

중 한 필을 본 디아나가 시선을 고정했다.

"마음에 드십니까?"

눈치 빠른 상단주가 들고 다가왔다.

"눈썰미가 정말 대단하십니다. 이건 잉센 왕국 옷감으로 북부 지역엔 제가 한 필만……."

디아나가 원단을 쓱 쓸어 보았다.

"……바스티안 님께 잘 어울리실 겁니다."

"아뇨, 바스티안이 아니라 대공님……."

무심코 익숙한 호칭이 튀어나왔다. 디아나가 말하던 것을 멈췄다.

"아니, 원래 보기로 했던 건 어디 있죠?"

'정신 차리자 디아나. 멀어지기로 했잖아.'

* * *

"에스테반 저하의 상태가 생각보다 심한 모양입니다. 이대로 깨어나질 않으시면 해적 추적은 이대로 진전이 없을……."

그때였다.

"으악! 누님!"

"아하하! 바스티안, 허리를 펴!"

아이들이 떠드는 소리가 벽을 타고 창문까지 올라왔다.

"……."

"……."

대공이 느리게 자리에서 일어났다. 마치 맹수가 웅크린 몸을 펴는 것처럼 숨이 턱 막혔다. 창가에 짙은 그림자를 만들며 선 대공이 소란의 주인공들을 가만히 지켜보았다.

"바스티안이 디아나를 누나라고 부르는군."

"하, 하하, 하하하. 바스티안 님이 아가씨를 잘 따르시니까요."

그러니까 상인이 온 그 다음날부터였다. 바스티안이 아가씨를 누님이라 부르기 시작한 것은. 그리고 조엘에게 그날은 약간 악몽 같은 날이었다.

상인에게 지급할 대금서가 올라왔는데, 평소라면 재정관이 제발 한 번만 봐달라 읍소해도 결재하는 데 한 달이 걸릴 대금서를 대공이 바로 받아 갔다.

그리고 아가씨께서 상인에게 구매한 것 중 몇을 본인의 재산으로 지불한 것을 알게 되었다.

자신과 대공가의 재산을 따로 여기는 모습에 대공님이 아주 저기압이 되어 모두 쥐죽은 듯이 숨도 멈추고 걸어 다닐 정도였다.

아가씨는 전혀 신경 쓰지 않았지만.

"무슨 생각하는지 이해되지 않는 것이 정상인가?"

"예?"

주어 없는 질문에 조엘이 되묻다가 대공의 시선을 깨닫고는 또 어색하게 웃었다.

갑자기 나타난 이복동생과 사이가 저리 좋은 것이 이해 가지 않을 만도 했다.

대공성의 많은 이들도 이해하지 못했다. 하지만, 그들도 점차 바스티안을 대공가의 도련님으로 받아들이고 있었다. 저도 모르게 도련님이라고 부르는 사용인들도 속출할 정도였다. 이건 모두 디아나의 행동 때문이었다.

"저도 아이는 없다 보니 잘……."

조엘이 슬금슬금 눈치를 보다 먹잇감을 찾아 내었다.

"그러고 보니 루이스 사무관 딸이 아가씨 또래지 않습니까?"

조엘은 폭탄을 루이스에게 떠넘겼다. 대공의 시선이 루이스에게 향했다. 앉은 채로 펄쩍 뛰어오른 루이스가 책상에 허벅다리를 크게 부딪쳤다. 루이스가 허벅지를 문지르며 도와줄 자를 찾았으나 아무도 그와 눈을 마주치지 않았다. 인생은 혼자였다.

"그……."

뭐라고 설명을 해야 대공의 기분에도 거슬리지 않으며 그를 납득시킬 수 있을까.

자식도 그 나름이지. 열다섯까지 떨어져 살다가 소송 중에 데려온 딸인데 지금까지 사이가 괜찮았던 게 사실 이상하다. 그 속을 알면 그게 더 신기한 일이다－라고는 말할 수 없지 않은가. 목숨은 소중했다.

루이스는 맹렬하게 머리를 굴렸다.

"그, 우, 원래 사춘기가 되면 좀, 갑자기 다른 사람이 된 거 같고 그렇습니다. 특히, 따, 딸이면 더 그렇죠. 하하, 하하하."

루이스가 있는 말 없는 말을 다 끌어내 짜냈다. 조엘은 사춘기라니 무슨 뚱딴지같은 소리냐는 얼굴이었다. 그러나 다행히 대공이 흥미가 떨어진 듯 다시 창밖에 시선을 두다 일어났다.

"오늘은 여기까지 하지."

"……."

"……."

처리해야 할 서류가 아직도 산더미였지만 누구도 대공을 말릴 수 없었다. 대공이 방을 벗어나자마자 바짝 긴장해 있던 사무관들이 숨을 내쉬며 녹아내리듯 의자에 들러붙었다.

"아가씨도 대체 무슨 생각이신지."

한쪽 구석에 쭈그려 있던 서기관이 진저리쳤다. 조엘이 한마디 하기도 전, 말을 계속 이었다.

"각하껜 찬바람이 저리 쌩 불면서 천한 이복동생을 싸고도는 게……."

저게 미쳤나. 조엘이 기겁했고 다른 사무관들도 반응은 비슷했다. 그러나 그 눈치 없는 사무관은 꿋꿋하게 말했다.

"분위기가 이러니 일도 못 하겠습니다, 정말."

"언제 오셨습니까?"

"예?"

"대공성에 언제 오셨습니까."

"이, 이제 1년 됐습니다."

조엘이 기가 막힌 얼굴을 했다. 다른 사무관들도 고개를 절레절레 저었다.

"온 지 얼마 안 돼서 모르나 본데 아가씨 안 계셨으면 사무관은 각하 얼굴 아직 보지도 못했습니다. 각하께서 아가씨 안 계셨으면 대공성에 이렇게 오래 머무실 것 같습니까?"

"하지만 그렇게 찾아다니셨던 필리파 아가씨도 돌아가셨으니, 더는 안 나가셨겠죠."

조엘이 기가 막힌 얼굴을 했다. 다른 사무관들 또한 필리파의 언급에 목이 졸린 낯을 했다.

"진짜 생각을 좀 하고 사시죠? 10년을 넘게 찾아다닌 연인이 사고로 죽은 걸 알고도 각하께서 괜찮아 보이시는 이유가 뭐라고 보십니까?"

"……."

"……."

딸이 남아 있기 때문에.

정곡을 찌른 조엘의 말에 모두 시선을 내리깔았다. 싸늘해진 분위기에 루이스가 분위기를 풀 겸 진심을 담아 투정했다.

"그래도 조엘 서기관. 각하께 저를 밀어 넣은 건 너무하셨습니다."

"음? 무얼요? 루이스 사무관이 매번 무섭다고 보고를 제게 넘기는 건 그럼 앞으로……."

"크흠, 다시 하던 이야기나 하시지요."

*　　*　　*

디아나는 걱정스러운 낯으로 바스티안을 보았다.

"어때 오늘은 좀 괜찮겠어?"

"네, 이제 걱정하지 않으셔도 돼요."

"정말?"

"정말이요. 다 나았어요, 누님."

바스티안이 정말 다 나았다는 듯 웃어 보였다.

"그래. 아프면 바로 말해."

디아나가 고삐를 잡고 말의 목덜미를 두드리며 말했다. 둘은 지금 말을 타러 나가고 있었다. 당연히 호위도 함께인 아주 안전한 외출이었다.

원래 일정은 이틀 전이었다. 하지만 그날 갑작스러운 바스티안의 복통에 일정을 취소했다. 그리고 오늘 다시 그날 못했던 나들이를 나온 참이었다.

"바스티안도 정말 금방 느는구나."

"아직 누님에 비하면 모자라죠."

"하하, 금방 따라올 것 같은데."

며칠 전까지만 해도 말을 탈 줄 몰랐다고 하면 거짓으로 보일 만큼 놀라운 일취월장이었다.

"정령의 축복을 받았다는 기록이 있을 만큼 대대로 노히바텐가 사람들은 말을 잘 다뤘으니까요."

그런 기록이 있었어? 디아나는 모르던 이야기였다. 어찌 되었든 남다른 그녀의 승마 실력은 역시 아버지께 물려받은 모양이었다.

그녀를 덮었다 멀어지는 검은 그림자. 디아나가 하늘을 올려다보았다. 구름 한 점 없는 새하얀 하늘. 그림자가 생기려야 생길 수 없는 하늘에 크고 붉은 새가 날아가고 있었다.

'홍염.'

정령을 이리로 보내면 대공님은……. 하긴 누가 대공을 위험에 처하게 만들겠는가.

"하늘이 정말 맑네."

"그래도 아직 바람이 찹니다."

"시원해서 좋은걸. 바스티안은 괜찮아?"

"네. 괜찮습니다. 망토가 무척 따뜻하니 걱정하지 않으셔도 돼요."

대공성에 있던 모피로 만들도록 한 망토였다. 두꺼운 망토를 두른 아이는 마치 털 뭉치에 파묻힌 것 같은 모양새였다. 저렇게 귀여운 모습으로 어른스럽게 말하는 것이 더 사랑스럽다는 걸 바스티안은 몰랐다.

"그래, 그럼 조금……."

디아나가 고삐를 쥐며 말의 배를 걷어찼다. 뒤따르던 기사가 재빠르게 좇았다. 디아나는 뒤에 바스티안이 잘 따라오는지 확인했다. 바람에 휘날리는 머리칼이 시야를 방해했다.

고삐를 놓은 디아나가 손목에 매어 놓은 머리끈으로 머리카락을 질끈 묶었다. 기사가 기겁해 소리쳤다.

"아가씨! 달리면서 머리 묶지 마십시오!"

얼마나 달렸을까 숲속 한가운데에 갑자기 탁 트인 평야가 나왔다. 디아나가 고삐를 당기며 속도를 줄였다.

주렁주렁 고드름을 매단 하얀 침엽수에 둘러싸인 뻥 뚫린 공터. 기이할 정도로 넓은 평원엔 풀 한 포기도 보이질 않았다.

뒤에 따라온 말들이 멈추는 소리가 들렸다. 디아나가 뜨거운 콧

김을 뿜는 말의 목덜미를 두드리고 평야 방향으로 걸어갔다.

"호수가 얼어붙고…… 눈이 쌓여서 이렇게 된 거군요."

"여름에만 모두 녹은 모습을 볼 수 있습니다. 그때 오시면 무척 마음에 드실 겁니다."

기사의 설명에 노히바텐 영지에 대한 애정이 잔뜩 묻어나 있었다.

"여름에 다시 놀러 오자."

"네. 누님."

바스티안이 기쁘다는 듯이 웃었다. 긴장이 풀렸는지 요새 웃는 얼굴을 꽤 많이 보여 줬다. 디아나도 마주 웃었다.

'2년 후에도 잘 지낼 수 있었으면 좋겠는데.'

바스티안이 노히바텐가 대신 오흐리드를 선택할 그녀를 어찌 볼지 지금은 전혀 알 수 없었다.

"그리고 지금은 빙어 낚시가 제일 잘 될 때입니다. 얼음이 적당히 녹았으니까요."

"빙어 낚시요?"

"예, 안 해 보셨습니까?"

디아나가 고개를 끄덕였다. 사랑스러운 아가씨가 자신의 말에 관심을 가지는 것에 흥분한 기사가 열정적으로 빙어 낚시를 설명했다. 처음엔 흥미 없어 보이던 바스티안도 나중에는 호수를 힐끔거릴 지경이었다.

"이보다 더 추우면 얼음이 너무 두꺼워 구멍을 내는 것 자체가 불가능하죠. 요새가 제일 적당합니다!"

"그래요? 그럼 바스티안 내일……. 어?"

"엘크군요."

호수 반대편에 뿔을 지닌 거대한 동물이 나타났다.

"흰색은 처음 봐요."

대공령으로 올라오는 동안 몇 번 본 동물이었기에 익숙했다. 먼저 공격하지 않는 이상 순한 동물이기에 가까이서 본 적도 있었다.

"흰 엘크는 행운을 가져다준다는 속설이 있습니다."

"그래요?"

"예. 저도 대공령에 오래 지냈지만 흰 엘크는 처음……."

말을 멈춘 기사가 굳은 얼굴로 검 손잡이를 잡았다. 순식간에 기사들이 그녀와 바스티안을 중심으로 두고 둘러쌌다.

바스티안이 흔들리는 눈으로 그녀를 보았다. 바스티안의 어깨를 끌어안은 디아나가 검지를 손가락에 가져다 대며 소리 내지 말라 전했다. 무슨 상황인지 그녀도 알 수 없는 건 마찬가지였다. 디아나도 긴장한 낯을 했다.

잠시 후 그들이 지나온 길에 사람의 형체가 보였다. 디아나도 기사들도 상대를 확인한 순간 긴장이 탁 풀렸다.

"홍염이 느껴져서 혹시나 하고 왔더니. 뭘 그렇게 긴장하고 있어? 칼 안 치워?"

슬렁슬렁 걸어오던 이가 인상을 확 찌푸렸다. 그 모습에 디아나가 그대로 기사 사이를 뛰쳐나갔다.

"아가씨!"

"조심……!"

달려와 안기는 과격한 환영에 헤르만이 약간 놀랐다.

"뭐, 뭐야?"

당황하던 헤르만도 디아나를 마주 안아 주곤 후다닥 떨어졌다. 큼큼 헛기침하는 헤르만에게 디아나가 물었다.

"어떻게 오셨어요? 한동안 세계탑에서 못 나오실 것 같던데."

"나 현자야."

감히 나를 누가 붙잡아? 라는 어조에 디아나가 '아, 그러시군요.' 라는 표정을 답으로 대신했다.

"어쩐 일로 오신 거예요?"

혹시 나를 보러? 눈을 반짝이는 디아나에게 헤르만이 귀찮다는 듯 답했다.

"테세비츠 그놈이 자꾸 오라고 해서."

그럼 그렇지.

기대하던 디아나의 눈빛이 차갑게 변했다. 당황한 헤르만이 부연 설명을 덧붙였다.

"그놈이 자꾸 우는소리 징징해대서."

"각하께서…… 우는소리요?"

처음 헤르만의 말을 이해하지 못해 어리벙벙하던 기사들은 되짚어 주는 디아나의 질문에 괴상한 얼굴이 되었다. 그 말을 들은 헤르만도 같이 괴상한 얼굴이 됐다.

"각하? 뭐야? 갑자기 웬 내외?"

디아나가 슬그머니 시선을 피했다.

"그리고 여긴 어쩐 일이냐는 말은 내가 해야 할 거 같은데."

"뭘요?"

"넌 날도 추운데 왜 여기까지 나와 있어? 감기 걸려."

"그냥 놀러 나왔어요. 그리고 지금 날씨 엄청 풀린 거예요!"

"뭐? 이게? 오다 얼어 뒈지…… 아니, 추워 죽겠는데? 아주 이제 북부 사람 다 됐네."

헤르만의 별 의미 없는 말에 디아나가 멈칫한 사이 헤르만의 시선이 디아나의 일행을 훑었다.

"쟤는 뭐야? 어린애? 시동이야?"

전혀 모르는 기색에 디아나가 놀라 답했다.

"시동이라뇨! 인사해, 바스티안. 내 후견인이신 헤르만 레체프 님이셔. 현재 세계탑 현자님이시고."

"처음 뵙겠습니다. 바스티안입니다."

헤르만이 대체 뭐냐는 듯 바스티안을 보았다. 디아나가 설명했다.

"제 동생이에요."

"뭐? 네가 동생이 어딨어? ……아? 설마 그……!"

헤르만이 당혹을 감추지 않고 바스티안과 디아나를 번갈아 보았다.

* * *

달그락달그락— 식기가 부딪치는 소리만 가끔 들릴 뿐이었다.

"여기 물."

고용인은 실수하지 않으려 바짝 긴장했으나 떨리는 손이 오히려 실수를 일으켰다. 주전자에서 삐끗한 물이 유리잔이 아닌 식탁보를 적셨다.

"죄, 죄송……."

"……가 봐."

헤르만이 한숨을 내쉬며 손을 내저었다. 이 상황이 어색하고 답답해 미치겠는 건 그도 마찬가지였으니 이해했다.

이건 뭐 테세비츠가 처음 디아나의 아버지라고 나섰을 때와 비슷한 분위기였다.

헤르만, 테세비츠, 디아나 이렇게 셋이 모인 식사 자리였다. 바스티안이라는 꼬맹이는 본인이 알아서 빠진 것 같았다. 꼬맹이가 부러웠다.

'내가 왜 여기서 등이 터져야 하는가.'

배는 고팠지만 여기서 먹다간 체할 것 같았다. 헤르만이 포크로 덜어 온 샐러드를 푹푹 찔러댔다.

"각하, 내일 바스티안하고 빙어 낚시하러 가려고요. 괜찮을까요?"

"……호위만 데려간다면 상관없다."

"네."

저 깍듯한 호칭은 뭐야. 그래도 대화는 하는군.

타는 속에 물을 마시려다 빈 잔에 또 한숨을 내쉬었다. 이번에는 다른 하인이 제대로 물잔을 채워 주었다.

"헤르만은 언제까지 머무실 거예요?"

"글쎄……."

마음 같아선 지금 당장 떠날 거라고 말하고 싶었지만, 농담할 분위기는 아니었다.

"헤르만도 같이 갈래요?"

"뭘?"

"빙어 낚시요. 해 보셨어요?"

"그게 뭔데?"

디아나가 자신도 들었을 뿐이라며 빙어 낚시에 관해 설명했다. 목소리에 기대감이 가득한 것이 벌써 마음은 호수 위에 있었다. 이에 전염되듯 헤르만이 답했다.

"재밌겠네."

"같이 가요."

"그래 뭐, 딱히 할 일도 없으니. 그럴……."

아주 얼굴을 뚫어질 것 같은 시선이 느껴졌다. 무표정한 얼굴의 테세비츠가 그를 바라보고 있었다.

'빰에 구멍 뚫리겠다. 자식아.'

드르륵 의자가 밀려나는 소리가 들렸다.

"먼저 일어나지."

대공님이 일어났다. 흔들리는 디아나의 시선이 식당을 나서는 대공님을 뒤따랐다. 한숨을 깊게 내쉰 헤르만도 냅킨을 접시 위에 던지듯 올려놓고 일어났다.

"나도 가 보마."

"네……."

"넌 후식까지 천천히 먹고 나와."

헤르만이 디아나의 머리를 쓰다듬고 식당을 나갔다. 바로 뒤따라 나온다고 나온 것이건만 그는 이미 복도에서 모습을 감춘 후였다.

"더럽게 빨라."

헤르만이 휘파람을 불자 그림자 속에서 네발짐승이 튀어나왔다.

"찾아."

헤르만이 문을 거칠게 열고 들어갔다.

"문밖에 있는 건……."

"내 소환수. 그보다 이게 대체 무슨 상황이야?!"

대공이 짤막하게 상황을 설명했다. 모든 설명을 들은 헤르만이 기막힌 얼굴을 했다.

"나도 잘못한 걸 알고 있다."

"아니, 그걸 숨겼다고? 어쩌려고? 안 들킬 거라 생각했어?"

헤르만이 고개를 저으며 이마를 짚었다.

"네게 잔소리 듣자고 부른 거 아니다."

"그럼 왜 불렀어, 이 자식아!"

헤르만이 답답함에 버럭 소리쳤다. 차라도 있으면 벌컥벌컥 마셨을 텐데, 손님 대접이라곤 쥐뿔도 할 줄 모르는 테세비츠는 물 한 잔 내줄 기색이 없었다.

"아니, 됐고, 그래서 정말 저 애를 정말 네 자식으로 두겠다고?"

"약속을 번복할 순 없다."

헤르만이 기막힌 얼굴을 했다. 팔짱을 끼고 초조하게 자신의 팔꿈치를 두드리던 헤르만이 물었다.

"사실은 정말 네 아들인 게 아니고?"

"……."

테세비츠의 침묵에 헤르만 짧은 한숨을 내쉬었다. 성 밖에서 마주친 그 아이는 부인하기 힘들 정도로 테세비츠를 닮아 있었다.

테세비츠 자신도 의심이 들 수밖에 없었다. 정말 내 아들인가?

"완전 파국이네. 그래서 오라고 그 난리를 친 거냐? 내가 네 가정법원이냐? 화해는 네가 알아서 해야지, 그걸 왜 나한테 부탁해!"

"디아나가 예전부터 나보다 널 잘 따르잖나."

좋아할 상황이 아닌데 저도 모르게 뿌듯함을 느끼다가 멈췄다. 이 상황이 왠지 모르게 익숙했다. 순간 헤르만의 머리에 과거 필리파랑 테세비츠가 다툴 때가 떠올랐다.

"헉."

"왜 그러지?"

헤르만이 손을 내저었다. 필리파랑 테세비츠 사이에서 새우 등 터지던 것도 모자라서 이제는 두 사람의 딸과 테세비츠 사이에서도 등이 터지고 있다니!

대체 얘는 언제 발전하는 거지? 그리고 자신은 언제까지 이놈에게 붙들려 다니는 거지? 소름이 등허리를 내달렸다.

"일단…… 사실대로 말해. 디아나 걔도 이 정도 사정을 이해 못 할 애는 아냐."

테세비츠가 입을 굳게 다물었다.

"그래. 네가 내가 말하라고 한다고 말할 거였으면 상황을 이렇게 만들진 않았겠지.”

헤르만은 시선을 돌리는 척 자연스럽게 열린 문틈을 보았다.

“왜 말 안 하는 건데?”

“디아나가 알 필요 없는 이야기다.”

“그럴 거면 왜 데려왔어?”

“…….”

“나도 제대로 된 가정을 지닌 적 없지만, 지금 네 행동이 정상이 아니라는 건 알겠다. 그거, 과보호야.”

꽉 쥔 대공의 주먹 위에 새파란 핏줄이 올라왔다.

“디아나도 이제 열여섯이야. 너 혼자 숨긴다고 능사가 아니라고.”

헤르만이 다시 문가를 힐끗 보았다.

“그냥 사실대로 말해.”

“…….”

“필리파가 사라진 후 선대 대공이 내미는 약혼마다 네가 족족 파투를 냈고, 그러자 나중엔 후사라도 남기라고 집요하게 여자를 들이밀었다고.”

“헤르만.”

“네가 이조차 거부하자 마시는 술에 약을 섞었고, 눈을 떠 보니 모르는 여자와 함께 있던 게 다라고.”

“…….”

“아이가 생겼다는 일주일 동안의 기억이 나질 않는다고!”

— 콰당탕, 쨍그랑

문 앞에서 무언가 바닥에 떨어지고 깨지는 소리가 요란했다. 굳은 얼굴의 테세베츠가 넓은 방을 가로질렀다. 대여섯 걸음 만에 문 앞에 선 대공이 벌컥 문을 열다 만 자세로 굳었다.

"……."

"……네가 어떻게."

순식간에 상황을 파악한 테세비츠가 헤르만을 노려보았다.

"너, 소환수라고……."

"처음엔 소환수였지."

헤르만이 어깨를 으쓱 올렸다. 디아나의 눈동자가 사정없이 흔들렸다.

"저는 그게, 헤르만이 차를 가져다 달라고 해서……."

헤르만의 소환수가 차를 가져다 달라는 쪽지를 가져왔다. 헤르만은 가끔 소환수를 통해 의사 전달을 했다. 그게 편하다 말하곤 했다.

디아나는 조금도 의심하지 않았다. 둘이 차를 마시자고 불렀다 여겼다. 그녀도 헤르만을 만나고 싶었다. 아무래도 식사 시간의 일이 신경 쓰였기 때문이었다.

그래서 차를 가지고 온 것뿐이었는데, 그랬는데……. 뒤늦게 발등이 뜨거웠다.

"아……."

뜨거운 물이 닿은 디아나의 발등에서 김이 모락모락 올라오고 있었다. 놀란 대공이 바로 한쪽 무릎을 꿇고 앉아 디아나의 털신과 양말을 벗겨 냈다.

워낙 두껍게 두르고 있어서인지 발등은 멀쩡했다. 놀란 디아나가 대공의 손에서 발을 확 잡아 뺐다. 아니, 빼려 했으나 얼마나 꽉 잡고 있었는지 당기는 힘에 오히려 몸이 균형을 잃고 넘어지려 했다.

그리고 당연하게 대공이 그녀를 붙잡아 주었다.

* * *

"네가 들은 대로다."

커다랗게 뜬 눈의 디아나는 미처 깜빡이지도 못했다. 그게 다 진실이라고? 디아나는 어떤 표정을 지어야 할지 알 수 없었다.

"왜, 왜 사실대로 알려 주지 않으셨어요?"

"이런 지저분한 내막을 네가 알 필요 없다고 여겼다."

디아나가 입술을 깨물었다.

"그리고……."

낮게 가라앉은 대공의 목소리는 지쳐 있었다.

"이 사실은 영원히 비밀로 안고 가려 했다. 비록 원치 않았다 하더라도, 받아들였지. 선대 대공이 죽었다고 내보낸다면 그 애에게 몹쓸 짓이 아닌가."

"……아."

"……."

"아무도 몰라요?"

"나와 너를 빼면 헤르만과 벤자민만이 안다."

혼외자로 받아들였으니, 비밀을 지킨 채 조용히 두다 성인이 되면 내보내려 한 것이다. 아이가 실제 그의 자식인지는 제쳐 두고.

"대체…… 대체 선대 대공님은 왜, 왜 그러신 거죠? 아니, 아무리 후사가 중요하다지만 이건, 이건……."

더는 말을 잇지 못한 디아나가 자신의 입을 틀어막았다.

"노히바덴의 가주는 늘 홍염과 계약한다고 알려졌지."

다소 뜬금없는 주제였다. 홍염은 노히바덴 대공가만의 독특한 상징이었다. 북부의 군권을 장악하고, 수호해 온 노히바덴가의 권력을 이루는 핵심.

"그것도 옛말이다."

"……?"

"선대 대공은 미계약자였다."

디아나가 멍하니 입을 벌렸다.

"평생을 계약자인 것처럼 속이며 살았다."

정령사로서 재능이 없던 아비는 평생을 거짓에 끌려다녔다. 가문을 지키기 위해, 대공 작위의 정당성을 위해 거짓으로 꾸민 능력은 되려 콤플렉스가 되었다.

또한, 아비는 혹시나 자신을 의심하는 자가 생길까, 이상한 소리가 새어 나갈까 내부를 단속하고 또 단속했다.

서로 견제하는 가문 간에 으레 봐주는 첩자 하나조차 두고 보지 못할 테세비츠의 성질은 아비에게서 물려받은 것이었다.

"그 모습이 지긋지긋했다. 노히바덴도 마찬가지였지."

홍염과 계약한 그를 질투한 선대 대공은 그가 눈에 띄는 것조차 견디지 못했다.

아비의 선택은 그를 학술원으로 쫓아내는 것이었다. 노히바덴 대공가는 북쪽 끝이었고, 학술원은 남쪽 끝이었다.

게이트를 이용하더라도 길고 지난한 여행길. 그는 노히바덴에서 학술원을 다닌 첫 후계자였다.

그렇게 그를 쫓아냈지만 웃기게도 그의 능력은 필요했다. 하지만 다른 이들은 알아선 안 됐기에 토벌 때마다 그는 홀로 내보내졌다.

노히바덴 따위 모조리 사라지게 만들겠다고 다짐했었는데.

"하지만, 필리파가 사라졌지."

"……."

"그 후엔 너와 전에 얘기한 대로다."

"……."

"그리고 이제 내겐 이것뿐이 없더군."

대공은 몹시 지쳐 보였다. 그저 이복동생의 존재를, 혼외자를 숨긴 거라 여겼던 일에는 다른 일들이 얽혀 있던 것이다.

이 이야기가 밝혀지면 사생아의 위치조차 치명적일 바스티안. 노히바덴가의 명예와 권력에 먹칠한 선대 대공의 비밀. 그리고, 대공님이 겨우 덮은 상처까지.

디아나는 그녀가 벌인 모든, 타당하다 여긴 행동이 미치도록 후회됐다.

그냥, 묻지 말고 믿을걸. 무언가 이유가 있다고…….

다른 이의 약점을 후벼 파 비밀이 담긴 붕대로 내 상처를 덮은 거나 다름없었다. 내 상처에 급급해 상대의 아픔을 보지 못했다.

자괴감에 당장 어디론가 사라지고 싶었다. 감히 대공님 앞에 서 있을 수 없었다. 디아나의 고개가 바닥으로 향했다. 입술을 꽉 깨물었지만, 주제도 모르고 눈물이 나오려 했다.

"죄송해요. 제가……."

대공이 그녀의 머리에 손을 올렸다. 그 순간 울음이 터졌다.

"아니다. 그 녀석의 말이 맞았다. 이건 숨길 일이 아니었어. 특히, 네게는."

* * *

계속 문질러서인지 눈가가 따가웠다.

'내일 퉁퉁 붓겠네. 아니, 벌써 부었지.'

제인이 이 모습을 보면 얼마나 놀랄지 슬그머니 걱정이 피어올랐다.

'부엌에서 얼음을 좀 얻어서 찜질하고 갈까.'

고민하던 디아나가 발걸음을 돌렸다. 그러나 왔던 길을 돌아간 지 얼마 지나지 않아 다시 걸음을 멈췄다.

"헤르만?"

헤르만이 계단 앞에 있는 장식용 협탁 위에 앉아 있었다.

"왜 여기 계세요?"

물어보고 디아나 혼자 답을 눈치챘다. 대공님과 그 소란을 떤 방에서 꽤 멀지만, 방문이 보이는 곳이었다. 그녀가 나오는 것을 지켜

본 모양이었다.

“왜 그러세요?”

헤르만이 그녀의 얼굴을 무례할 정도로 유심히 살폈다.

“그냥, 그래도 컸다 싶어서.”

“네?”

“너 처음 만날 날에도 엄청나게 울었잖아.”

겨우 식기 시작한 디아나의 뺨이 뜨끈히 달아올랐다.

“얘는 왜 이렇게 안 자라나 싶었는데, 그때를 생각해 보니 자라긴 했구나 싶네.”

“아직 더 자랄 거거든요.”

“당연히 자라야지. 거기서 멈추면 그게 큰 문제다.”

디아나가 입을 꾹 다물고 헤르만을 노려보았다. 헤르만이 협탁에서 내려왔다.

“아까 너희 분위기 때문에 밥 못 먹었더니, 배고파.”

입이 열 개라도 할 말이 없었다. 디아나가 빠르게 노려보던 시선을 거뒀다.

“제가 안내할게요.”

“앞장서.”

한동안 말없이 발걸음 소리만 복도에 울렸다. 대공과 어찌 해결했냐 묻지 않는 것이 헤르만의 배려임이 느껴졌다. 디아나가 운을 뗐다.

“오늘 호수에서 흰 엘크를 봤어요.”

목소린 아직도 축축했다.

"여기서 흰 엘크는 행운의 상징이라고 하더라구요."

"그래?"

"엘크를 본 후에 헤르만이 나타났는데……."

디아나가 한참을 침묵했다. 뒷말이 궁금할 때쯤 디아나가 그를 돌아보았다.

"헤르만이 제 행운이었네요."

흰 엘크의 행운은 헤르만이었다. 누가 뭐래도 디아나는 그렇게 믿었다. 그녀를 보는 헤르만의 눈이 일렁였다.

"……넌."

"……?"

"넌 뭘 먹고 자랐냐?"

"네?"

"테세비츠 그 멍청이한텐 너무 아까운데. 그놈 버리고 내 수양딸 할래?"

"꺼져라. 디아나는 내 딸이다."

갑작스레 들려온 대공님의 목소리에 디아나가 깜짝 놀아 돌아보았다.

"도둑도 아니고."

진심으로 짜증 난 목소리에 헤르만이 '저거 봐라?'라는 얼굴을 했다. 그리고 아주 본격적으로 약 올렸다.

"솔직히 지나가는 사람한테 물어봐라. 아무도 네 딸인지 모를걸? 닮은 데가 있어야지."

"닮았다."

"……뭐? 어디가?"

헤르만뿐 아니라 디아나도 금시초문이란 듯한 얼굴을 했다. 대공은 당당하게 말했다.

"귀 뒤에 점이 있지 않아."

"그게 뭐?"

"나도 있다."

"……."

"……."

"진짜 기가 막혀서…… 디아나 너 동의하니?"

"거기에 점이 있었어요……?"

* * *

이른 아침부터 외출을 위한 준비로 부산했다. 빙어 낚시를 하러 간다는 소문이 퍼졌는지 비번인 기사 몇이 끼워 달라며 슬그머니 자리 잡고는 척척 준비했다.

헤르만이 길게 하품을 하며 슬렁슬렁 걸어왔다.

"뭐 이렇게 일찍부터 나가?"

"빙어가 아침이랑 해 질 녘에 잘 잡힌대요. 하지만 해 질 녘은 위험하니까요."

디아나 곁에 있던 바스티안이 살짝 고개 숙여 인사했다. 헤르만이 하품하는 입을 가린 반대 손을 까딱하며 인사를 받았다.

거의 준비가 끝났을 때였다. 아침 훈련을 마친 듯한 모습의 대공이 다가왔다. 기사들이 서둘러 인사하며 눈을 굴렸다.

오늘따라 기분 좋아 보이던 아가씨가 대공님과 마주쳐 싸늘해질 분위기에 지레 긴장하려는 찰나 디아나가 환하게 외쳤다.

"대공님!"

기사들이 얼떨떨하게 서로를 바라보았다. 표정으로 '뭐야? 무슨 상황이야?' , '나도 몰라.'라는 대화를 나누기 바빴다.

"아침 훈련하고 오신 거예요?"

대공이 고개를 까딱였다.

"지나가다 들렀다."

훈련장은 성 반대편이었고, 욕실, 침실, 집무실 모두 반대편에 함께 있었다. 절대 지나가다 들를 만한 곳이 아니었지만 모두 말을 아꼈다. 대공이 디아나의 이마를 검지로 톡 건드렸다. 손이 닿은 부분부터 온몸으로 따뜻하게 온기가 퍼져나갔다.

홍염의 마력.

마석과는 차원이 다른 기운이었다.

"감사해요."

고개를 까딱인 대공의 시선이 그녀의 뒤편, 한곳에 멈췄다.

'응? 내 뒤에는…… 아!'

디아나가 뒤를 돌아봐 손짓했다.

"바스티안, 이리 와."

딱딱하게 굳은 바스티안이 올 생각을 못 하자 디아나가 다가가 바스티안의 어깨를 끌어안았다.

"괜찮아."

그 위로에도 바스티안은 꼼짝 못 했다.

'대공님을 정말 무서워하는구나.'

이를 지켜보던 대공이 다가왔다. 그리고 바스티안이 피할 틈도 없이 손을 뻗었다. 디아나와 같이 이마를 툭 건든 대공이 그대로 몸을 돌렸다. 기사 중 하나가 들고 있던 짐을 툭 떨어트렸다.

왠지 모르게 길고 길었던 준비가 끝나고 진짜 빙어 낚시를 하러 향했다. 꼬챙이를 든 기사들이 얼음에 구멍을 뚫는 소리가 요란했다.

기사들의 시범을 따라 도전해 보았으나 쉽지 않았다. 이에 재수도 없는지 아예 물고기를 구경하지 못해 디아나는 자리를 몇 번이나 옮겼어야 했다.

가장 먼저 낚은 건 기사도 아닌 바스티안이였다. 바스티안이 상기된 얼굴로 자랑했다.

"이것 봐요, 누님!"

"와! 바스티으악! 펄떡거려!"

바스티안을 기점으로 줄줄이 빙어를 낚아 올리기 시작했다. 낚은 빙어에 소금을 뿌려 구워 먹기도 했다. 기사들이 불을 피우려고 고생하는 걸 보다 못한 헤르만이 도와주었다.

"이걸 통째로 헤르만의 마법으로 구울 순 없어요?"

"통돼지 굽는 것도 아니고 원래 이 정도 크기는 가능한데."

헤르만이 다시 불을 피워 보았으나 금방 다시 꺼졌다.

"여긴 너무 추워서 안 돼."

"그래요?"

"원소와 관련 있는 마법들은 주변 기후 영향을 크게 받아. 이 마석도 온기를 내지만 물에 닿으면 꺼지잖아. 불의 기운이라 그래."

"하지만 대공님은……."

"홍염이 특이하게 뛰어난 거고."

"아하, ……그럼 대공님이랑 같이 왔으면 따로 불 피울 필요 없었겠네요."

빙어에 소금을 뿌리던 기사가 손을 삐끗하여 빙어가 아니라 마주 앉아 있던 기사에게 뿌렸다. 난데없이 소금으로 뺨을 맞은 기사는 화낼 정신도 없었다.

'홍염을 불 피우는 데 쓴다고?'

'대공님을 생선 굽는 데 부려먹는다고?'

다들 상상만으로도 덜덜 떨었다. 이를 전혀 모르는 디아나는 아쉬워했다. 어제 그 대화 이후 대공님께 같이 가는 것이 어떠냐 물었었다.

하지만, 그가 가면 불편해할 거라며 재밌게 놀다 오라 했다. 불편해할 이가 누군지는 말하지 않아도 알 수 있었다.

'아직 친해지긴 이르겠지.'

아쉽지만, 앞으로 천천히 가까워지면 되니까.

디아나가 마침 눈이 마주친 바스티안을 향해 빙긋 웃었다. 바스티안이 고개를 갸웃 기울였다.

"그런데 헤르만, 통돼지도 구워 먹어 봤어요?"

"예전에 여행 다닐 때 멧돼지 잡아서."

"와, 사냥도 하실 줄 아세요?"

"그 질문, 날 아주 무시하는 거 같은데……."

"아니, 아뇨! 그냥 헤르만은 몸을 쓰는 걸 싫어……."

아웅다웅하는 그들을 바스티안이 바라보다 살짝 미간을 찌푸리고 명치께를 문질렀다.

"바스티안!"

바스티안이 약간 놀라 손을 내리고 디아나를 보았다. 디아나가 어느새 익은 빙어 꼬치를 내밀었다.

"이거 다 익었대! 먹어 보자."

바스티안이 꼬치를 받아 들었다. 디아나도 후후 불며 식힌 빙어를 베어 물었다. 와삭, 소리와 함께 바삭한 껍질 아래 담백한 살이, 그리고 부드러운 뼈가 씹혔다.

디아나가 눈을 동그랗게 떴다. 바스티안도 약간 놀란 얼굴이었다.

"맛있는데? 어때 바스티안? 아, 여기 묻었다."

디아나가 바스티안 입가의 검댕을 닦아 주었다. 바스티안도 손을 뻗다가 멈칫하더니 거뒀다.

"왜 나도 묻었어? 닦아 줘."

머뭇거리던 바스티안이 손을 뻗어 닦아 주었다. 장갑에 디아나의 볼에 있던 검댕이 묻어나왔다. 헤르만이 하나 먹어 보곤 고개를 끄덕였다.

"생각보다 괜찮네."

"맛있죠! 맛있지?"

"맛있어요, 누님."

"껄껄, 잘 드시는 걸 보니 보기 좋군요."

기사가 뿌듯하게 웃었다. 든든하게 먹고 왔음에도 빙어 잡는 동안 출출해졌는지, 모두 굽기가 무섭게 입 안으로 들어갔다.

빙어를 조금 더 잡다가 기사들이 챙겨 온 썰매도 탔다. 헤르만의 소환수가 끌어 줬다.

생각보다 빠른 속도에 누군가 '저거 너무 빠른 거 아닙니까?' 하고 말하는 순간 날이 턱에 걸리며 썰매가 확 뒤집혔다. 모두가 놀라 벌떡 일어나고, 날아간 디아나 또한 바스티안을 꽉 잡고 눈을 감았다. 그러나 생각한 충격은 오지 않았다.

가늘게 뜨였던 디아나의 눈이 금세 동그래졌다.

"헉!"

그녀와 바스티안이 공중에 떠 있었다. 그리고 상황을 파악한 순간 그대로 바닥으로 추락했다.

"으악!"

하지만 다행히도 잠깐 공중에 떠 있던 사이에 달려온 기사들이 두 사람을 안전하게 받아 냈다. 모두 철렁한 심장을 쓸어내렸다. 디아나 또한 벌렁거리는 심장을 누르며 기사의 품에서 내려왔다. 바스티안 또한 안색이 창백했다.

"감사합니다, 레체프 님."

기사 중 누군가 감사를 표했다. 굳은 표정의 헤르만이 다가왔다. 안도의 숨을 내쉬고 그새 뒤집힌 옷자락을 정리하던 디아나가 헤르만을 보고 웃었다.

"진짜 깜짝 놀랐는데 고마워요. 헤르만."

"……."

헤르만의 반응이 조금 이상했으나 디아나는 고개를 갸웃 기울이곤 바스티안을 보았다.

"바스티안, 너는 어디 다친 데 없어?"

"괜찮습니다. 누님은……."

바스티안이 그녀의 팔을 꽉 붙들어 왔다. 부들부들 떨리는 것이 꽤 놀란 듯했다.

"나도 괜찮아. 기사님이 받아 주셨잖아."

중간에 멈춰 있어서 떨어지는 속도도 줄어든 듯했다. 디아나가 나뒹구는 썰매를 보고 아쉽게 웃었다.

'아, 재밌었는데.'

오늘은 글렀다. 더 탄다고 했다간 다들 이 자리에서 기절해 버릴 안색이었다. 그리고 그녀 또한 갑자기 흐릿해진 앞에 눈을 비볐다.

'놀라서 그런가, 좀 피곤하네.'

* * *

이틀 내내 놀았다고 처리해야 할 일이 좀 쌓였다. 왠지 내가 진짜 대공가의 안살림을 도맡게 된 거 같은데…….

헤이워스 부인과 쌓인 일을 처리할 때, 서류를 들고 방문한 조엘이 입가를 씰룩이며 '이건 저희 서기관들이 아가씨께 드리는 마음입니다.' 하고 웬 과자를 한가득 안겨 주었다.

곧 연회 홀과 대공성의 오래된 부분을 교체하는 공사를 할 인부들이 올 것이었다.

인부들의 숙소랑 도와줄 하인들을 추려서 헤이워스 부인께 넘기고 나서야 조엘이 난데없이 저러는 이유를 들을 수 있었다.

대공님과 화해한 사실이 대공성에 쫙 소문 났다는 것을…….

'대체 얼마나 티를 내고 다녔으면!'

대공님과 그녀의 감정 싸움을 대공성 모두가 지켜보고 있었다는 것 아닌가!

헤이워스 부인이 나가고 홀로 남은 디아나는 제인이 올 때까지 달아오른 얼굴에 열심히 부채질하는 수밖에 도리가 없었다.

"아가씨, 이 퍼즐은 한쪽으로 치워 둘까요?"

"아뇨. 내일 계속 맞출 거예요."

바스티안과 오전에 맞추던 퍼즐이었다. 퍼즐을 보자 바스티안의 조심스럽던 말이 떠올랐다.

「누님, 검을 다시 배울 수 있을까요.」

그런 말을 할 줄 몰랐는데.

깜짝 놀랐다. 벤자민 집사님이 바스티안은 뭔가를 배우는 걸 무척 싫어했다고 했는데.

'어떤 심경의 변화가 있던 거지?'

매일 같이 얼굴을 보았지만, 딱히 떠오르는 일은 없었다. 그녀와 만나지 않으면 방에서 거의 나오질 않는다고 들었는데.

'모르겠다.'

고개를 저은 디아나가 벽난로 앞의 의자로 향했다.

"책 읽으시게요?"

"네."

"그럼 전 이것만 정리하고 나갈게요."

저번에 읽다가 멈춘 뒤로 도통 읽을 시간이 나질 않았다. 책갈피를 끼워 둔 곳을 펼치기 무섭게 소설에 빠져들었다. 제인이 나가는 소리도 듣지 못할 정도였다.

"흑, 흡. 흐윽."

훌쩍이던 디아나가 손수건을 들어 눈물을 닦았다. 절절한 사랑 이야기에 폭 잠긴 디아나가 다음 장으로 넘길 때였다.

"디아나?"

대공님의 목소리에 디아나가 놀라 고개를 들었다.

"대공님? 언제 오셨어요?"

대공이 적잖이 충격받은 낯으로 그녀를 보았다.

"누구냐?"

"……?"

대공님이 인상을 쓰며 물었다.

"누가 널 울렸지?"

그자가 눈앞에 있다면 당장 찢어발길 기색에 디아나가 어리둥절한 얼굴을 했다.

*　　*　　*

"으하하, 큭, 크흡, 푸하하하."

앞선 이야기를 들은 헤르만이 웃음을 거나하게 터트렸다. 대공님이 저렇게 짜증 난 얼굴을 하는 건 쉽게 볼 수 없는 광경이었다.

"그 소설이 뭐라고? 나, 나도, 나도 봐야지. 볼 거야. 푸하하하."

헤르만은 그렇게 한참을 웃고서야 진정했다. 그 뒤로 일상적인 이야기를 했다. 주로 그녀와 헤르만이 이야기하고 대공님은 듣는 것일 뿐이었지만, 즐거웠다.

"아, 대공님. 그 혹시 바스티안에게 검술 선생님을 붙일 수 있을까요?"

"벤자민이 구하지 않았나?"

그게 언제 적인데……. 아니, 그래도 완전 기억 못 하지는 않는다거나, 보고는 받았다는 걸 감탄해야 하는 걸지도.

"다시 배우고 싶다고 하더라고요."

"네 마음대로…… 아니, 내가 적당한 이로 보내겠다."

"대공님께서요?"

디아나가 약간 감동하여 대공을 보았다.

지금이라면 괜찮을지도.

"그렇지 않아도 대공님께 말씀드릴 게 있었는데요. 곧 공사가 시작되면 인부들이 들락날락할 거예요."

긴 서론에 대공이 그녀에게 시선을 고정했다. 느슨하게 기대고 있는 모습이 누구 아빠지 정말 잘생긴 외모였다.

새삼 감탄하던 디아나가 서둘러 정신을 차렸다.

"그렇게 되면 바스티안에 관한 이야기가 새어 나가기 쉬운데……."

디아나가 마른 입술을 훑었다. 고용인들의 입을 단속하고 인부들의 입을 막는 것이 불가능한 건 아니다. 비용과 시간만 투자한다면 말이다.

"바스티안을 공표하실 생각 없으세요?"

역시 어려우려나. 원하지 않던 혼외자를 인정하는 게 쉽진 않겠지. 하지만 바스티안이 평생 숨어 살아야 하는 건 또 안타까웠다.

"어떻게?"

디아나가 눈을 깜빡였다.

"어떻게 공표하려고."

"아, 이번에 여는 연회에 내보내는 게 어떨까요?"

"데뷔탕트를 하자는 건가?"

"아뇨. 그건 아직 어리니까, 잠깐 얼굴만 비추게 하려고요."

"그래라."

선선한 허락에 디아나가 눈을 동그랗게 떴다. 그러나 곧 환하게 웃음을 지었다.

* * *

디아나는 차를 한 잔 더 비우고 대공과 헤르만에게 인사했다. 그들이 멀어지기를 기다리기만 한 듯 초조해 보이는 얼굴의 하녀가 다가왔다.

"바스티안 님이 아프십니다."

디아나가 입을 작게 벌렸다. 디아나는 하녀가 뒤에서 부르는 소리를 뒤로하고 서둘러 바스티안의 방으로 달려갔다.

내달려 도착한 바스티안의 방엔 제인과 의사가 함께였다.

"누님?"

"아가씨!"

바스티안이 몸을 일으키려다 의사에게 제지당했다. 의사가 문을 열고 들어온 그녀에게 인사했다.

"어때요?"

거두절미하고 물었다.

"많이 좋아지셨습니다."

디아나가 안도의 숨을 내쉬었다. 벽에 기대듯 몸을 숙인 그녀를 제인이 부축했다.

"누님, 걱정할 일이 아닙니다."

디아나가 바스티안을 보았다가 다시 의사를 보았다.

"뭐 때문이에요? 어디가 아픈 거죠?"

"가슴앓이입니다."

설명을 원하는 침묵에 의사가 말을 이었다.

"음식물을 소화하는 부분에 경련을 일으키는 증상입니다."

"편안한 음식을 먹고, 푹 쉬고, 가슴 부근을 온찜질 하면 된대요. 제가 처음부터 지켜봤는데 많이 괜찮아지셨어요. 너무 걱정 마세요."

제인이 서둘러 설명을 덧붙였다.

"왜 아픈 거죠?"

"심리적으로 불안하셔서 그럽니다."

"……불안, 하다구요?"

디아나가 흔들리는 눈으로 바스티안을 보았다. 바스티안은 마치 죄를 지은 것처럼 그녀의 눈을 피했다.

"신경 쓸 일이 많거나, 긴장 혹은 불안 등이 쌓인 겁니다. 마음을 편하게 하는 것이 중요합니다."

의사가 진료 가방을 들고 일어났다.

"그럼 저는 이만 물러가겠습니다."

디아나가 의사가 앉아 있던 의자에 털썩 주저앉았다.

"하아."

그녀의 한숨에 바스티안이 안절부절못했다.

'아, 이러면 안 된댔지.'

입술을 깨문 디아나가 제인을 보았다.

"어떻게 된 거예요?"

"조엘 서기관님께 받은 쿠키를 작은 도련님께 나눠드리라 하셔서 아가씨가 책 읽으실 때 드리려고 왔죠."

테이블 한쪽에 제인이 가져온 쿠키가 놓여 있었다.

"문을 두드렸는데 아무 대답이 없으시더라고요. 잠드셨나 싶어 그대로 돌아가려 했는데 방 안에서 신음이 들려서 무례를 무릅쓰고 들어왔더니만……."

"책 읽을 때요? 그때면 한참 전이잖아요. 왜 지금껏 몰랐죠?"

"제가 의사 선생님과 작은 도련님 곁을 지키느라 다른 하녀에게 아가씨께 소식을 전해드리라 했는데…….”

“각하와 계셨으니까요.”

바스티안이 제인의 말에 끼어들었다.

“그게 무슨……!”

“오랜만, 에 티타임이었잖아요. 저 때문에 깨졌으면 더 신경 쓰였을 겁니다.”

말하다 잠시 명치를 누르며 인상을 찡그린 바스티안이 끝내 말을 마쳤다.

“바스티안…….”

티타임은 얼마든지 다음에 가져도 되는데.

“저는 괜찮아요.”

하지만 창백한 얼굴에 식은땀이 가득했다.

만약 제인이 아니었다면, 바스티안이 앓고 있는지도 모르고 넘어갔을 것 아닌가.

언제부터 앓아 왔는지 알 수 없었다. 저번에 배가 아파 신경 쓴 이후로 감춘 것이 분명했다.

대체 얼마나 속을 앓았으면……. 이를 알아채지 못한 스스로가 너무 멍청하게 느껴졌다.

무슨 말을 하고 싶었지만, 의사의 말이 있었다. 마음이 편한 휴식이 가장 중요하다고.

디아나가 입술을 깨물었다.

“그래. 쉬어.”

일어나는 그녀를 바스티안이 다급하게 붙잡았다. 디아나가 바스티안의 손등을 토닥이며 말했다.

"헤이워스 부인께 말해 간호를 잘하는 하녀를 보낼게."

"아뇨! 저는……."

바스티안은 말을 잇지 못하고 입술을 뗐다 붙이기를 반복했다. 디아나는 재촉하지 않고 기다렸다. 바스티안이 그녀와 시선을 마주치지 못하고 작게 말했다.

"그냥 누님이 있어 주시면 안 되나요?"

디아나의 눈이 커다래졌다.

곧, 환하게 웃었다.

"얼마든지."

바스티안은 조금 편해진 것 같다가도 와락 인상을 찡그리고 웅크리기를 반복했다. 그나마 조금씩 통증이 오는 간격이 길어지는 건 다행이었다.

통증에 웅크리길 반복하던 바스티안은 어느 순간 잠이 들었고, 이를 지켜보던 디아나가 깜빡 잠이 들었다. 잠깐 잠들었던 눈을 떴을 때도 바스티안은 잘 잠들어 있었다.

안도한 디아나가 찌뿌둥한 몸에 기지개를 피며 벽난로에 다가갔다. 옆에 놓인 장작을 던져 넣곤 풀무를 밟았다. 불을 적당히 키우고 부지깽이로 뒤적일 때였다.

"흐윽, 흡."

이상한 신음에 디아나가 뒤를 돌아보았다.

"바스티안?"

"으윽."

디아나가 부지깽이를 내려놓고 바스티안에게 다가갔다. 얼굴을 일그러트린 바스티안이 뭐라고 중얼거렸다

"아니…… 아냐. 나는……."

디아나가 바스티안을 흔들었다. 그러나 가위라도 눌리는지 일어나질 않았다.

"바스티안, 바스티안!"

"헉!"

온 힘을 다해 흔든 순간 바스티안이 눈을 떴다.

"……괜찮아?"

바스티안이 이마를 짚으며 몸을 일으켰다. 이마를 짚은 손엔 식은땀이 묻어났다. 그녀를 보고 울 것처럼 얼굴을 일그러트린 바스티안이 그대로 이불에 얼굴을 묻었다.

"악몽을 꾼 거야?"

"……."

"……."

디아나는 바스티안이 진정할 때까지 가만히 기다려 주었다. 이불 아래 들썩이던 숨이 조금씩 가라앉았다.

"누님은……."

이불에 파묻힌 목소리가 웅얼거리듯 들렸다.

"꿈같아요."

"꿈?"

바스티안이 알싸한 명치를 문질렀다. 그가 왜 아픈지는 스스로 가장 잘 알았다. 그는 죄인이었다. 그가 지금 누리는 모든 건 노히

바텐 대공의 아들인 걸로 알려져서일 뿐이었다. 동생인 줄 알아 내어 준 것이다.

이 모든 것이 착각인 걸 안다면, 그녀가 어떤 얼굴로 그를 바라볼지 감히 상상조차 못했다.

"어느 날 눈을 뜨면 사라질 것 같아요."

"……내가?"

말도 안 되는 소리라고 부인하려 했다. 그럴 리가 없다고.

그러나 2년 후 오흐리드로 돌아갈 생각을 하고 있던 것이 떠올랐다. 가슴에 쿵, 돌덩이가 떨어진 것 같았다.

바스티안이 그 사실을 알고 꺼낸 말은 아닐 것이었다. 아무에게도 말한 적 없는 그녀만의 다짐을 바스티안이 알 리가 없었다. 오직 할머니만이 그녀의 계획을 짐작했다.

"……."

디아나는 결국 아무 말도 꺼내지 못했다. 어떤 위로여도 거짓이었기 때문이다. 그저 바스티안의 등을 가만히 쓸어 주었다.

* * *

게이트가 있는 지역은 군사상의 문제로 모두 황제의 직할령이었다.

황제가 파견한 관료, 시장이 직할령을 통치했고, 뒤셀은 하임바르덴 제국 제일 북단에 있는 직할령이었다.

그리고 노히바덴 본성에서 가장 가까운 게이트가 있는 도시이기도 했다. 지난겨울 뒤셀에 나타났던 노히바덴 대공과 그의 딸은 단연코 뜨거운 주제였다.

실제 신문에서 본 그것보다 훨씬 예쁘장하다더라, 대공이 딸의 말이라면 끔뻑 죽더라. 그게 아니라 대공이 억지로 데려온 거나 다름없어 가기 싫다고 울더라—

여러 헛소문과 사실에 가까운 이야기들이 혼재돼 사람들의 입에 오르락내리락했다.

"그거 아냐? 노히바덴 대공가에서 곧 연회를 열 거라던데."

"어디서 또 그런 헛소문을 들어선. 노히바덴이 북쪽 맹주지만 언제 사교계에 신경 썼다고. 아, 제도에서 데려온 딸내미 때문인가?"

"쯧쯧, 이런 변방에서 연회라니. 제도 귀족 성에 차려나. 여기서 얼마나 버티고 내려가려나."

"아니, 딸 때문이 아니라 대공가에 웬 어린 소년이 있는데 그게, 대공 아들이래!"

워낙 목청 크게 떠드는 소리에 주변 이들이 흥미롭게 귀 기울였다.

"대공이 아들이 어딨어? 혼인도 안 했는데."

"딸은 혼인해서 생겼냐?"

"킬킬, 그것도 그렇네."

"그럼 또 혼외자라고?"

"에이, 아무리 대공 딸이 혼외자래도 다른 혼외자가 더 있다고?"

"아니, 야. 요즘 노히바덴 본성 공사한다고 일꾼이랑 상인들이 들락날락하잖아. 그중에 내 사촌의 옆집 사위가 거기서 일하는데 거기 소년이 대공이랑 쏙 닮았다던데?"

귀 기울이던 누군가가 어처구니없다는 듯 작게 중얼거렸다.

"사촌 옆집 사위면 그냥 모르는 사람이잖아."

대다수가 헛소리로 취급하는 가운데 눈을 빛내는 이도 있었다.

카페 2층 난간에 턱을 괴고 아래층 홀을 내려다보던 여인이 입꼬리를 올렸다.

"되게 흥미로운 소리네."

치켜 올라간 눈매엔 미약한 주름이 보였지만, 틀어 올린 은발이 눈에 띄는 고혹적인 느낌의 여인이었다. 그 여인이 곁에 선 하인을 향해 말했다.

"무슨 소린지 알아보고 오렴."

"네, 마님."

* * *

중년의 사내가 정중하게 인사했다. 디아나가 환하게 웃으며 말했다.

"오랜만이에요!"

"예. 오랜만입니다, 아가씨. 많이 건강해지셨군요."

"그때도 거의 다 나았을 때인걸요."

록스가 희미하게 웃었다. 이번에 벤자민이 떠나고 새로 온 집사였다. 벤자민의 아들이라는 소리를 듣고 나니 새삼 꽤 닮아 보였다.

"정원은 어떻게 잘 마무리 지으셨어요?"

"예. 신경 써 주신 바와 같이 잘 마무리됐습니다."

집사가 약간 늦게 올라온 이유였다. 그녀가 떠날 때까지만 해도 방치된 기색을 숨길 수 없던 정원이 어찌 변했는지 약간 궁금해졌다.

"벤자민과는 연락하셨나요?"

"예. 지금 여동생의 집에서 편안히 잘 지내고 계신답니다."

"다행이네요."

잠시 말을 멈췄던 디아나가 다시 운을 뗐다.

"벤자민에게서 바스티안 이야기는 없던가요?"

"그저 잘 모시라는 말씀만 들었습니다."

"……그렇군요."

확실히 다시 돌아올 생각은 없어 보였다.

잠시 눈을 내리깔고 침묵하던 디아나가 짧은 한숨을 내쉬고 용건을 꺼냈다.

"제가 이렇게 만나자 한 이유는…… 본성을 한번 전체적으로 정리할까 해서요."

"정……리요?"

"네. 바스티안을 괴롭힌 사용인들은 퇴직금을 주어 내보내고 새로 사람을 뽑으려고요."

집사가 숨을 헛, 하고 들이쉬었다. 그녀도 경험했으니 아주 잘 알았다. 분명 남몰래 괴롭히고 멸시한 자가 있었을 터. 없을 리가 없었다. 사용인의 태도란 주인이 어찌하냐에 따라 엄청나게 달라지니까.

집사님의 비호가 있으니 대놓고 할 순 없었겠지만, 정작 주인은 관심이 없는 사생아. 괴롭히기 딱 좋았다.

큰 흔적은 남기지 않았을 테고, 바스티안도 사소한 괴롭힘을 집사에게 고할 성품이 아니었다. 아마 조용히 묻힌 일도 상당수일 테다.

'마음 같아선 추천장도 주고 싶지 않지만…….'

그런 취급을 받게 한 원인 중 하나는 대공님의 무심함도 있었다. 완벽하게 그들만의 잘못이라고 볼 순 없었다. 그들이 대공을 모시는 데 실수를 한 것도 아니었다.

"바스티안을 어찌 대했는지 숨김없이 모두 조사하고, 직접 위해를 가한 이들의 명단을 알려 주세요."

집사가 침을 꿀꺽 삼켰다. 본성 사용인들의 바닥이 드러나며 한바탕 뒤집힐 것이 눈에 선했다.

"그리고 바스티안에게 전담 하인도 붙이려고요."

"……알겠습니다."

바스티안이 인정받기 전에도 바스티안의 편의를 봐 준 이가 있다면 그자를 전담 하인으로 두는 게 최선이었고, 없다면 새로 뽑은 자 중에 맡길 생각이었다.

그녀가 있고 대공님이 본성에 머물 땐 상관없겠지만,

'3년 뒤엔 내가 없으니까…….'

3년 후를 생각하지 않을 수 없었다. 한번 저질렀는데 제대로 된 처벌도 없이 넘어간다면, 또 비슷한 상황이 생겼을 때 쉽게 본성을 드러낼 터였다.

대공님도 지금은 본성에 머물지만, 또 어떤 이유로 자리를 비우게 될지 몰랐다.

대공님도 그녀도 없는 본성에서 바스티안이 어떤 위치일지…….

바스티안이 그사이 입지를 제대로 다진다면 상관없지만—

"검을 배우기 시작했으니, 제 걱정이 모두 쓸모없을 수도 있죠."

"아닙니다. 도련님께 위해를 가한 자를 본성에 둘 수 없죠."

집사가 서둘러 답했다. 디아나가 흐릿하게 웃으며 말했다.

"바스티안이 신경 쓸 일은 없었으면 좋겠어요."

그때였다.

—똑똑

방문을 두드리는 소리에 지금껏 곁에 조용히 있던 제인이 나섰다.

"누구시죠?"

"헤이워스입니다."

제인이 그녀를 보았다. 디아나가 고개를 살짝 끄덕이자 제인이 문을 열었다. 달칵, 문이 열리면서 헤이워스 부인이 들어오다 록스를 보곤 살짝 멈칫했다.

"말씀 중이셨습니까."

"다 끝났어요."

디아나가 록스를 보며 고갯짓했다. 록스가 공손하게 인사하고 물러갔다.

"무슨 일이에요?"

"대공 각하께서 잠시 보자십니다."

"지금요?"

"예."

딱히 준비할 것이 없었기에 디아나는 바로 자리에서 일어날 수 있었다. 그런데 헤이워스 부인은 무언가 더 할 말이 있다는 듯 그녀를 흘끗거렸다.

"더 할 말이 있으신가요?"

"그리고…… 도련님도 함께 보자셨습니다."

*　　*　　*

그녀는 최대한 아무렇지 않게 찻잔을 내려놓았다. 비록 그녀 옆과 맞은편의 찻잔은 전혀 줄어들지 않았지만.

"……."

"……."

"……무슨 일로 부르셨어요?"

비슷한 질문만 세 번째였다. 그들을 부른 대공은 그녀의 말에 짤막하게 대답하고 계속 침묵에 빠지길 반복했다. 디아나가 각오를 다지고 말했다.

"바스티안이 아직 몸이 좋지를 않아서요."

딱히 할 말이 없다면 이만 돌려보내 주는 것이 어떠냐는 뜻이었다. 뻣뻣하게 굳은 바스티안의 손을 테이블 아래서 잡아 주었다. 바스티안이 그 손을 구명줄이라도 되는 듯 꽉 잡았다.

"후우— 그래."

대공이 옆자리에서 무언가를 테이블 위에 올려놓았다.

'단……검?'

실용적으로 보이는 단검의 손잡이엔 어울리지 않게 큼지막한 붉은 마석이 세공돼 있었다. 단검을 짚은 대공이 바스티안 앞으로 쭉 내밀었다.

"검을 배우고 싶다고 들었다."

디아나가 눈을 도르르 굴렸다.

"내가 봐주겠다."

바스티안의 얼굴이 파랗게 질렸다. 디아나도 찻잔을 들던 자세 그대로 굳었다.

'갑자기 이렇게?'

대공이 문을 바라보며 말했다.

"들어와라."

방문이 열리고 절도 있는 걸음의 기사가 들어왔다. 짧은 머리칼에 주근깨 가득한 얼굴은 상당히 젊었는데 디아나는 처음 보는 이였다.

바스티안의 떨리는 목소리에 의문이 섞였다.

"……엣센 경?"

"오랜만입니다."

디아나가 살짝 치켜떴다. 가벼운 목소리가 갑옷 아래 숨겨졌던 엣센 경의 성별이 여성임을 알려 주었다.

"예전에 너를 가르쳤다 들었다."

"……."

바스티안이 입을 꾹 다물었다. 집사가 몇몇 기사에게 지도를 부탁하였고, 이를 받기 싫었던 바스티안이 도망 다니기 바빴던 과거였다.

당연히 엣센 경과의 기억도 그리 좋지만은 않을 거라고 여겼는데, 바스티안을 보는 엣센 경의 시선은 의외로 산뜻했다.

'별다른 악감정은 없어 보이네……?'

그렇지만 바스티안은 여전히 엣센 경을 바라보지 못하고 시선을 내리깔았다.

"기초는 엣센이 봐줄 거다. 내가 매일 봐줄 수는 없으니."

바스티안이 다소 안도한 듯 파랗게 질린 혈색이 조금 나아졌다. 대공님을 매일 뵐지도 모른다는 부담이 컸던 모양이었다.

"그럼 앞으로 잘 부탁드립니다."

인사를 마친 엣센 경이 다시 방을 나갔다. 디아나가 대공이 바스티안 앞에 놓은 단검을 가리키며 물었다.

"그럼 이 단검은 뭐예요?"

"내가 쓰던 것이다."

단검을 보는 대공의 눈빛이 착잡하게 가라앉았다.

"선대 대공이 쓰던 것이기도 하지."

그러나 금세 원래대로 돌아와 바스티안을 향해 입을 열었다.

"앞으로 지켜보겠다."

바스티안이 흔들리는 눈으로 단검을 보았다.

'말을 하셔도…….'

무슨 협박처럼 들렸지만, 그녀와 바스티안은 본뜻을 알아들었다.

바스티안을 정말로 노히바덴의 사람으로 인정한다는 뜻이었다.

"네 능력이 된다면, 이 단검이 네가 정령과 계약하는 걸 도와줄 거다."

대공이 단검을 건드리자 붉은빛이 뿜어지다 금세 사라졌다. 무슨 능력인지는 모르겠지만 디아나가 한층 밝아진 얼굴로 바스티안을 돌아보았다.

"잘됐다, 바스티안!"

"……."

좋아하는 디아나와 달리 바스티안의 눈빛은 짙게 일렁였다. 가끔 이런 모습을 보일 때마다 도저히 제 나이처럼 보이지를 않았다. 대체 무슨 생각을 하고 있는지, 가끔 그 속을 들여다보고 싶었다.

'이복이라 그런가…….'

느리게 손을 뻗은 바스티안이 공손히 단검을 받아 들었다.

"……감사합니다. 각하."

디아나가 내려놓은 찻잔의 손잡이를 잡자 대공이 막았다.

"다 식었으니 새로 따라 주마."

찻물을 버린 대공이 티 포트를 들어 뜨거운 차를 따랐다. 그리고 바스티안을 보았다. 바짝 굳은 바스티안은 가타부타 말하지 못했다. 대공은 소년이 더 마실 생각이 없다 여겼는지 티 포트를 내려놓았다.

"펜던트 가지고 왔느냐?"

"아, 네."

디아나가 펜던트를 품에서 조심스럽게 꺼냈다.

"그런데 갑자기 펜던트는 왜요?"

대공이 그녀를 응시했다.

"네게 정령을 다루는 법을 알려 주마."

대공님의 대화 방식에 꽤 익숙해졌다고 여겼거늘 오늘따라 도통 따라갈 수가 없었다.

"저…… 저번에 계약할 생각 말라고, 파기 방법을 알아내겠다고 하시지 않으셨어요?"

절대로 이대로 두지 않을 거라며, 이 북녘의 본성까지 온 것 아닌가. 그런데 갑자기 이렇게 손바닥 뒤집듯이 말을 바꾸다니?

"갑자기 왜 그런 생각을 하신 거예요?"

한때는 그의 말을 쉽게 납득하기 어려웠으나, 이젠 대공님을 믿기로 했다. 대공님이 그녀에게 해가 되는 일은 하지 않을 거라고. 대공님이 막는다면 타당한 이유가 있을 거라 믿었다.

특히 정령으로 힘든 과거를 지녔던 대공님이시니까.

"저번 호수에 갔을 때 위험할 뻔했다 들었다."

"아."

썰매를 타다가 뒤집혀 크게 다칠 뻔한 일이 바로 떠올렸다. 디아나가 대공의 눈치를 보았다. 일부러 말씀드리지 않았는데, 역시나 알고 있었다.

"죄송해요……. 조심할게요."

"아니. 타박하러 꺼낸 말이 아니다."

대공이 머리를 짚었다.

"그때 널 구한 건 정령이다."

"……네?"

"헤르만의 마법이 아니다."

"……"

"네가 본능적으로 정령의 힘을 가져다 쓴 거지."

대공이 쥔 의자의 손잡이가 아무도 눈치채지 못한 채 움푹 팼다.

그가 곁에 있지 못한 찰나에 닥친 위험.

디아나에게 정령이 없었더라면 어떤 큰일이 닥쳤을지. 만약 그랬더라면 그는 스스로를 용서치 못했을 터였다. 헤르만에게 이야기를 듣는 순간 자신의 멍청한 아집을 후회했다.

"대공님……?"

대공은 그를 걱정하는 작달막한 얼굴을 보았다.

"괜찮으세요?"

어쩔 수 없이 바짝 굳은 입매가 힘없이 풀렸다.

"그날, 공중에서 멈췄다 추락한 후 갑자기 피곤하거니 어지럽진 않던가."

디아나가 고개를 갸웃 기울였다.

"그다지 그런 건…… 아!"

그러고 보니 눈앞이 흐려지면서 약간 피곤하다고 느끼긴 했다. 돌아와 씻자마자 기절하듯 잠들었고.

'그럼 정말로 그때 이것 때문에 안 다친 거라고?'

디아나가 펜던트를 보았다. 생각지도 못한 이야기에 무척 당황스러웠다.

정령을 다루는 법을 배운다니.

"제가 이걸 배워도 될까요."

어차피 그녀는 오흐리드로 돌아갈 텐데.

디아나가 흔들리는 눈으로 대공을 보았다. 대공은 그녀가 흔들리자 오히려 안심하라는 듯이 말했다.

"너도 네 몸을 지킬 수단 하나쯤은 있는 게 좋겠지."

"……."

"내가 널 계속 지킬 수 없을 테니."

디아나가 눈을 깜빡였다. 약간 지친 듯이 가라앉은 목소리로 대공이 말했다.

"헤르만의 말이 맞다. 내가 오래 살더라도, 너보다는 빨리 떠나겠지."

디아나가 입을 크게 벌렸다. 대체 어디까지 가는 거야?

"아니, 무슨, 왜 그런 불길한 소리를 하고 그러세요?!"

* * *

원래는 교감 증폭을 위해 대공가에 있는 특수한 마법진 위에서 계약한다 했다. 하나 그녀는 그렇게 할 필요가 없다 했다.

"내가 네 펜던트에 넣은 건 편의상 정령이라 하긴 했지만, 정확히는 정령이 되기 전의 마력원에 가깝다."

"마력원이요?"

"그들에게 의지를 지니고 네 명에 따르도록 정체성을 만드는 과정을 계약이라고 보면 된다. 너는 이미 계약을 했지만…… 가계약에 가깝지."

어느새 대공님 어깨엔 불티를 끊임없이 바닥으로 계속 떨어트리는 홍염이 앉아 있었다. 대공이 방의 비어 있는 공간을 눈짓하며 말했다.

"저기에 서거라."

대공이 한쪽 구석에 서 있던 바스티안을 향해 말했다.

"잘 봐두거라."

"……네."

일어선 디아나가 펜던트를 양손에 조심스레 쥐고 섰다.

"눈을 감고 펜던트 안을 느끼는 데 집중해라."

디아나가 눈을 감고 펜던트로 모든 감각을 집중했다. 처음에는 평소와 같이 아무것도 들리지 않았다. 그러길 잠시 어느 순간 아주 가는 바람 소리 비슷한 것이 들렸다.

정확히 어떤 순간 이름을 원한다는, 지어 줘도 되겠다는 느낌이 들었다.

'이름, 이름…….'

"바람이?"

순간 따끔한 느낌과 함께 손바닥이 튕겨 나갔다. 펜던트가 잠시 공중에 있다가 툭 바닥으로 떨어지는 걸 대공이 재빠르게 잡아챘다.

"따가워……."

디아나가 울상으로 손바닥을 치맛자락에 문질렀다.

"뭐가 잘못된 거죠?"

대공이 형용할 수 없는 얼굴로 그녀를 보았다.

"네가 지은 이름이 ……싫다는구나."

대공이 소용없는 걸 알면서도 홍염이 앉은 쪽의 제 귀를 막았다.

[푸하하하하하, 푸하하하하하, 끄윽, 끅, 으흑, 푸하하하하!]

"대공님. 저기 홍염, 지금 저 비웃고 있는 거 같아요."

"아마……아닐 거다."

대공이 스승 시선을 피했다.

아니면 아닌 거지, 대체 무슨 소리야. 입을 삐죽인 디아나가 손가락을 호호 불며 바스티안을 보았다.

"……."

고개를 푹 숙인 바스티안의 어깨가 부들부들 떨리고 있었다.

Chapter 3.

디아나가 테이블 위에 턱을 괴고 펜던트를 톡톡 두드렸다. 정령과의 계약은 지지부진하게 진행되지 않았다. 정령을 느끼는 것까지는 되었으나 꼭, 이름을 짓는 데서 막혔다.

며칠 동안 지은 이름이 백여 개는 될 터였다. 대공님도 이러한 경우는 처음 본다며 홍염에게 조언을 구했다. 그리고 홍염은 저 바람의 정령이 뭔가 확고하게 원하는 것이 있는 것 같다 말했다.

그렇게 난데없이 정령이 원하는 걸 맞춰야 하는 퀴즈 게임이 되어 버렸다.

'대체 원하는 게 뭐니? 차라리 네가 알려 주라.'

한숨을 내쉰 디아나가 테이블 위로 엎드렸다. 고민을 거듭하던 디아나는 자기도 모르는 새 깜빡 잠이 들었다.

[……이게 뭔데?]

흐릿하게 들리는 목소리.

'엄마?'

디아나가 눈을 번쩍 떴다. 분명 떴다고 생각했는데, 아무것도 보이지 않았다. 손가락부터 발까지 아무 감각도 느껴지지 않았다.

하지만 무섭지 않았다. 그보다 다른 감정이 밀려 들어왔다. 가슴 벅찬 행복, 그리고 걱정, 안타까움과 슬픔.

[펜던트? 왜 똑같은 게 두 개…… 아, 그건 네 거야? 내 초상화를 넣어 달라고?]

누군가를 사랑스럽게 귀엽게 여기는 감정들.

그 순간 깨달았다.

이건 정령의 기억이었다. 펜던트가 어머니와 함께 있던 동안 감정이 흘러들어 갔던 모양이었다. 그리고 이를 정령이 그녀에게 보여 주고 있었다.

맑은 웃음소리가 이어지고, 어머니가 말했다.

[그래, 알았어. 고마워, 테세비츠.]

대공님? 디아나가 놀랐다. 조금 더 자세히 들어 보려 했지만, 의식이 점차 어둠 속으로 가라앉는 것이 느껴졌다.

'아니, 안 돼! 잠깐만……!'

외침이 무색하게 곧바로 다른 기억이 밀려 들어왔다. 이번에는 몸을 태우는 것 같은 감정이었다. 어머니는 화를 내고 있었다. 분노. 대상은 스스로였다.

'왜 이렇게 화가 나셨지……?'

그 순간.

[……임신이라니.]

또 어머니의 목소리가 들렸다. 이건 고작 기억일뿐이고 그녀가 무슨 생각을 해도 상대가 느끼지 못할 걸 알면서도 저도 모르게 숨을 죽였다.

들끓는 감정과 달리 흘러나오는 어머니의 목소리는 침착했다.

[지워야지.]

[마거릿. 약을 구해 와.]

헉. 디아나가 숨을 들이켰다.

'지운……다고?'

그녀를 달가워하지 않는 감정이 선연하게 느껴졌다. 대체 상황이 어찌 되는지 알 수 없었다.

'그럼 나는 어떻게 태어난 거지?'

디아나가 초조하게 다음 말을 기다렸다. 그러나 정령이 보여 주는 기억은 거기까지였다. 흐릿해지는 기억에 디아나가 소리쳤다.

'보여 줄 거면 다 보여 주라고!'

[어머니!]

어머니? 엄마의 어머니라면 그녀의 할머니, 오흐리드 백작이었다. 갑자기 상황이 바뀌는 것도 세 번째였지만 지금처럼 화가 난 건 처음이었다.

[대부인이 그러도록 내버려 두셨단 말이에요?! 그 행동이 오흐리드를 먹칠하고 있다는 거 모르시겠어요?!]

[오발론 그 개자식 인체 실험이라니. 그걸 묻으려고 대체 몇 명이……. 대부인이……. 제정신이 아니야.]

인체 실험이라니? 오발론 남작?

심상치 않은 주제였다. 하지만 더 자세한 설명은 없었다.

[지긋지긋해.]

분노가 사그라지자 무력감이 어머니를 가득 채웠다. 싸우고 다투는 몇 번의 짧은 기억을 넘었다. 이번에는 차갑고 싸늘한 감정이 느껴졌다.

[낳을 거야.]

디아나가 바짝 굳었다.

[그냥. 그러고 싶어졌어.]

그녀를 낳기로 결정하는 어머니의 마음은 얼어붙은 호수와 같았다. 그녀는 새삼 충격을 받았다. 어머니의 차가운 감정이 그녀를 날카롭게 상처입혔다. 디아나가 고개를 저었다.

'이걸, 이걸 왜 보여 주는 거야?'

하지만 그녀가 무슨 생각을 하든 정령이 보여 주는 기억은 멈추지 않았다.

[몸을 숨길 거야.]
[너는 아무것도 몰랐다고 해.]

어머니는 휘둘리고 싶어 하지 않았다. 무언가를 피하려고 했다. 지겨워했다.

오흐리드를.

[마거릿, 못 돌아와. 내가 갓난아이와 돌아오면, 대부인이 어떻게 나오실까?]

[내가 백작이 될 때까지 얼굴 한번 보면 다행이겠군.]

[맞아. 힘들겠지. 고생스러울 거야.]

[그래도 할 거야.]

[걱정 마. 내가 누군데?]

차분한 목소리. 하지만 이건 어머니의 기억과 감정이었다. 겉으로 내보이는 표정과 목소리 이면이 모두 느껴졌다.

어머니는 필사적이었다. 분노와 냉철함으로 덮어놓은 가슴 깊숙한 곳은 두려워했다. 그제야 그녀가 깨닫지 못한 사실이 떠올랐다.

지금껏 듣던 어머니의 목소리가 그녀가 기억하던 목소리보다 훨씬 낭랑했다. 이제 갓 소녀에서 벗어난 나이.

엄마도 어린 나이였다. 그녀를 사랑하지 않아서가 아니라 사랑할 줄 몰랐던 것이다.

처음이었기에. 너무 상황이 벅찼기에.

'바보 같아.'

상심할 일이 아니었다. 그녀를 어떻게 키웠는지는 본인이 가장 잘 알면서도. 어떻게 엄마를 의심했는지.

엄마는 그녀를 사랑했다. 그녀를 최선을 다해 사랑해주고 기르려 했다.

[테세비츠?]

널뛴다고 봐도 될 만큼 순식간의 감정 변화.

이름을 언급하는 것으로도 상대를 애틋하게 여기는 마음이 느껴졌다.

[불가능해. 걔도 나도 아직은 가문으로부터 아무것도 못 지켜.]
[아이에 대해서도 안 돼.]
[말해서 뭐해? 걔가 잘도 내가 숨는 걸 도와주겠네. 같이 가겠다고나 하겠지.]
[내가 테세비츠에게 아이를 위해서 날 찾지 말라 한다면 그가 내 말을 들을까?]

엄마는 슬퍼하면서도 행복해했다.

[아니. 지옥 끝까지 찾으러 올 거야.]
[그런 멍청이니까.]

엄마는 그렇게 이별을 준비했다.
'……아, 대공님!'
이 사실을 알고 계실까? 아니, 정령이 아니었다면 그녀도 평생 몰랐을 이야기였다. 그 뒤로도 몇 개의 기억을 더 볼 수 있었다.
몸을 숨긴 어머니를 추적한 대공을 지척에서 따돌리기도 하며, 어머니는 동대륙으로 향했다.
그리고 마침내 태어난 그녀에게 펜던트를 넘기며 기억이 끝났다. 디아나가 이번엔 정말로 눈을 떴다. 강력한 바람이 손안에서 바깥으로 크게 불었다. 방 안의 커튼과 종이가 모두 하늘로 치솟았다.

팔랑팔랑 떨어져 내리는 서류 사이로 희끄무레한 형체가 보였다. 동화책에 나오던 요정처럼 손바닥만 한 사람의 형태였다.

"실라."

디아나가 흐리게 웃었다.

"고마워, 실라."

빙그르르 돈 정령이 눈물에 젖은 그녀의 뺨을 닦았다.

대공성 기사단과 기사단 시설은 북서쪽을 중심으로 편성돼 있었다.

가장 큰 연무장에선 기본 훈련이나 합동 훈련이 이루어지니 새벽 훈련 시간엔 야간 근무를 선 기사 외에 대공성의 기사들을 대부분 볼 수 있었다. 그 외의 작은 연무장은 기사가 개인 훈련을 할 때 쓰곤 했다.

"어서 오십시오."

뚜벅뚜벅 걸어오는 소년을 향해 인사하던 엣센이 고개를 기울였다.

"표정이 별로 안 좋으시군요."

엣센의 말에 소년이 빠르게 감정을 갈무리했다.

"무슨 일 있으십니까."

"아닙니다."

소년이 딱딱한 얼굴로 답했다.

"……그럼 오늘도 시작할까요. 목검을 드십시오, 바스티안 님."

자세를 잡고 휘두르고 또 자세를 잡고 휘둘렀다. 훈련은 바스티안이 버티기엔 고됐다. 하지만 바스티안은 투덜거리지 않고 열심히 따랐다.

나이를 따지면 오히려 조금 늦게 시작했다. 기사 지망생들은 더 어릴 적부터 시작한 훈련이었다.

한창 훈련하던 바스티안에게 엣센이 휴식을 권했다. 한쪽에 대기하던 하인이 재빠르게 시원한 물과 수건을 건넸다.

바스티안을 훈련시키며 엣센도 간간이 훈련했기에 둘 다 땀범벅이었다. 엣센이 시원한 물을 꿀꺽꿀꺽 마시곤 입가를 닦았다.

엊그제부터 배정된 하인이었다. 훈련하는 동안 잡일을 돕는 하인이 있으니 확실히 집중하는 데 도움이 되었다.

엣센도 바스티안도 신경 쓴 적 없으니, 보낸 이는 하나뿐이었다. 가문의 유일한 아가씨, 디아나였다.

본성은 거대한 고목이었다. 폭풍우에도 거뜬했으나 아무 문제도 없는 건 아니었다. 그리고 아가씨는 고목의 썩은 부분을 파내고 새순을 돋아나게 만들고 있었다.

하인에게 수건을 다시 건네다 엣센이 물었다.

"그러고 보니 도련님. 아가씨께 말씀드리셨습니까?"

바스티안이 입술을 슬쩍 깨물었다.

"오늘도 못 드렸습니까?"

"……했어요."

"오…… 아, 그래서 아침에 그리 표정이 좋지 않으셨던 겁니까?"

엣센이 슬쩍 웃으며 흥미롭게 바스티안을 보았다. 누나와 사이가 저렇게 좋다니, 신기했다.

"왜요. 아침만 같이 드신답니까?"

"아뇨. 괜찮다고, 저녁이어도 상관없다고 하셨어요."

검을 배우기로 한 이상 바스티안도 새벽 훈련에 참여해야 했다. 하지만 지금껏 누나와 아침 식사를 하느라 빠지고 있었다.

아직까진 기초를 배우느라 빠진다 변명하고 있었지만, 계속 그럴 수는 없었다.

그렇지 않아도 좋은 입지의 도련님은 아니었다. 호의를 베푼 기사들의 수업을 빼먹고 도망 다닌 전적도 있었다.

기사단에서는 아가씨 때문에 어쩔 수 없이 바스티안을 인정한 것이나 다름없었다. 그러나 이미지까지 바꿀 수는 없었다.

앞일을 위해서도 기사단과의 관계는 스스로 풀어 나가는 수밖에 없었다. 그러므로 성실하게 새벽 훈련도 참석하고, 후에 기사들과 같이 식사하는 모습을 보이는 게 좋았다.

엣센의 충고에 바스티안은 납득했다. 하지만 며칠 동안 누님에게 아침을 같이하기 힘들다는 말은 차마 하지 못하고 어물댔다.

엣센도 딱히 재촉하지 않았다. 예민한 아이를 재촉했다가 틀어지면 대공 각하를 볼 낯이 없다고 여겼기 때문이다.

"그런데요?"

"……그래도 조금 실망하신 거 같아서……."

결국, 엣센은 웃음을 터트리고 말았다. 바스티안의 표정은 별로 변하지 않았지만, 눈빛은 부루퉁했다.

"음, 아닙니다. 그저, 정말 사이가 좋으신 것 같군요."

엣센이 서둘러 덧붙인 말에 바스티안은 약간 만족했다. 사이가 좋다는 말은 마음에 들었으니까.

"아가씨도 이해해 주실 겁니다."

바스타인이 내려놓은 목검을 보았다. 누님을 지키고 싶어 검을 배우고 싶다고 한 거지만, 그게 누님과의 시간을 뺏는다면 본말전도가 아닌가.

더군다나 누님은 바람의 정령과 계약을 성공시키며 그를 저만치 앞서 나갔다. 지키기는커녕 누님이 그를 지킬 판이었다. 그는 정령과의 계약은 생각조차 할 수 없었으니까. 대공의 핏줄도 아닌 그가 감히 역사가 담긴 선물을 받은 걸로도 차고 넘쳤다.

심해지던 악몽도 단검을 선물 받은 이후론 조금씩 괜찮아지고 있었다.

이대로만 지낼 수 있다면.

"그래도 진심으로 배우실 의지가 있으신 것 같아 다행입니다."

엣센의 말에 바스티안이 얼굴이 굳었다. 엣센은 집사가 부탁한 기사들 가운데 가장 오랫동안 바스티안을 위해 노력한 기사였다. 바스티안이 고개 숙였다.

"그때 일은…… 죄송했습니다."

"아니요! 괜찮습니다. 사과를 바라고 말씀드린 게 아닙니다."

얼굴을 긁적이던 엣센이 말을 이었다.

"저도 뭐, 그리 좋은 의도만 가지고 있진 않았으니까요."

바스티안이 의아한 눈으로 엣센을 보았다.

"도련님은 재능이 있으십니다."

바스티안이 눈을 가늘게 떴다. 지금까진 빈말이라고 여겼는데 엣센의 얼굴은 진지했다.

"그리고 당시 대공 각하의 유일한 핏줄이셨고요."

"……그게 무슨 말이시죠?"

"전 기사단장이 꿈입니다."

바스티안이 그래서? 라는 얼굴로 엣센을 보았다.

"제 말을 듣고도 눈썹 하나 꿈틀 안 하시는 분은 도련님이 처음입니다."

엣센이 장난스럽게 말했다. 하지만 바스티안은 그 안에 씁쓸함을 읽어 냈다.

"노히바덴은 기사의 가문입니다. 여자가 기사가 되는 걸 막지 않죠. 모두에게 열려 있다 자랑하곤 합니다. 그러나 막상 안에 들어와 보면 다르지요."

바스티안이 고개를 기울였다.

"여자는 상급 기사까지가 한계입니다."

그런 말은 들은 적 없었다. 아니, 정확히는 그가 기사단에 대해 알고 있는 것 자체가 적었다.

"자랑이지만, 저는 상급 기사들 중에서도 손꼽는 실력잡니다."

"……."

"제 실력에 제 연차면 사단장은 맡아야 정상입니다만……."

그러나 현실은 골치 아픈 도련님 보모 자리였다. 아가씨 눈치에 도련님 취급해야 하지만, 마음에 들지 않고 열정도 없어 보이는 골

칫덩이.

“아, 물론 도련님을 가르치는 것 자체는 꽤 만족스럽습니다. 개의치 마세요. 어차피 도련님 검술 선생님 자리를 수락하든 안 하든 사단장은 못 됩니다.”

“…….”

“상급 기사까지 올려 줬으니 더 바라지 마라, 거기까지 올라갔는데 더 바라는 건 욕심이라는 취급을 받지요.”

엣센이 바라면 욕심이었고 남기사가 바라면 야망이 되었다. 그녀는 노히바덴의 기사였지만, 이런 점에서는 오흐리드가 부러웠다. 차라리 아무것도 모를 땐 문제 없었다.

하지만 오흐리드와 충돌이 잦아질수록 그들에 대해서 알 수밖에 없었다. 엣센이 연무장 구석에 대기하고 있는 하인을 보았다. 각하께 불경한 생각이었지만, 아가씨는 노히바덴보다 오흐리드에 계시는 것이 나을지도 몰랐다.

바스티안의 목소리가 엣센의 상념을 멈추게 했다.

“각하께 말씀드리면…….”

“각하께선 홀로 완전하시니 아랫것들의 사정은 모르시죠.”

“완전?”

“예.”

바스티안이 조용히 눈을 내리깔았다.

기사들의 절대적인 충성을 받는 대공님.

그러나 누님 앞에서는 달랐다. 누님 앞에서 웃은 게 아니라고 쩔쩔매는 모습은 그를 매번 벌벌 떨게 만들던 대공의 모습과는 전혀 달랐다.

“그러니 도련님, 나중에 높은 자리에 올라가게 되시면 저 좀 잘 부탁드립니다. 아시겠죠?”

엣센이 장난스럽게 말하며 내려놓았던 목검을 그에게 던져 주었다.

* * *

연무장에서 훈련을 끝낸 바스티안이 돌아가는 길이였다. 기사들이 훈련을 끝낸 연회장은 공사가 한창이었다. 쇠뿔도 단김에 뽑자는 듯 연회홀만이 아니라 본성 곳곳이 수리에 들어갔다.

노히바덴 대공가에 이례적일 정도로 일꾼들이 많이 들락날락했다. 바스티안이 온 이래로 가장 부산스러운 분위기였다.

그때였다.

“어이쿠, 죄송합니다.”

순간 누군가와 부딪쳤다. 넘어질 뻔한 바스티안이 겨우 몸을 세웠다. 딱딱하게 굳은 얼굴로 상대를 보자 일꾼으로 보였다.

“혹시 여기서 외성으로 나가는 방향인지 아십니까? 제가 길을 잘못 들어서…….”

일꾼의 말에 바스티안의 얼굴이 살짝 풀어졌다.

최근은 그런 일이 거의 없어졌지만, 반사적으로 예전 일이 생각나 괜한 과민 반응을 하고 말았다.

집사가 몸이 나빠져 그를 자세히 신경 쓰지 못하는 거 같아 보이자 은근슬쩍 그를 괴롭히는 이들이 생겼었기 때문이다. 이렇게 실수인 척 부딪치는 일은 가벼운 것 중 하나였다.

'그러고 보니 요즘엔 안 보이네.'

바스티안이 방향을 가리키며 말했다.

"저쪽으로 가시면 됩니다."

"아유, 감사합니다, 도련님."

꾸벅 인사한 일꾼이 바스티안이 가리킨 방향으로 황급히 사라졌다. 그 모습을 지켜보던 바스티안이 바닥에 떨어진 종이를 발견했다.

쪽지처럼 보였다. 아까 그 일꾼이 떨어트린 모양이었다. 바스티안이 별생각 없이 몸을 숙여 종이를 주웠다. 쪽지를 펼친 바스티안의 얼굴이 창백하게 질렸다.

*　*　*

정령과 계약한 건 비밀로 하기로 했다. 알려져 봤자 그다지 좋을 게 없다는 의견이었다.

정령과 계약했다고 당장 뭔가 변하지도 않았다. 대공님은 그 힘을 제어하는 법을 조금씩 익혀야 한다고 했다.

그냥 '이름 고민'이라고 봐도 되었을 계약과 달리 그 부분은 꽤 어려웠다. 처음엔 조절을 잘못해 힘을 한번 쓰고는 피곤해서 그 자리에서 쓰러져 버렸다.

기본 체력을 늘리고, 자신이 감당할 수 있는 능력을 알아 가는 것이 중요하다 했다.

"실라."

그녀의 부름과 함께 펜던트에서 하얀빛이 둥실 빠져나왔다. 폴폴폴 날아다니는 모습이 무척 귀여웠다.

"잘 잤어?"

그녀 주변을 날아다니던 실라가 긍정하듯 위아래로 날았다.

"아가씨! 아가씨!"

다급한 목소리에 디아나가 놀라 일어났다.

"제인? 무슨 일이에요?"

"아가씨 주무시는 동안 헤르만 님이 돌아오셨어요!"

"그래요? 어디 다치거나 그러시진 않으셨죠?"

"네. 그, 다치시진 않은 것 같은데……."

"왜, 왜요?"

제인의 반응에 디아나가 살짝 겁에 질렸다.

"현자님이…… 마물을 데리고 돌아오셨어요."

헤르만이 있다는 곳으로 향할수록 소란스러웠다. 흥분해 짖는 개소리들과 대야와 수건을 들고 왔다 갔다 하는 하인들을 여럿 마주쳤다.

입구를 지키는 기사가 그녀를 보고 흠칫 놀라며 인사했다.

"아가씨? 여긴 어쩐 일이십니까?"

"헤르만 보러 왔어요."

"헤르만 님께 잠시 나와주시라 전해드리겠습니다."

"괜찮아요."

약간 고민하는 듯하던 기사가 모로 비켜섰다.

"너무 놀라지 마십시오."

입구를 지나쳐 넓은 공터 앞에 선 디아나가 절로 입을 벌렸다. 대공가에 이런 것이 있었나 싶을 철창 아래 커다란 짐승이 사슬에 칭칭 감겨 있었다.

'확실히…… 일반 동물과는 다르네.'

마물을 보는 건 처음이었다. 디아나가 살짝 질린 낯을 했다.

"괜찮으십니까?"

"네."

성인 남성의 다섯 배는 되어 보이는 크기의 마수는 곰과 비슷한 외형이었지만, 온몸을 덮은 기다란 흰 털 아래에 팔이 네 개였다. 여기저기 상처 입은 모습의 마물은 바닥에 쓰러져 있었다.

그리고 그 앞에서 헤르만이 기사들에게 무언가 지시를 내리고 있었다. 헤르만은 대공성에 며칠 머물며 쉬는 듯하더니 갑자기 근방을 이리저리 쏘다니기 시작했다.

그러다 어느 순간부터는 대공가의 기사들까지 끌고 며칠씩 나가더니 돌아오지 않았다.

아무도 현자님을 걱정하지 않았다. 그녀만 헤르만을 걱정했다. 오히려 그녀의 반응에 다들 어리둥절해했다. 현자님은 걱정할 필요가 없다고 달랬다.

모두 헤르만이 다칠 리 없다는 굳은 믿음을 지니고 있었다.

'하지만…….'

현자가 강하다지만 다치면 피가 나고 죽는 건 마찬가지였다. 그녀는 기억했다. 데뷔탕트 날 나타났던 헤르만이 크게 다친 모습이 선명했다. 하지만 헤르만이 그 사실을 비밀로 해 달랬기에 그녀만 홀로 끙끙 앓았다.

"현자님께 말씀드리고 오겠습니다."

"아니에요. 조금 기다리죠, 뭐."

이번에도 헤르만은 어디 다치거나 아파 보이진 않았다. 디아나가 안도에 가슴을 쓸어내리고 멀찌감치서 헤르만을 지켜보았다. 그렇게 잠시 있자 곧 헤르만과 근방의 기사들이 그녀를 알아보곤 인사해 왔다.

"디아나?"

"마수를 잡아 오셨다면서요."

헤르만이 저기 너도 보이지 않느냐며 고갯짓했다.

"위험한 건 아니죠?"

"위험하면 여기에 못 데려오지. 네가 있는데. 지금은 자고 있어."

디아나가 작게 웃었다.

"그래서 여긴 어쩐 일이야. 위험하진 않지만, 테세비츠가 싫어할 텐데."

헤르만이 떠올리는 것만으로도 귀찮은 듯 이마를 긁적였다.

"그냥 괜찮으신지 보러 왔어요."

"아니, 무슨 그딴 걱정할 바에는 차라리……."

그녀의 표정을 본 헤르만이 말을 흐렸다. 주변의 기사들은 헤르만의 말투에 경악하며 말을 곱게 하라는 듯 헤르만을 흘겨보았다.

"알았어. 조심하고 있다고."

디아나가 작게 웃었다. 잠깐 고민하던 디아나가 주변을 슬쩍 눈짓했다.

"음, 잠시 대화할 수 있을까요? 단둘이서만요."

헤르만이 의아하게 그녀를 보았으나 곧 수락했다. 그는 주변에 늘어서 있던 기사들 모두 물렸다.

"무슨 말을 하려고 단둘이라는 조건을 붙여?"

디아나가 흐리게 웃었다. 진지한 분위기에 헤르만의 눈빛도 다소 가라앉았다.

"왜 그래?"

"……헤르만이 동대륙에서 돌아오는 데 2년이나 걸렸던 게, 대공님의 부탁으로 마거릿을 찾아다니느라 그랬다고 하셨죠?"

마거릿과 만난 후 헤르만이 2년 동안 동대륙에 있어야 했던 이유를 모두 들을 수 있었다.

"그래. 첫해에는 뱃길이 막혀서였지만……."

헤르만이 삐뚜름한 웃음을 지었다가 고개를 내저었다.

"테세비츠 그 자식이 마거릿이라면 디아나 네가 자신의 딸임을 아는 증거를 가지고 있을 거라고 찾아달라 부탁했지. 걔는 영지 때문에 돌아가야 했으니까. 알겠다고 했다가 괜히 덤터기 썼지."

정말 그렇게 오래 걸릴 줄 몰랐다. 여러모로 그때만큼 일이 꼬인 적이 없었다. 겨우내 끊긴 뱃길에 당연히 연락 두절. 이후에 디아나에게 연락하려 들었을 때 이미 디아나는 오흐리드 저택으로 들어가 버린 상태였다. 더욱 알리기 힘들어졌다.

테세비츠의 부탁으로 동대륙에서 마거릿을 찾느라 늦는다?

오흐리드 백작이 알아 좋을 일 없었다. 어쩔 수 없이 연락은 두절되었다.

그렇게 조심했음에도 결국 습격을 받고 말았지만.

마거릿을 겨우 보호해 테세비츠에게 넘겼지만, 그 과정에 상처를 입고 말았다. 디아나에게 차마 다 말하지 못한 남은 진실이었다.

디아나가 조심스럽게 물었다.

"마거릿이 혹시, 어머니가 왜 몸을 숨기셨는지 이유를 알려 주셨나요?"

"아니."

헤르만이 착잡한 숨을 내쉬었다.

"몇 번이나, 물어봤지만 입을 다물더군."

디아나의 낯빛이 어두워졌다.

"그럼 대공님도 모르시겠군요."

헤르만이 씁쓸하게 웃었다.

"근데 그건 갑자기 왜?"

"아뇨 그냥……."

디아나가 말을 흐렸다.

'대공님, 괜찮으실까.'

사랑하던 이가 갑자기 사라진 상처가 어떤 느낌일지.

헤르만이 어깨를 으쓱 올리고 말했다.

"뭐, 필리파에게도 사정이 있었겠지."

그렇게 믿어야 했다. 그렇지 않으면 테세비츠가 너무 불행하게 되니까.

“두 사람 사이에 무슨 일이 있었는지 정확히 모르지만…… 테세비츠는 술이랑 약이 없으면 잠을 못 잘 정도였다던데.”

디아나의 안색이 눈에 띄게 창백해졌다.

“……많이 안 좋으셨어요?”

헤르만이 당황했다.

“아니, 아니, 뭐 옛날 일 가지고 그래? 지금은 괜찮지. 아마…… 아마도?”

“…….”

안색은 전혀 나아지지 않았다.

“아니, 봐봐, 지금 술에 손도 안 대잖아. 그게 다 괜찮아져서 그래.”

모르는 여자와 함께 눈을 뜬 뒤로 술에 손끝 하나 안 대게 변한 것이고, 필리파가 죽었고 그녀에게 딸이 있다는 이야기를 듣던 그 날 마시는 걸 보았지만, 그 뒤로는 다시 마시지 않았다.

어쨌든 헤르만이 서둘러 말을 이었다.

“그거 물어보자고 둘이 얘기하자 한 거야?”

디아나가 고개를 끄덕였다.

“갑자기 그건 왜? 너도 이젠…… 아니, 아니다.”

헤르만이 말을 흐렸다. 테세비츠 그 자식이 헛발질만 하고 다니는 건 아닌 듯했다. 디아나의 의문은 테세비츠에겐 청신호였다. 애정이 없는 사람에겐 관심도 없으니까.

*　　*　　*

고뇌가 무색하게 하루하루가 정신없이 지나갔다. 아침 일찍 일어나 실라와 교감하는 수련을 하고, 집사와 함께 대공가 안살림을 파악했다.

2년 내로 안살림을 손댈 필요 없이 정리하는 게 목표이다 보니 할 일이 끊이질 않았다. 최근엔 정령 수련 때문에 자는 시간도 줄였다.

디아나가 길게 하품을 하며 걸었다. 노히바덴 장서관은 직계 외에는 출입이 금지되어 있어 그녀가 직접 가야만 했다.

관리자는 예순은 먹은 듯한, 수염까지 모두 하얀 노인이었는데, 노인 또한 평생 노히바덴 가문을 모시면서 본성을 벗어나 본 적 없다 했다.

그녀가 정령에 관한 노히바덴의 고서를 반출 가능한 것도 대공님이 따로 당부한 사항이 있어서였다.

관리자는 대공님의 명에 절절매면서도 책이 상할까, 내용이 유출될까 노심초사했다.

디아나는 꼭 제대로 안전하게 관리하겠다고 몇 번이나 안심시킨 후에야 책을 들고 나올 수 있었다.

편지를 정리하던 제인이 돌아온 디아나를 보고 서둘러 다가왔다. 제인이 책을 받아 가려는 걸 디아나가 막았다.

"아, 이건 가문 고서에요."

하루 이틀도 아니었기에 제인도 금방 물러서며 말했다.

"알겠어요. 그보다 아가씨 편지 왔어요."

"누구요?"

"파트리시오 영애와 영식이랑…… 아니 그런데 파트리시오 영식은 아가씨께 왜 그렇게 편지를 자주 보내세요?"

"글쎄. 테시오르한테는 안 왔어요?"

"네."

"시험 기간이라 바쁜가."

디아나가 입을 삐죽이며 가장 위에 있는 편지를 집어 들었다.

실비아 파트리시오. 멋들어진 서명이 눈에 띄었다.

[……이 편지를 받았을 땐 이미 저는 할머님과 함께 덴르프로 향했을 거예요. 할머니께 덴르프 온천물이 몸에 잘 맞으셔서 매해 한 번 정도 방문하곤 했답니다. 올해는 지금이 됐네요. 노히바덴 본성에서도 가까우니 디아나도 시간이 되면 한번 가 봐요. 온천도 훌륭하지만, 특히 겨울에는 관광지로서도 모자람이 없답니다……]

편지를 다 읽는 데만도 한참 걸렸다. 텅 빈 접시에 아쉬워하던 디아나가 책상에 각을 잡고 앉았다.

가장 먼저 테시오르에게 다음은 실비아 그리고 할머니, 할아버지, 세니르, 슈워츠, 리스벳까지 답 편지와 새로운 편지를 쓰다 보니 벌써 저녁 시간이었다.

'애프터눈 티 시간에 읽기 시작한 거 같은데.'

어둑해진 창밖이 보였다. 그녀도 모르는 새 제인이 등불을 켜 주었다. 디아나가 뻐근한 손가락을 주무르며 자리에서 일어났다. 조심해서 쓴다고 했는데도 손가락이 잉크투성이였다.

조용한 주변을 돌아보자 제인이 소파에서 한쪽에서 꾸벅꾸벅 졸고 있었다.

'오늘 저녁은 다 같이 먹자고 했으니까…….'

굳이 제인이 없어도 됐다. 디아나가 방 한쪽에 걸려 있던 담요를 가져와 제인의 어깨를 덮어 주었다. 소파 베드에 머리를 기댄 제인이 살짝 입을 오물거렸으나 깨어나지 못하고 다시 잠들었다.

제인도 그녀 때문에 덩달아 바쁘게 지냈으니 매우 피곤할 터였다.

디아나가 테이블에 식사하고 오겠다는 쪽지를 남기고 조용히 방을 나섰다.

* * *

이미 식당엔 대공과 바스티안은 먼저 앉아 있었다. 그녀가 식당에 들어서자 두 사람의 눈이 그녀를 따라왔다. 바스티안은 마치 구원자를 만난 것처럼 애절하게 그녀를 보았다.

"안녕하세요. 대공님. 안녕, 바스티안."

"어서 오거라."

둘이 사이가 좀 괜찮아진 것 같으면서도 쉽사리 가까워지질 않았다.

'다음엔 아주 늦어 볼까.'

바스티안이 알았다면 악마 같은 생각이라며 배신감을 느꼈을지도 몰랐다. 다행히 생각을 읽는 능력 같은 건 없는 바스티안은 그녀의 속셈을 알 수 없었다.

그리고 그녀의 계획을 먼저 실행한 이가 있었다. 그녀와 비슷하게 식당에 도착한 집사가 공손히 전했다.

"헤르만 님은 조금 늦으신다고 먼저 들으시랍니다."

대공이 한쪽 눈썹을 치켜들었다. 헤르만은 첫날 이후로 석찬 시간을 제대로 맞춘 적이 없었다. 디아나가 대공님께 참으라고 눈짓하며 말했다.

"알겠어요. 그래도 후식 먹기 전엔 왔으면 한다고 전해 주세요."

"알겠습니다."

집사가 물러가고 한숨을 쉰 대공이 종을 흔들었다. 하인들이 줄줄이 음식을 내왔다. 디아나가 미지근한 물이 담긴 유리 볼에 손을 씻었다. 이미 스며든 잉크는 물만으로는 지워지지 않았다.

이를 본 바스티안이 살짝 눈가를 찌푸렸다.

"누님, 손이……."

"아, 지우기엔 시간이 애매해서."

디아나가 냅킨에 젖은 손을 닦아 냈다. 테이블에 어느새 음식이 가득 올라왔다.

가벼운 샐러드부터 여러 종류 빵들과 스튜, 윤기 흐르는 칠면조 구이, 생선 요리까지 온갖 요리들이 올라와 있었다.

"저 요리는 가져갔다가 헤르만이 오면 다시 내와 주세요."

"알겠습니다."

그녀가 가리킨 생선 요리를 하인이 다시 들고 갔다.

"누님, 이거 드세요."

바스티안이 스튜를 덜어 그녀 앞에 놓아주었다.

"이것도 먹거라."

대공님도 그녀 앞에 접시에 덜어 낸 어린 돼지 요리를 놓았다.

"둘……다 고마워요."

디아나가 스푼을 들었다.

분명 처음엔 그녀가 바스티안을 챙겼는데 어느 날부터인지 바스티안이 그녀를 챙기기 시작했다. 심지어 대공님도 비슷하게 자꾸 그녀 앞으로 음식을 밀어 놓기 시작하였다.

'왜 바뀐 기분이 들지.'

본격적으로 식사를 시작했다. 배부른 그녀의 손이 슬슬 느려질 때쯤 헤르만이 식당으로 들어왔다.

"오셨어요?"

피로한 얼굴의 헤르만이 고개를 까딱이고 자리에 앉았다. 손을 씻은 헤르만은 배가 고팠는지 테이블의 음식을 자신의 접시로 크게 덜어오길 반복했다.

"뭐 하다 오셨어요?"

"연구."

"음식 다 식었을 텐데."

"괜찮아."

내보냈던 생선 요리가 따뜻한 김을 내며 다시 들어왔다. 반색한 헤르만이 생선 요리를 집어 갔다. 그녀의 손이 멈춘 걸 안 바스티안이 조심스럽게 말했다.

"누님, 다 드셨어요?"

살짝 웃은 디아나도 생선 요리를 마저 덜어 왔다. 시끄럽지는 않지만 그래도 평온한 식사 시간이었다. 처음에 비하면 넷 다 어색함도 많이 줄어들었다.

이대로 지낸다면 꽤 괜찮은 관계가 되리라.

"이제 후식 내오라고 할까요?"

헤르만이 냅킨으로 입을 닦으며 고개를 끄덕였다.

"난 커피도 같……."

말하던 헤르만이 멈칫하더니 얼굴을 일그러트렸다.

"너……."

그리고 쿠당탕, 의자가 넘어가는 소리가 들렸다.

"누님!"

바스티안도 마저 소리쳤다. 다들 갑작스러운 모습에 눈을 굴리던 디아나가 간지러운 느낌에 코 밑을 검지로 훔쳤다. 그리고 그녀도 그대로 굳었다.

'……피?'

그런 그녀의 손을 누군가 확 잡아챘다. 반쯤 몸이 돌아간 디아나가 놀라 손목을 잡은 이를 보았다.

"대공님?"

당장이라도 무너져 내릴 것 같은 얼굴의 대공이 그녀를 바라보고 있었다.

*　　*　　*

헤르만이 급하게 상태를 확인하고 가문 주치의까지 나타나 온갖 검사를 했다. 그 결과는―

"단순 피로……."

요즘 무리하긴 했지.

디아나가 건조하게 손수건으로 코를 받혔다. 진료받는 동안 거의 그친 상태긴 했다.

"저 괜찮아요. 모두 이제 일 보러 가셔도 돼요."

동그랗게 모여 앉아 그녀만을 주시하는 시선이 약간 부담스러웠다. 디아나가 어색하게 덧붙였다.

"코피, 뭐 예전에는 자주 났어요."

"예전?"

대공이 해명을 요구하듯 제인을 돌아보았다. 사색이 된 제인이 고개를 절레절레 저었다. 당연히 제인은 처음 듣는 소리일 터다.

대공이 낮은 목소리로 말했다.

"거짓말할 필요 없다. 디아나."

"아뇨. 그러니까 제인을 만나기 전에……가 아니라 피를 흘려서 그런지 좀 피곤하네요."

제인을 만나기 전이면 그녀가 홀로 지내며 보르도 저택 하녀로 일할 때였다. 이를 깨달은 대공의 얼굴에선 표정이 사라졌으며 헤르만의 얼굴은 흉악하게 일그러졌다.

"앞으로는 절대 휴식이야! 한동안 책상 앞에 앉을 생각 하지 마!"

헤르만이 버럭 소리쳤다.

"이것 봐! 애가 얼마나 바쁘면 손에 잉크 닦을 시간도 없이 밥을 먹으러 와?!"

"아니 이건……."

"그래. 디아나, 헤르만 말이 옳다."

대공이 침통하게 말했다. 당황한 디아나가 변호할 시간도 없었다.

그녀의 피를 보고 한순간 새파랗게 질렸던 대공의 낯빛은 많이 돌아왔지만 가라앉은 목소리는 그대로였다.

"아뇨, 저는……."

"네가 또 독을 마신 줄 알고 얼마나 놀랐는데!"

디아나가 어깨를 움츠렸다. 그때 독을 마신 건 그녀의 잘못이 아니니 억울했지만, 하얗게 탈색되었던 대공님의 낯을 떠올리자니 가만히 있어야 할 것 같았다.

그리고 헤르만의 말에 되레 더 놀란 이도 있었다.

"……누님이 독을 마셨다니요?"

방금까지 마치 그녀가 시한부 선고라도 받은 것처럼 눈물을 뚝뚝 흘리다 겨우 그친 바스티안이 놀라 물었다.

"아니야. 바스티안. 신경 쓸 필요……."

놀란 디아나가 대공님을 흘기며 변명하려 했으나 헤르만의 말에 또 그녀의 말이 묻혔다.

"너. 디아나, 일 못 하게 잘 감시해."

"알겠습니다."

대공님이 질문할 때 빼곤 죄를 지은 것처럼 내내 고개 숙이고 있던 제인이 공손하게 답했다. 먼저 몸을 일으킨 헤르만을 방을 쌩 나갔다.

"그럼 디아나, 아무 생각 말고 편히 쉬어라."

그녀의 머리를 살짝 짚은 대공도 마저 방을 나갔다. 먼저 침실을 나선 헤르만이 책상을 치우도록 명하는 소리가 들렸다.

"이건 또 뭐……."

"이 책은……."

"장서관 책이라 아가씨만……."

"테세비츠 이 책 네가 가지고 가라."

침대 헤드에 몸을 기대고 있던 디아나가 벌떡 몸을 바로 세웠다.

"아니 내 책……!"

모두 물러가면 읽으려고 했는데! 장서관에서 가져와 아직 제대로 읽지도 못했다. 그러나 안 된다 소리칠 수 없었다.

침실에 남아 있던 바스티안이 그녀의 어깨를 살짝 짚었다.

"누님, 쉬셔야 한대요."

당장 눈물을 터트릴 것 같은 낯에 디아나가 입을 뻐끔거렸다.

"그, 아니 난 괜찮…… 알았어."

뭐, 오늘은 이만 쉬자.

일단 하루 이틀 쉬면 이 유난도 끝나겠지. 라고 생각하며 누운 결과는 아주 다른 방향으로 돌아왔다.

* * *

새하얀 눈으로 뒤덮인 눈부신 설원이 어느새 푸른 생명이 움트는 초원으로 바뀌었다. 생기 넘치는 푸른빛 지평선 위에 말과 양 떼가 평화롭게 노닐었다.

제도에서 본성으로 올 때 봤던, 아름답지만 황량하던 모습과 전혀 달랐다.

그녀가 이렇게 마차를 타고 본성을 떠난 풍경이나 보고 있는 이유는 터무니없었다.

'코피 한번 흘렸다고 강제 휴가라니.'

심지어 대공님도 함께였다. 오래 머무는가 싶던 대공님이 또 본성을 떠난다는 소식에 부관들이 기절하려 들었다.

하지만 일주일 정도 휴양만 하고 다시 돌아올 거란 소식에 마치 본인들이 휴가를 받은 듯 좋아했다.

'아니, 뭐 대공님이 안 계시면 대부분의 일 처리가 멈출 테니 휴가가 맞네.'

휴양지는 대공성에서 가장 가까운 온천이 있는 덴르프 백작령으로 결정됐다. 그녀가 식사 자리에서 덴르프에 친구가 왔다는 이야기를 한 걸 기억해 둔 듯했다.

'지금쯤이면 떠났을 텐데.'

그래도 그녀의 사소한 이야기를 모두 기억하고 있다는 점은 조금 감동이었다. 디아나가 맞은편에 있는 바스티안을 보았다.

'뭐, 바스티안에게도 좋은 경험이 될 테니까.'

시선을 느꼈는지 바스티안이 의아하게 그녀를 보았다.

"누님?"

"아무것도 아니야. 그냥, 가서 뭐 할까 생각 중이었어."

"온천욕을 하시러 가는 거 아닙니까?"

"가장 큰 목적은 그게 맞지만, 종일 물속에 있으면 지루하잖아. 거기다 덴르프에는 다른 것도 많대."

운이 좋다 해야 할지 덴르프 근방 도시에서 축제도 벌어졌다. 이대로 별문제 없이 도착한다면 축제 구경도 가능하리라.

"만약 갈 수 있으면 축제도 가 보자."

"네."

평소 표정이 많이 없는 바스티안이었지만 이번만큼은 설레는 것이 느껴졌다.

언덕 너머로 마을에서 대공 일행을 마중 나온 인파가 보였다. 계절에 따라 변하는 풍경과 달리 바뀌지 않는 모습들도 있었다.

그나마 가장 따뜻한 시기, 짧은 만큼 바쁜 농번기임에도 마을 사람들은 농기구를 놓고 전과 다름없이 열렬히 대공가의 마차를 환영했다.

"대공님이 정말 대단하시긴 한 것 같아."

뜬금없이 튀어나온 말이었으나 맞은편의 바스티안은 고개를 묵묵히 끄덕였다.

마을 근방에 마수가 나타났다는 급보를 받은 대공은 기사들을 두고 홀로 마수에게로 향했다. 그리고 훌쩍 떠날 때처럼 가뿐하게 돌아왔다.

한 분대는 동원해야 할 마물을 홀로 해치우고 온 대공님의 모습을 보며 왜 대공님이 영지 사람들에게 추앙받는지 가슴 깊이 이해했다.

—똑똑

마차를 두드리는 소리에 디아나가 흐릿하게 눈을 뜨며 길게 하품했다. 어느새 마차 안에서 잠들어 있었다.

제인도 창틀에 기댄 채 정신없이 자고 있었고, 바스티안은…….

디아나가 무게감이 느껴지는 무릎 위를 보았다.

"바스티안, 바스티안. 도착했나 봐. 이제 일어나자."

무릎을 베고 잠들었던 바스티안이 그녀의 부름에 눈을 비비다가 화들짝 놀라 일어났다.

"누, 누님. 제, 제가 언제……?"

"너무 졸길래 내가 누우라고 했어."

"제가, 제가…… 죄, 죄송합니다."

놀란 바스티안이 황급히 마차 문을 열고 나갔다. 그 모습에 디아나가 작게 웃었다.

"어, 아가씨……? 도착했나요?"

소란에 제인도 눈을 떴다. 먼저 일어난 디아나가 기사의 손을 잡으며 내려왔다. 마차에서 내리자 시원한 바람이 그녀의 머리를 헤집었다.

* * *

온천의 도시 덴르프.

덴르프는 노히바덴 대공가의 가신인 덴르프 백작의 영지였다. 뜨거운 물이 솟는다는 것 외에는 허허벌판에 아무것도 없는 땅이었다.

북쪽 영지 대부분이 그렇듯 척박한 땅에 낮은 기온으로 농지의 생산력은 낮았고, 그나마 드넓은 초지를 이용해 제국에 공급하는 말과 양털 사업으로 겨우 먹고사는 정도였다.

그러나 십여 년 전 전대 덴르프 백작이 투자를 받아 온천을 관광지로 개발하며 엄청난 성공을 거두었다.

"생각보다 더 화려하네요."

"부유층 중심의 휴양지니까요."

하지만 화려한 건물들과 달리 거리는 약간 한산했다. 이를 설명하듯 조엘이 덧붙였다.

"덴르프는 눈이 내린 시기에 사람들이 가장 많이 방문합니다."

보통 북쪽은 휴양지로 인기가 별로 없었다. 귀족들은 더운 여름에 온도가 낮은 곳을 찾아갈 바에 차라리 해변이나 숲속 호수 근방의 휴양지를 찾아가길 선호했다.

그리고 덴르프는 추운 지역이지만, 여름보다 겨울에 방문객이 많은 독특한 휴양지였다.

"눈 속에서 온천욕이라니, 확실히 낭만적일 것 같긴 해요."

"눈이 녹은 지금은 비수기라 사람이 적습니다."

오히려 사람이 없는 편이 좋았다. 조엘이 웃으며 덧붙였다.

"그래도 건강에 좋은 건 변함없습니다."

곧이어 바스티안과 제인도 차례로 마차에서 내렸다.

"대공님은 어디 계시는……?"

"여깄다."

"깜짝이야! 어, 언제 이렇게 오셨어요?"

바로 뒤에서 들린 목소리에 디아나가 놀란 가슴에 손을 얹었다.

"놀랐느냐."

대공님과 잠시 대화하고 있을 때였다. 호텔 안에 들어갔던 조엘이 씩씩거리며 나왔다. 기색이 심상찮았다.

"무슨 일이에요?"

그녀의 질문에 조엘이 입술을 새하얗게 되도록 세게 깨물었다가 답했다.

"호텔에 문제가 생겨 손님을 받을 수 없게 됐답니다."

"다른 객실을 내주면 되잖아요?"

"모든 객실에! 문제가 생겼답니다."

이게 무슨 뚱딴지같은 소리야?

"죄송합니다. 제 불찰입니다."

조엘이 깊게 고개 숙였다.

디아나가 어처구니없는 심정을 가라앉히며 말했다.

"성수기도 아니니 다른 호텔을 가면……."

"소용없을 겁니다. 아가씨."

소용없을 거라니? 마치 누군가 그들이 호텔에서 묵는 걸 막고 있다는 듯한 말이었다.

조엘이 그녀의 의심에 확인 사살을 했다.

"아무래도 덴르프 백작 짓 같습니다."

왜 그런 짓을?

의아해하는 그녀와 달리 내내 일그러진 얼굴로 침묵하던 기사는 짐작 가는 것이 있었는지 곧장 소리쳤다.

"제정신 아닌 거 아닙니까? 돈 좀 번다고 황제에게 붙어 알랑대는 걸로도 모자라 이런 식으로……!"

대공이 손을 들자 씨근덕거리던 기사가 입을 다물었다.

"어찌할까요, 각하."

뭔가 상황이 기묘하게 돌아갔다. 그때였다. 맞은편에 거대한 사륜 마차가 멈춰 섰다. 조엘과 기사들의 기색이 대번에 흉흉해졌다. 디아나 또한 마차의 문양을 알아보았다.

누군가 재빠르게 받침대를 가져오고 마차의 문을 열었다. 마차에서는 투실투실 살이 오른, 아주 눈이 부실 정도로 화려한 차림새의 중년 남성이 내려왔다.

"오래간만입니다. 대공 각하."

대공이 무표정하게 덴르프 백작을 보았다.

"뻔뻔해도 정도가 있지. 오래간만이라고?"

기사 한 명이 기가 막혀 중얼거렸다.

덴르프 백작은 콧방귀를 끼며 대공을 향해 말을 이었다.

"영지에 문제가 생겼다 하여 급히 나와……."

그러나 이 자리엔 기사만 있지 않았다.

"백작께서 작금의 사태를 만드셨습니까?"

화가 머리끝까지 난 얼굴의 조엘이 뒤이어 쏘아붙였다. 덴르프 백작도 더는 무시하지 못했다.

"어허! 사태라니!"

"이리 치졸하게 나오실 줄 몰랐습니다!"

호통에도 조엘이 물러날 기색이 없자 백작이 대공을 돌아보았다.

"가, 감히 백작인 제게 한낱 보좌가 저러는 것을 두고 볼 겁니까, 각하?!"

"두고 보면."

어쩔 거냐는 듯이 무표정한 얼굴의 대공이 백작을 응시했다.

"……큼."

기분의 고저조차 나타나지 않은 얼굴이었으나 백작은 지레 질려 물러났다. 그러나 곧 이대로 물러날 수만은 없는지 과하게 호통쳤다.

"영지에 문제가 있다 하여 내 도와주러 온 것이건만 다짜고짜 이런 홀대라니! 쯧, 내 각하의 얼굴을 보고 그냥 넘어가겠소!"

"덴르프 백……!"

백작이 조엘을 무시하며 그녀를 돌아보았다.

"처음 뵙습니다. 덴르프 백작입니다. 오흐리드 영애시지요?"

"……안녕하세요."

지금껏 보인 태도 중 가장 공손했다. 그렇긴 한데…… 대공령 본성으로 온 이후 대공님 앞에서 자신을 오흐리드 영애라고 대놓고 말하는 사람은 처음 보았다.

그렇지 않아도 좋지 않던 기사들의 기색이 당장 검을 꺼내 들 것처럼 사나워졌다.

"호텔에 문제가 생긴 것 같으신데……."

주변을 스윽 둘러본 백작이 능글맞게 웃었다.

"제 저택으로 초대하겠습니다. 제 영지에서 생긴 문제니 제가 해결해야지요. 어떠십니까, 오흐리드 영애. 모자람 없이 모시지요."

절대 거절할 리 없다는 당당함.

처음부터 이것이 목적인 모양이었다. 누군가 어처구니없어 탄식하는 소리가 들렸다. 디아나도 대충 무슨 상황인지 눈치챘다.

'이상한 소문이 났다고 듣긴 했는데.'

실제로 믿는 자가 있을 줄이야.

델르프 백작은 그녀가 오흐리드 영애로서 어쩔 수 없이 대공님께 붙들려 있다고 여기고 있는 모양이었다.

그녀와 대공 일행에게 이런 짓을 벌여 가며 델르프 백작가에 초대한 것도 이에 대한 연장선인 듯했다. 말도 안 되는 제안이었다. 디아나는 당연히 대공님이 거절하리라 여겼다.

"가지."

하지만 들린 답은 정반대였다. 디아나가 놀라 대공님을 바라보았다.

"하하! 현명한 결정이십니다. 저는 각하께 드릴 말씀이 있으니 저와 각하가 같은 마차를 타고, 영애는 제 아이들과 함께 타게 하지요."

"아이들이요?"

디아나가 떨떠름한 시선으로 델르프 백작의 마차를 보았다. 호기심 어린 낯으로 창밖을 내다보던 눈과 마주쳤다. 마주친 이가 후다닥 창가에서 떨어졌다.

"마차를 타시면 제 셋째 아들과 딸이 있습니다. 영애의 또래니 가시는 동안 심심하진 않을 겁니다."

* * *

먼저 저택에 도착한 마차에서 디아나가 내려왔다. 뒤이어 창백한 안색의 소녀와 불쾌한 기색의 다소 포동포동한 청년이 내렸다.

곧이어 대공님과 덴르프 백작이 탄 마차도 도착했다.

문이 열리고 마차에서 하얗게 질린 안색의 덴르프 백작이 비틀거리며 내렸다.

마차가 이동하는 그 짧은 시간 동안 무슨 고초라도 겪었는지 십 년은 늙은 것처럼 초췌해져 있었다. 그 모습에 청년이 당황했다.

"아버지?"

기사의 부축을 받은 백작이 손을 내저었다. 백작은 거의 기사에게 업히다 싶은 모습으로 저택으로 향했다.

뒤이어 대공과 조엘이 마차에서 내렸다.

"무슨 일 있었어요?"

"아뇨. 아무 일도 없었습니다."

"정말요?"

"예. 정말 아―무 일도 없었습니다."

지옥 같은 분위기였다. 평소 조엘이 마주치는 대공님은 위협적인 기운을 최대한 줄인, 평화를 사랑하는 온건 주의자였다는 사실을 새삼 깨달았다.

대공에게 익숙한 조엘도 힘들다고 느꼈던 그 기운을 평범한 귀족, 그것도 저렇게 아둔한 백작이 버틸 수 있을 리가 없었다. 다시는 각하 앞에서 깝죽대지 못하도록 제대로 혼쭐났을 터였다.

후들후들 떨리는 다리로 제대로 걷지도 못하는 백작의 모습을 보니 마차 안에서의 힘겨운 시간은 모조리 잊어버릴 수 있었다.

"그러는 아가씨는 괜찮으셨습니까?"

"뭐……."

디아나가 쓰게 웃었다.

"대공님 마차와 비슷했을 것 같네요."

덴르프 백작가의 영애와 영식은 마차에 타자마자 기다렸다는 듯 그녀에게 친한 척을 했다. 하지만 그것도 바스티안을 소개하기 전까지였다.

바스티안을 소개하자마자 파랗게 질린 안색들이라니. 다시 떠올리자 기분이 가라앉으려 했다.

그때였다.

"누님."

자그마한 목소리가 그녀를 불렀다. 바스티안이 희미하게 웃었다.

"전 괜찮습니다."

"……."

"정말입니다. 신경 쓰지 마세요."

분명 마차 안의 냉랭한, 사생아를 불쾌하게 여기는 분위기를 느꼈을 텐데 바스티안이 오히려 그녀를 달래주었다.

*　　*　　*

덴르프 저택은 갑자기 몸이 안 좋아진 백작을 대신해 셋째 아들이자 그녀와 마차를 같이 탄 라이언 덴르프가 안내했다.

덴르프 백작저는 영지에 오자마자 느낀 감상과 비슷하게 상당히 화려했다.

건물 양식도 북부라기보단 제도와 비슷했다. 화려한 아치형 기둥들과 커다란 창문들. 아름답고 눈부셨지만, 왠지 모르게 모든 것들이 과했다.

'노히바덴 본성에 머물다 와서 그런가.'

저택과 전쟁용 성을 비교하는 것 자체가 잘못된 것일지도 몰랐다. 복도를 따라 걷던 디아나가 저도 모르게 발걸음을 멈췄다. 이를 가장 먼저 대공이 눈치챘다.

"디아나?"

그녀가 그림 앞에 서 있는 걸 발견한 라이언이 반색하며 다가왔다.

"알아보셨습니까? 역시 영애께선 예술에 조예가 있으신가 봅니다."

"아뇨, 할아버지께서 좋아하셔서 관심 있는 정도예요."

"겸손도 참. 오흐리드에서 자란 영애께서 예술에 조예가 없을 리가 없죠."

디아나가 살짝 얼굴을 찡그렸다. 라이언은 홀로 신나 목소리를 높였다.

"영애도 알아채셨겠지만, 이 작품 화가 브리텔의 작품입니다. 실종된 걸 저희 아버지께서 얼마 전에……."

그 자랑을 흘려들으며 디아나가 대공님을 보았다. 대공님은 무심한 얼굴이었다. 저 그림이 대체 뭐길래 그녀가 관심을 가진 거지? 정도의 관심.

오히려 제인은 하고 싶은 말이 아주 많은 얼굴로 그녀를 보았다.

'정말로 모르시는 건가?'

이 작품, 대공가 연회 홀에 걸려 있던 것과 같았다. 어떻게 이걸 모르나 싶었으나, 대공님뿐만이 아니라 기사들도 거의 비슷한 표정이었다. 대체 저 그림이 뭐가 그리 잘났냐는 눈으로 지루하게 보았다.

본성에 머물던 이는 정작 아무도 모르고 머문 지 얼마 되지 않은 그녀와 제인만 알아보는 이 상황이 왠지 모르게 조금 웃겼다.

디아나가 약간 풀어진 얼굴로 그림을 보았다.

사라졌다고 알려진, 유명한 그림이 두 점.

'적어도 둘 중 하나는 가짜라는 거지.'

* * *

디아나는 소파에 턱을 괸 채 생각에 잠겨 있었다. 그녀에게 제인이 질문했다.

“뭐가 진품일까요?”

“솔직히 모르겠어요.”

그 정도의 안목을 지니진 못했다. 할아버지나 세니르 정도면 알지도 모르지만.

‘그래도 대공가에 있는 게 진짜일 확률이 높긴 하지.’

안주인도 없는 본성에서 누군가 중간에 그림을 가져다 걸진 않았을 테니 적어도 마지막으로 연회를 연 50년 전부터 그림이 걸려 있었다고 봐야 했다.

물론 가짜일 수도 있었지만.

—똑똑

그녀의 상념을 노크 소리가 파고들었다.

“누구세요?”

“덴르프 백작가 하녀장입니다.”

“들어오세요.”

문을 열고 들어온 하녀장이 공손히 인사하곤 용건을 꺼냈다.

“주인어른께서 오흐리드 영애께 석찬을 함께하시는 게 어떠시냐고 여쭈라 하셨습니다.”

만찬 초대. 생각해 보니 당연했다. 초대한 집주인이 손님 혼자 먹도록 두는 것은 이상했다.

“……초대 감사하다 전해 주세요.”

“만찬 준비에 필요하실 테니 하녀를 보내드릴까요?”

디아나가 소파에 기댄 채 제인을 보곤 답했다.

"네. 부탁해요."

하녀장이 깍듯이 묵례하고 방을 나섰다. 문이 닫히는 걸 확인한 디아나가 차분하던 모습을 던지고 다급히 제인을 돌아보았다.

"어떡하죠? 드레스 안 챙겨 왔는데."

가족끼리의 여행에 만찬용 드레스를 입을 일, 당연히 없을 거라 여겼다. 지금 차림새도 간소한 여행용 복장이었다.

"사실 아가씨……."

제인이 슬그머니 말했다.

"제가 챙겨 왔죠."

동그랗게 눈을 뜬 디아나가 깜빡였다.

"제인 진짜…… 최고예요."

"크흐흐, 당연하죳! 아가씨 입버릇이 매번 간소하게! 잖아요? 네리아가……,"

말하던 제인이 순간 그대로 굳었다. 자신의 입을 가리며 제인이 황급히 고개 숙였다.

"아, 죄송해요."

"……아니에요."

잊은 것처럼 지내다가도 문득, 이렇게 튀어나올 때가 있었다. 제인이 무거운 분위기를 털어내듯 다소 소란스럽게 움직이며 말했다.

"아가씨, 그럼 지금 짐 풀게요."

잠시 고민하던 디아나가 말했다.

"아뇨. 다 풀지 말아 봐요. 그리고 바스티안에게도 풀지 말고 있어 보라고 전해 줘요."

*　　*　　*

제인 혼자였다면 그녀를 석찬 시간까지 준비시키는 건 힘들었을 터였다.

하지만 덴르프 백작가에서 하녀를 다섯 명이나 보내 주어 준비는 아주 빠르게 끝날 수 있었다.

"오흐리드 영애, 정말 아름다우세요."

"맞아요, 아가씨. 너무 예쁘세요."

편하다지만 마차였다. 아침부터 이어진 여정에 피로가 쌓이는 게 당연했다. 그러나 지금 디아나에게서 그런 모습은 전혀 찾아볼 수 없었다.

반짝이는 은발은 반으로 묶어 땋고, 제인이 고른 주홍빛 액세서리가 푸른색 드레스와 반대되어 반짝거림을 더했다.

"이제 바스티안에게 가죠."

디아나가 제인의 손을 잡고 일어났다. 그녀의 방은 대공님의 방과도 바스티안의 방과도 좀 떨어져 있었다.

짐을 풀지 말라는 그녀의 말을 전달하고 온 제인이 길을 알았다. 약간 걸어 바스티안의 방에 도착한 디아나가 방문을 두드렸다.

"누구십니까."

바스티안을 전담하는 하인의 목소리가 들렸다.

"나야, 바스티안."

가볍고 빠른 발걸음 소리가 들리더니 문이 벌컥 열렸다. 반사적으로 바스티안을 보고 미소 짓던 디아나가 당황했다.

"바스티안?"

"……누님?"

얼마나 떨어져 있었다고 몹시 반가운 기색을 풍기던 바스티안도 놀란 얼굴로 그녀를 보았다.

"무척 아름다우십니다. 어디 나가시나요?"

바스티안은 마차에서 내렸을 때 모습 그대로였다. 디아나가 굳은 얼굴을 풀며 겨우 미소를 지어 보았다.

"……고마워."

그리고 안으로 발을 디디며 방 안을 슥 훑었다. 제인도 당혹스럽게 주변을 보다가 디아나를 보고 표정을 갈무리했다.

"덴르프 백작이 석찬을 함께하재. 준비하자고 왔어."

"그렇군요."

바스티안이 그녀의 차림새가 이해 간다는 듯 고개를 끄덕였다. 그 반응에 숨이 막혔다. 설마 했지만, 정말로 덴르프 백작이 바스티안은 초대하지 않은 모양이었다.

'이게 무슨…….'

함께 저택에 초대해 놓고 석찬에는 그녀만 초대한다니? 무시해도 정도가 있었다. 디아나가 제인을 향해 말했다.

"제인은 대공님께 갔다 와 주세요."

제인이 눈치 빠르게 말했다.

"네. 확인하고 혹시 하인 지원도 받을 수 있으면 부탁드려 볼게요."

대공님께 제대로 석찬 초대가 되었는지 알아보고, 그녀와 바스티안이 만찬장에 늦는다 전달하고 오겠다는 뜻이었다.

* * *

"대체 언제 온다는 건가!"

덴르프 백작가의 집사는 그저 깊게 고개만 숙일 뿐이었다.

"다시 한번 여쭙고 오겠습니다."

그러나 하인에게 갔다 오라는 명령을 내리던 집사도 이어지는 대공의 말에 멈칫할 수밖에 없었다.

"내 딸이 늦고 싶으면 늦는 거지. 불만이 많아 보이는군, 백작."

"아니, 아닙니다."

결국, 백작이 다시 명령을 내릴 수도 집사가 대신 걸음을 뗄 수도 없었다. 빈 접시를 두고 주린 배만 움켜쥐던 라이언이 투덜거렸다.

"그냥 먼저 들면 안 됩니까? 대체 언제까지 기다려야 합니까?"

"라이언."

백작이 조용히 있으라 눈치 줄 때 마침 가벼운 발소리가 들렸다.

"먼저 식사해도 된다고 말씀드렸는데, 기다리셨나요?"

방금까지 불편한 기색이었던 백작이 반색하며 말했다.

"어찌 손님을 두고 그러겠소. 괜찮으니 어서 앉으시오!"

"초대 감사드려요."

디아나가 먼저 자리 잡고 있던 대공을 향해 살짝 묵례했다. 뒤이어 바스티안이 들어오자 백작과 라이언의 안색이 묘하게 굳는 것이 보였다. 바스티안이 작은 목소리로 조심스레 물었다.

"저 때문에 늦으신 겁니까?"

"아니."

작은 목소리였으나 옆자리였기에 라이언은 그 대화를 모조리 들었다. 라이언이 불퉁하게 쏘아붙였다.

"영식은 영애가 없으면 스스로 준비도 못 하십니까?"

미간을 찌푸린 디아나가 옆자리를 돌아보았다.

"덴르프 영식. 말씀이 과하세요."

정작 바스티안은 그를 향한 적의에도 별다른 감정이 느껴지지 않는 얼굴이었다. 그 무심함이 라이언을 더 자극했다.

"영애, 감쌀 일이 아닙니다."

디아나의 얼굴이 점차 싸늘해졌다. 지금껏 바스티안에게 숨긴 사정이 라이언 때문에 모조리 들통나려 했다.

'그냥 조용히 넘어가려 했더니. 아니, 차라리 잘됐지.'

디아나가 나서려는 대공님에게 가만히 계시라 눈짓했다.

"영식 때문에 오흐리드 영애까지……."

"백작님은 이제 좀 괜찮아지셨나요."

디아나가 라이언의 말을 자르며 덴르프 백작을 보았다. 백작은 뜻밖의 사태에 당황한 얼굴이었다.

"아, 아하, 하하, 뭐, 영애가 걱정할 만한 일은 아니었습니다."

"다행이네요. 덴르프 영식이 편찮으신 아버님을 먼저 챙기느라 초대를 전달하는 과정에서 실수할 수 있다 여겼는데……."

덴르프 백작을 보던 디아나가 라이언을 힐끗 보았다.

"반응을 보아하니 실수가 아니라 고의였나 보군요?"

바스티안을 초대하지 않은 게 고의였다면 이는 명백히 예의 없는 행동이었다. 덴르프 백작이 화들짝 놀라며 말했다.

"그, 그럴 리가 있겠습니까. 라이언. 쯧. 사내가 되어서 그만하거라."

"하지만 아버지!"

"그만해. 예가 어디라고 목소리를 높이는 게냐?"

그 대화에 디아나가 다시 끼어들었다.

"괜찮아요. 백작님."

"양해해 주어 감사하오. 영애."

물론 이렇게 쉽게 넘어갈 생각은 없었다. 디아나가 라이언을 보며 사감은 없다는 듯이 웃어 보였다.

"저는 괜찮지만, 괜한 오해를 입을뻔한 바스티안에게는 사과하셔야 할 것 같아요."

"그도 그렇지요. 라이언. 어서 사과하거라."

"아버지!"

라이언이 믿기지 않는다는 얼굴을 했다.

"어허."

백작의 단호한 모습이 이를 악문 라이언이 바스티안을 노려보았다.

"미안하게, 됐소."

* * *

음식은 훌륭했지만, 입맛이 별로 없었다. 마차만 타던 여행이 고단해서였는지 아니면…….

"원하시는 만큼 머물다 가시면 됩니다."

백작은 노골적으로 그녀에게만 관심을 보였다. 대공과 바스티안은 지금까지 입을 연 횟수가 한 손에 꼽힐 정도였다.

"오흐리드 영애께선 북쪽 끝, 노히바덴 본성에서의 추운 날씨를 견디기 힘드실 테니까요."

또 오흐리드 영애. 디아나가 포크질을 멈추고 대공님을 보았다. 대공님은 별로 개의치 않는 기색이었다. 괜히 그녀만 안달복달 눈치를 보고 있었다.

이를 모르는 백작은 홀로 신나게 말을 계속했다.

"덴르프 영지는 제도와의 연락도 손쉽습니다. 차마 만나지 못하던 가족을 맞이할 수도 있지요."

"……."

이번엔 정말 표정을 굳히고 말았다. 누가 보면 대공님이 그녀를 납치하여 감금시키고 있는 줄 알 지경이었다. 백작이 능글능글하게 웃으며 말했다.

"얼마든지 도와드리겠습니다. 영애."

디아나가 포크를 내려놓았다.

"배려는 감사하지만 괜찮습니다, 백작님."

"영애, 천천히 생각하……."

"아빠."

디아나가 백작의 말을 잘랐다.

대공과 눈이 마주쳤다. 디아나가 눈매를 휘었다.

"식사 어떠셨어요. 아빠?"

"……."

대공이 그대로 굳었다. 옆자리 바스티안의 놀란 시선도 느껴졌다. 디아나가 대공을 볼 때와 전혀 다른 싸늘한 눈으로 백작을 보았다.

"제가 조금 잠자리에 예민해서요."

다소 뜬금없는 말을 하며 디아나가 냅킨으로 입가를 닦았다.

"만찬 초대는 감사했어요. 다만, 머무는 건 다른 곳에서 하려고요."

"영애, 그게 무슨 말이오?"

"저는 이만 호텔에 갈까 하는데 아빠는 어찌하실 거예요?"

"……."

"아빠?"

"……."

"아, 빠!"

멍한 시선의 대공이 뒤늦게 말했다.

"그……래. 알겠다."

대공이 목이 멘 목소리로 일어났다.

"가, 각하!"

백작이 다급하고 소리쳤다. 원체 표정이 드러나지 않는 분이셨다. 그러다 보니 모두 대공이 정신이 어딘가로 떠난 사실을 눈치채지 못했다.

“내 딸이 피곤해 보이니 이만 가 보지.”

“……그러면 어, 어디로 갈까요.”

“…….”

“물론 제가 알아보아야죠.”

방문했을 때처럼 일행은 덴르프 저택 앞에 모였다. 설득하려는 백작이 몇 번 찾아왔으나, 대공가 기사들의 서슬 퍼런 기색에 말도 몇 마디 붙이지 못하고 떠났다. 조엘이 속삭이듯 제인을 향해 물었다.

“대체 무슨 일이 있었던 겁니까?”

“…….”

조엘이 화가 머리끝까지 나 보이는 디아나의 모습을 힐끗 보았다.

“저도 잘 몰라요, 서기관님.”

제인이 속삭이듯 답했다. 바스티안을 초대하지 않은 것 때문에 화를 낸다기엔 식사 전보다 더 화가 나 있었다.

“도련님은 아십니까……?”

바스티안은 침묵했다. 짐을 내리기만 했지 풀지 않았기에 다시 챙기는 건 쉬웠다. 이를 확인한 조엘이 대공께 보고했다.

“덴르프 백작령의 호텔은 백작이 모두 손을 썼을 것이 사료되니, 뒤셀로 가겠습니다.”

황제 직할령인 뒤셀까지 백작이 손쓸 수는 없으니 그리로 가겠다는 판단이었다.

"아니요. 뒤셀로 갈 필요 없어요."

창문을 연 디아나가 대공 대신 답했다. 잔뜩 화가 난 채로 무언가를 꾹 눌러 참는 목소리였다.

"여기까지 온 이상 제대로 휴양을 즐겨야겠어요."

이 더러운 기분을 풀지 않으면 본성에 돌아가도 찝찝할 것이 분명했다. 조엘이 어쩔 줄 모르고 대공과 디아나를 번갈아 보았다.

"하지만 그, 호텔들이 모두……."

"여기, 오흐리드 호텔 있지요?"

조엘이 입을 쩍 벌렸다. 있긴 했다. 있긴 했지만…….

조엘이 대공님을 흘끗 보았으나 밤하늘 아래 등불을 등진 대공의 표정을 확인하긴 어려웠다. 디아나가 단호하게 말했다.

"그리로 가요."

"그…… 아가씨."

만류하려 드는 조엘에게서 고개를 돌린 디아나가 대공님을 향해 물었다.

"괜찮죠?"

"……뭐라고?"

입술을 꾹 다문 디아나의 모습을 본 대공이 절절매듯 말했다.

"아니, 내가 못 들었다."

조엘이 허겁지겁 설명했다.

"아가씨께서 오흐리드 호텔로 가자는데, 각하 어떻게 할까요."

"그렇게 해."

"역시 그건 좀…… 예? 아……, 예. 아, 알겠습니다."

대체 이게 무슨 상황인지 조엘은 제발 누군가 그에게 설명해 주길 바라며 기사들에게 이동 위치를 명했다.

*　　*　　*

마차 안은 조용했다. 팔짱을 낀 디아나는 등받이에 몸을 기댄 채 눈을 감고 있었다.

누님과의 침묵에 불편함을 느낀 적 없었다. 하지만 왠지 지금의 침묵은 조금 무겁게 느껴졌다.

"누님……."

바스티안의 조심스러운 부름에 디아나가 눈을 떴다.

"……화나셨습니까?"

디아나가 바스티안과 눈을 마주했다.

"너는?"

"저요?"

"그래. 가족도 아니라는 취급을 받았는데 너는 화 안 나?"

"전……."

별로 화나지 않았다. 그가 디아나에게 동생 취급을 받는 건, 천운이 함께 한 자리라는 걸 알았다.

원래 그가 받아야 할 애정이, 다정함이 아니었다. 그렇기에 백작의 말에도 별다른 생각이 들지 않았다.

하지만 사실을 말하면 누님이 슬퍼할 거란 사실도 알았다. 그렇다고 누님께 더 거짓말을 하고 싶진 않았다.

"저는……."

대답을 머뭇거리는 바스티안을 가만히 응시하던 디아나가 작게 한숨을 내쉬었다.

"아니, 그냥 대답하지 말아 줘."

"……."

"알 것 같으니까."

"……죄송해요."

바스티안의 사과에 디아나가 입 안의 살을 깨물었다. 아직 어린 아이에게 무슨 투정을 부리고 있는 건지.

한숨을 내쉬며 팔짱을 푼 디아나가 그녀의 옆자리를 툭툭 두드렸다.

"이리 와 봐."

바스티안이 눈치를 보며 조심스럽게 그녀 옆에 앉았다. 그런 바스티안의 어깨를 디아나가 끌어안았다.

"바스티안."

디아나가 조심스럽게 바스티안의 머리를 쓰다듬었다. 어둠이 내린 밤거리, 가로등 불빛만 규칙적으로 마차 안을 밝혔다가 어두워지길 반복했다.

"네가 행복했으면 좋겠어."

* * *

날아가는 새 모양 황금 장식과 상아색 기둥에 넝쿨무늬 장식들.

호텔 출입구부터 오흐리드의 느낌이 물씬 풍겼다.

방을 미리 잡고 안전 확인을 하기 위해 한발 앞서 호텔에 들어가려던 조엘과 기사들은 입구에서 막혔다.

"죄송합니다만, 노히바덴 기사단은 들어오실 수 없습니다."

"아니, 얘네 아직도 이러네?"

조엘이 머리를 짚으며 짜증스럽게 말하는 걸 호텔을 지키는 가드가 기계적으로 막아섰다.

어느 정도 누그러졌다 생각했지만 그건 착각이었다는 듯, 가문 간의 오래된 골이 새삼 다시 느껴졌다.

"죄송합니다. 돌아가 주십시오."

"이것들이 진짜……."

그때 대공의 마차와 그들을 호위한 이들이 뒤이어 도착했다. 그리고 노히바덴 문양의 마차에서 디아나가 내렸다. 입구 앞에 우르르 모여 있는 기사들을 보고 디아나가 고개를 기울였다.

만찬용 드레스를 그대로 입고 있었기에 디아나는 단숨에 시선을 사로잡을 만큼 화려한 차림새였다. 사뿐사뿐 다가온 디아나가 이들을 향해 물었다.

"무슨 일이에요?"

입구를 막아서던 호텔 가드가 자연스레 비켜섰다.

"들어갈까요?"

"예, 아가씨."

디아나를 뒤따르며 조엘이 가드들을 향해 비웃음을 날렸다. 비수기인 호텔 로비는 한산했다. 연인으로 보이는 이들과 아이들과 함께 온 가족으로 보이는 이들 두 무리뿐이었다.

그들은 디아나를 알아보고 눈을 휘둥그레 떴다. 그리고 함께 있는 노히바덴 대공을 보고 경악했다.

디아나는 곧장 호텔 데스크로 향했다.

“방 있을까요?”

“아…….”

디아나를 알아본 호텔 데스크 직원 또한, 너무 놀라 그대로 굳었다.

“방 없나요?”

재차 질문하자 그제야 정신을 차리곤 흔들리는 눈으로 말했다.

“그, 저 잠시, 지배인님을 불러 와도 되, 되겠습니까?”

“……그러세요.”

너무 놀라서 어찌할 바를 모르는 모습에 도리어 안쓰러웠다.

‘너무 급작스러웠나.’

직원 한 명이 허둥지둥 어디론가 달려갔다. 그리고 그녀를 응대하던 직원이 로비 안쪽 휴게실로 안내했다.

“여, 여기서 잠시만 기다려 주십시오.”

디아나가 고급스러운 소파에 곧장 앉은 것과 달리 팔짱을 낀 대공은 그대로 서 있었다.

“앉으세요.”

“됐다.”

“바스티안.”

시무룩한 얼굴로 디아나가 바스티안을 보았다. 바스티안이 재빨리 그녀 옆에 앉았다.

“그보다 디아나.”

“……네?!”

별다른 말 없이 그저 이름을 부른 정도였거늘 디아나가 과도하게 놀랐다. 대공이 눈썹을 치켜들었다. 디아나는 어색하게 웃었다. 한숨을 쉰 대공이 입을 뗐다.

“아까 백작저에서 네가…….”

말하던 대공이 입을 다물었다.

“말씀하세요.”

침묵이 길어지자 디아나가 짐짓 눈을 깜빡이며 말했다. 잠시 바닥을 바라보던 대공이 물러났다.

“아니다.”

“……네.”

싱겁다는 듯 웃은 디아나가 시선을 돌렸다. 태연한 척하는 디아나의 귀 끝이 붉게 달아올라 있었다. 당연히 디아나는 대공님이 하려는 말이 무엇인지 알아챘다.

‘아빠라니……!’

화가 나서 지르고 봤는데, 조금 가라앉은 지금, 대체 무슨 생각으로 했는지 알 수가 없었다. 그저 어딘가 머리를 박고 싶었다. 모르는 척하는 게 최선이었다.

—똑똑

침묵을 깨는 노크 소리가 이렇게 반가운 적 없었다.

“네.”

"오흐리드 호텔 덴르프 지점 지배인, 프랑크라고 합니다. 방을 찾으셨다고요."

"네, 맞아요."

머무를 사람의 수를 건네기 무섭게 지배인이 답했다.

"당연히 모두 머무실 수 있습니다."

기사들과 하인, 조엘까지 머무를 방이 있을까 걱정했는데 하긴, 어차피 성수기도 아니었다. 디아나가 마지막으로 한 번 더 확인했다.

"여기 머물러도 괜찮죠, 대공님?"

대공의 눈썹이 살짝 꿈틀거렸다.

"……그래."

디아나가 제인을 향해 로비에서 기다리는 이들에게 머물기로 했다 전하라고 말했다.

"모두 원하시는 곳 어디든 머물 수 있을 정도로 방은 충분합니다. 다만……."

눈치를 보던 지배인이 마른 침을 삼키고 말을 이었다.

"오흐리드 객실은 이미 사용 중인 고객이 있습니다."

"오흐리드 객실을요?"

오흐리드 객실은 오흐리드 가문 사람만 머물 수 있는 객실이었다. 디아나는 이번에 그 객실에서 묵을 생각이 없었다. 하지만 의문이 들 수밖에 없었다. 여기에 오흐리드 가문 사람이 머물고 있다고? 디아나가 다소 성급하게 물었다.

"누가 머무는 거죠?"

문이 열리는 소리와 함께 들어온 이가 답했다.

"접니다."

눈을 크게 뜬 디아나가 재빠르게 뒤를 돌아보았다. 놀라 숨을 들이켰다.

"세니르?!"

"오랜만입니다. 아가씨."

세니르가 그녀를 향해 화사하게 웃었다. 그리고 시선을 틀어 대공을 향해 공손히 인사했다.

"대공 각하를 뵙습니다."

서늘한 시선이 세니르를 향했다.

"네가 왜 여깄지?"

"그건……."

"아니, 답할 필요 없다. 어차피 계약 위반이니."

"각하."

세니르가 다소 당혹스럽다는 듯 말했다. 이를 무시하며 대공은 그녀에게 다가오라는 듯 손을 내밀었다.

"디아나, 가자."

"네, 네? 어, 어디를요?"

"네겐 미안하지만, 오흐리드 사람이 있는 걸 확인한 이상 여기 머무는 건 안 되겠……."

"아, 아빠!"

디아나가 다급하게 소리쳤다. 대공이 내민 손에 매달린 디아나가 한쪽 손에는 세니르를 붙잡고 올려다보았다.

"자, 잠깐만 우리 처, 천천히 생각해 봐요!"

*　　*　　*

약간 혼란이 있었으나, 모두 제대로 쉴 방을 잡을 수 있었다. 거기에 세니르가 방을 옮길 테니 그녀보고 오흐리드 객실로 들어가라 하는 걸 거절하느라 진이 빠질 지경이었다.

겨우 모든 일을 정리하고, 내키지 않아 보이는 대공님께 사정사정하며 세니르와 단둘이 있을 자리를 마련했다. 디아나가 뜨거운 김이 오르는 찻잔에 각설탕을 퐁당 담갔다.

"세니르를 여기서 만날 줄 몰랐어요."

세니르가 늘 그렇듯 그림 같은 모습으로 찻잔을 들었다가 내리곤 눈가를 접었다.

"저도요."

"어떻게 여기 있는 거예요?"

가장 시급한 궁금증을 물었다.

'설마 내가 여기 오는 걸 알고?'

의심이 찻잔의 김처럼 모락모락 피어나는 머릿속을 세니르의 목소리가 파고들었다.

"휴가 나왔습니다."

"……휴가요?"

"예."

아니, 뭐 휴양지니 휴가. 당연하지만…….

"세니르가 휴가라고요?"

"예."

"……."

"진짭니다."

세니르가 싱긋 웃으며 다시 찻잔을 들었다. 지금껏 한 번도 쉬는 모습을 본 적 없어서 일 중독자인가 의심할 정도였다. 그런데 하필, 지금, 여기서 만났는데 휴가라고?!

하지만 당연하기도 했다.

'아니, 그러고 보니까 당연하잖아?! 휴양지니까 휴가겠지!'

점차 열이 오르며 목덜미가 뜨끈하게 붉어졌다.

'창피해!'

말도 안 되는 착각을 했다니. 당장 쥐구멍에라도 숨어들고 싶었다. 세니르가 슬쩍 고개를 기울였다.

"왜 그러십니까?"

"아니, 아니, 아무것도 아니에요."

디아나가 창피함에 손바닥만 한 찻잔에 얼굴을 박을 것처럼 숙였다. 세니르가 작게 웃었다.

"아가씨를 뵈러 오신 줄 알았습니까?"

다 알면서 묻는 심보가 고약했다.

"그으…… 아니거든요?"

디아나가 입술을 삐죽였다. 세니르가 아무렴, 다 알고 이해한다는 듯 고개를 끄덕였다. 그 태연한 모습이 오히려 더 얄미워졌다.

"아가씨 때문에 온 거긴 합니다."

"네?"

의문은 곧바로 세니르가 풀어 주었다.

"아가씨가 편지에 덴르프 이야기를 하셨으니까요."

기억을 더듬자 떠올랐다. 그저 스쳐 지나가듯이 '덴르프 온천이 몸에 좋다더라고요.'라는 정도였다.

"고작 그것 때문에요?"

디아나가 본인이 다 아쉽다는 듯 말했다. 덴르프는 겨울이 유명했다. 첫 휴가를 이런 비수기의 관광지로 쓰다니.

"왠지 여기에 오고 싶더군요. 그리고……."

세니르가 그녀를 보며 눈을 휘었다.

"이렇게 결국 아가씨도 뵙게 되었으니까요."

"……."

그 시선이 정말 부드러워서 순간 말문이 막혔다.

* * *

차 한 잔을 비우는 데는 오래 걸리지 않았다. 마음 같아서는 같이 관광도 함께하고 싶었으나, 대공님이 걸렸다. 세니르가 있는 걸 보자마자 호텔에서 나가려던 대공님이셨다.

'같이 다니면 싫어하겠지.'

디아나가 거의 바닥을 드러낸 찻잔 손잡이만을 만지작거렸다. 그때 세니르가 걱정하지 말라는 듯 먼저 말했다.

"그럼 모쪼록 대공님과 즐거운 휴가 보내시길 바랍니다."

"……네?"

"아가씨가 무슨 생각 하시는지 알겠습니다만, 걱정하지 않으셔도 됩니다."

디아나가 약간 당황하여 세니르를 보았다.

"저도 따로 약속이 있어서요."

"아…… 그래요?"

마침 다행이었다. 다행이라고 생각해야 하는데…….

"혹시 실망하셨나요?"

실망했나? 아니, 다행이라고 여기는 게 맞았다. 맞았는데 왜 이렇게 아까부터 아쉬운 기분이 드는지 그녀도 알 수 없었다. 그녀의 침묵에 세니르가 알겠다는 듯 고개를 끄덕였다.

"아쉽네요."

"……뭐가요?"

"실망하셨다면 제가 기뻤을 텐데요."

"……."

읊조리는 담백한 목소리가 왠지 심장에 그대로 박혀 들어갔다.

* * *

늦은 아침을 간단하게 치른 디아나가 어제 정신이 없어 살피지 못하고 잠들었던 객실을 구경했다. 객실은 웬만한 귀족 저택과 비교해도 손색없었다. 일곱 개가 넘는 방은 투왈렛 룸까지 완벽하게 갖춰져 있었다.

그리고 가장 중요한 온천.

반질반질한 낮은 대리석 계단을 올라 아치형의 출입구로 들어가자 시야가 시원하게 트였다.

구름 한 점 없는 푸른 하늘이 먼저 눈에 들어왔다. 우거진 나무 사이에서 김이 모락모락 피어나는 물이 졸졸 탕으로 흘러들어 왔다.

사그락사그락 소리가 나는 흰 자갈을 밟고 푸른 잔디 사이를 지났다. 바위 틈새에 핀 꽃은 온천에서 피어나온 김으로 촉촉이 젖어 있었다.

디아나가 김이 폴폴 나는 탕에 천천히 들어갔다. 적당하게 따듯하니 온몸이 노곤하게 풀어졌다.

'아, 좋다.'

디아나가 높은 담벼락 너머에 시선을 두었다. 노히바덴 본성 근방부터 이어진 우뚝 솟은 산맥이 선명하게 보였다.

아직도 산맥의 등허리엔 흰 눈이 그대로 뒤덮여 있었는데, 가을만 되더라도 저 푸르른 산이 새하얀 설산으로 변할 터였다.

아래에서 온천욕을 즐기자 그제야 정말 휴양 온 느낌이었다.

수영해도 좋을 넓이에 제인도 불러 함께 물장구를 치고 놀기를 한참, 손과 발이 쭈글쭈글해서 나가자 해가 중천이었다.

점심은 대공님과 바스티안과 함께했다. 하인도 기사도 대동하지 않은 채 대공님과 바스티안, 그녀 이렇게 셋이서만 한적한 거리를 산책하듯 걸었다.

길에서 마주친 이들 중 몇은 그들을 알아보고 깜짝 놀라곤 했다.

그러나 어떻게든 한마디 건네고 싶은 눈과 달리 접근하는 이는 없었다.

'대공님 때문인가.'

점심은 덴르프에서 가장 유명한 레스토랑을 방문했다. 휴양철이 아님에도 레스토랑의 자리는 꽤 차 있었다. 만족스러운 식사를 마치고 레스토랑에서 나올 때였다.

입구에 누군가 있는 걸 보았으나 그녀는 별생각 없이 지나쳤다. 그러자 익숙한 목소리가 그녀를 불렀다.

"레이디 디아나!"

놀란 디아나가 소리가 들린 방향을 보았다. 옅은 갈색 머리칼에 같은 색 눈동자를 지닌 선한 눈매의 청년.

"……슈워츠?"

대공이 물었다.

"아는 인가?"

디아나가 아직 놀라움이 남은 얼굴로 고개를 끄덕였다. 다가온 슈워츠가 가슴에 손을 올리고 예를 갖춰 인사했다.

"대공 각하께 인사드립니다. 파트리시오 백작가의 슈워츠 파트리시오입니다."

"파트리시오 백작 영식이 디아나에게 무슨 일이지."

대공님의 표정은 평소와 같았다. 하지만 그녀만 알 수 있을 정도로 목소리가 꽤 불퉁했다. 슈워츠가 살짝 긴장한 목소리로 말했다.

"제 외조모께서 몸이 편찮으셔서 덴르프에 온천욕을 위해 매해 방문합니다. 저 또한 함께 가곤 하는데……."

마침 그녀를 바라본 슈워츠와 눈이 마주쳤다. 슈워츠가 짧은 미소를 짓곤 마저 말을 이었다.

"레이디 디아나가 근처에 있다는 소리를 듣고 혹시나 하여 기다려 보았습니다."

"그래서, 용건은?"

"대, 대공님!"

디아나가 당황하여 대공을 불렀다.

탐탁지 않은 얼굴의 대공님은 대놓고 빨리 용건을 말하고 가라는 눈치였다. 잠시 멈칫한 슈워츠가 침착하게 말했다.

"저는 며칠 더 머물다 갈 예정이니 시간 나면 연락 주세요. 레이디 디아나."

"연락이요?"

"예. 저는 매해 덴르프에 방문하곤 하니 기회가 된다면 레이디 디아나를 제가 안내해드리고 싶습니다."

슈워츠의 말에 대공님의 눈이 대번에 사나워졌다. 디아나가 그러지 말라며 대공님의 옷자락을 살그머니 잡아당기며 물었다.

"혹시 실비아 양도 함께 있나요?"

"실비아는 오늘 오전에 조모님과 함께 뒤셀로 떠났습니다."

왜 함께 떠나지 않고? 의문이 들었으나 사달이 날 것만 같은 대공님의 낯에 디아나가 서둘러 답했다.

"하하하, 그, 그래요? 실비아 양이 없다니 아쉽네요."

"실비아도 아쉬워할 겁니다."

"일단 오늘은 예정한 일정이 있어서요. 그럼 실비아와 롬벨 후작 부인께 안부 전해 주세요. 만나서 반가웠어요. 슈워츠."

"저도…… 반가웠습니다."

그의 살짝 붉어진 뺨을, 대공님을 신경 쓰던 디아나는 눈치채지 못했다.

"저는 이만 가 볼게요."

디아나가 서둘러 말했다. 어느새 구경하듯 사람들이 조금씩 모여들기 시작한 주변을 눈짓했다. 슈워츠가 이해한다는 듯 고개를 끄덕였다. 디아나가 서둘러 대공과 바스티안의 팔짱을 끼고 잡아끌었다.

'아, 바스티안 소개도 못 했네.'

너무 정신이 없었다. 모여드는 사람을 피해 한 블록 정도 멀어졌을 때 대공이 굳게 다문 입을 뗐다.

"저런 샌님이 어디가 좋지?"

"샌님이 설마…… 슈워츠요?"

가차 없는 평가에 디아나가 저도 모르게 주변을 확인하며 들은 사람이 없는지 살폈다.

"그래. 매우 친밀해 보이더군."

"그랬어요?"

그렇게 친밀했나? 뭐, 얼마 전에 사교계 활동으로 처음 생긴 친구긴 했다.

"먼젓번에 제도 저택에 제가 초대한 실비아 파트리시오 기억하세요?"

대공이 고개를 살짝 끄덕였다.

"그 실비아의 오라버니예요. 제 선생님이셨던 롬벨 후작 부인의 손자분이기도 하죠. 그리고 무도회 날 제 파트너를 해 주기도 하였고요."

"파트너?"

갑작스럽게 큰소리가 터져 나왔다. 대공의 얼굴이 일그러졌다. 디아나가 깜짝 놀라 대공을 보았다.

"왜, 왜 그러세요?"

"디아나."

"네. 말씀하세요."

디아나가 긴장한 채 답했다. 한참 침묵하던 대공이 말했다.

"아직 결혼은 이르다."

"……네?"

"남자는 다 짐승이야."

눈앞에는 분명 대공님이 계시는데, 어쩐지 할아버지가 어른거리는 것 같았다. 그리고 바스티안이 손을 잡아 왔다.

"맞아요. 누님, 아직은 일러요."

바스티안마저 영문 모를 소리에 맞장구치자 디아나가 기가 막혀 소리쳤다.

"무슨, 무슨 소리를 하시는 거예요?!"

그저 친구라는 해명에도 대공님의 표정은 풀리지 않았다. 오히려 사라진 슈워츠를 향해 더 날카롭게 눈을 빛냈다.

"아니, 정말 그냥 이제 조금 알아 가는 사이……."

"알아 가는 사이……?"

아니, 한 번밖에 안 만났는데 친구라고 하기에는 좀 그렇고, 아직은 알아 가는 사이지 그럼?

디아나는 억울했다. 하지만 해명하면 할수록 뭔가 수렁에 빠지는 기분이었다.

'아니, 내가 왜 이걸 해명하고 있어야 하는 거지?!'

*　　*　　*

비수기여서 문을 닫은 오페라 하우스가 조금 아쉬운 것 빼고는 꽤 즐겁게 시간을 보내고 석양이 질 무렵 호텔로 돌아왔다.

'정말 종일 아무것도 안 했어.'

한동안 바쁘게 지내다 얻은 여유여서인지, 왠지 무언가를 빼먹은 것처럼 허전했다.

'세니르는 돌아왔으려나.'

디아나의 발걸음이 저절로 세니르가 머무는 객실로 향했다.

언제까지 휴가인지 물어보고…….

'물어봐서 뭘 어쩔 건데?'

순간 발이 멈췄다. 그러나 멈춰 있던 것도 잠시 디아나의 발이 다시 움직였다. 객실 앞을 지키고 선 기사가 그녀를 보고 깍듯이 인사했다.

"아가씨를 뵙습니다."

"안녕하세요."

기사가 지키고 있는 걸 보니 세니르가 방 안에 있는 모양이었다.

“세니르 돌아왔나요?”

“예?”

기사가 그녀의 말이 의아하다는 듯 반문했다.

“작은 도련님을 말씀하시는 겁니까?”

“네.”

“작은 도련님은 계속 방에 계셨습니다.”

“……?”

기사는 디아나의 표정에 자신이 무언가 잘못 말했는지 땀 흘리며 복기했다.

“종일 방에 있었다고요?”

“예에. 나오신 적 없으십니다만…….”

“방에 방문한 사람은요?”

“아무도 방에 들이지 않으셨습니다. 직원조차도요.”

디아나가 굳게 닫힌 방문을 보았다.

‘그럼 이미 있다던 약속은……?’

등 뒤의 문이 달칵 작은 소리를 내며 닫혔다. 거실은 무척 밝고 조용했다. 창틀을 따라 드리운 석양빛이 기하학적인 무늬를 바닥에 그렸다.

“세니르?”

답이 없었다.

‘어디 있는 거지?’

그녀가 머무는 곳보다 넓은 객실에 디아나가 약간 질린 얼굴을 했다.

"세니르!"

역시나 조용했다. 너무 넓어 방까지 들리지 않을 수도 있었다. 종일 나오지도 않았고 들어간 사람도 없다고 들었는데 대체 어디에 있는 건지.

그 순간 불길한 예감이 들었다.

'설마……!'

사람이 머문 것 같지 않을 정도로 깨끗한 거실. 디아나가 객실의 방을 하나씩 뒤지기 시작했다.

응접실 용도로 보이는 방, 휴식을 취할 때 쓰는 방, 서재처럼 보이는 방. 그렇게 몇 개의 방문을 열었다 닫았을까.

마지막 방은 침실이었다. 문을 연 순간 이 방이라는 느낌이 들었다. 석양이 들어오는 다른 방들과 달리 두꺼운 커튼을 친 침실은 어두컴컴했다.

디아나가 달려가듯 침대로 향했다. 마침 침대에 모로 누운 세니르의 모습이 보였다.

"세니르!"

다급히 다가간 디아나가 세니르의 어깨를 짚었다.

"세니르 괜찮……!"

소리치던 디아나가 멈칫했다. 안정된 숨소리. 차츰 어둠에 적응된 눈에 평온한 얼굴이 보였다. 식은땀을 흘리거나 열이 있어 보이지도 않았다. 디아나가 손을 세니르의 얼굴을 향해 뻗었다.

'설마, 그냥 자는……건가?'

주춤 물러난 디아나가 몸을 바로 세웠다.

'아니, 무슨 잠을 이렇게 죽은 듯이 자?'

잠든 세니르에게 고개를 돌린 디아나가 열이 오른 제 얼굴을 향해 손부채질했다. 혼자 떤 요란을 아무도 보지 못해 정말, 정말로 다행이었다.

괜한 걱정이었지만 짧은 사이에 바쁘게 긴장한 채 뛰어다녀서인지 목덜미와 이마에 땀도 맺혀 있었다.

조금 진정한 디아나가 세니르를 보았다. 날카로운 콧날 아래 가볍게 다문 붉은 입술. 창백할 정도로 하얀 이마 위에 흐트러진 백금발.

'무슨 도자기 인형…… 아니, 무슨 생각을 하는 거야?'

디아나가 고개를 내저으며 저도 모르게 바짝 숙였던 몸을 바로 세웠다. 멀쩡한 걸 확인했으니 이 이상은 무례였다.

'그래도 혹시 모르니 방에 별문제 없는지만 확인하고…… 일어나면 바로 식사할 수 있게 해 달라고 말해 놔야지.'

주변을 둘러보던 디아나의 눈에 탁상 위에 마법 램프가 보였다. 마법 램프를 낮은 조등으로 켰다.

미약한 빛이 침실을 밝혔다. 그러자 지금껏 보지 못한 빈 병이 눈에 띄었다.

'약병……?'

탁자 위에 몇 개나 굴러다니던 것 중 하나를 집었다. 빈 병의 냄새를 맡던 디아나가 고개를 갸웃 기울였다.

'어디서 맡아 본 냄샌데…….'

한참 고민했지만 떠오르는 게 없었다. 다른 병에서도 다 같은 냄

새가 났다.

디아나가 마지막으로 향을 맡은 병을 다시 내려놓았다. 병은 제대로 내려놓았으나 그녀의 새끼손가락이 테이블을 뒹굴던 병 하나를 무심코 건드렸다.

알아채지 못한 디아나가 뒤를 돈 순간 탁자 위를 굴러간 병이 바닥으로 떨어졌다.

—쨍그랑

움찔 놀란 디아나가 반사적으로 세니르를 보았다.

"으음."

미간을 찌푸린 세니르가 신음을 내며 베개에 머리를 문질렀다. 느리게 뜬 눈꺼풀 아래 몽롱한 눈동자가 드러났다.

"……아가씨?"

* * *

입을 가린 세니르가 작게 하품했다. 느리게 눈을 감았다가 뜨길 반복하는 세니르의 고개가 툭 기울어졌다. 이렇게 풀어진 모습은 처음이었다.

"종일 아무것도 안 먹었다면서요. 들어요."

디아나가 속을 편하게 해 주는 차를 따랐다. 느릿느릿 찻잔으로 손을 뻗던 세니르가 다시 입을 가리고 짧게 하품했다.

"대체 수면제를 얼마나 먹은 거예요?"

약병에서 맡은 향의 정체를 알 수 있었다. 그녀가 저번에 세니르의 방에서 얻어 마셨던 수면 유도차. 세니르가 마신 건 그 원액을 마법 약품으로 가공한 것이었다.

"그렇게 먹어도 돼요?"

"으음, 그냥, 푹 잘 정도?"

"왜 그렇게 많이 먹었어요?"

"그냥…… 오래 자려고……."

맹한 대답에 디아나가 헛웃음을 터트렸다.

"차라리 그냥 다시 잘래요?"

"아뇨. 이제 슬슬 일어나긴 해야, 해서……."

세니르가 고개를 젓더니 입을 가리고 다시 작게 하품했다.

"음, 한 번 더 세수하고 올게요."

한참 뒤에 세니르가 머리칼에서 물을 뚝뚝 떨어트리며 다가왔다. 그사이 디아나가 시킨 룸서비스가 테이블 위에 나열돼 있었다.

"하도 안 오길래 세수하다가 잠들었나 했어요."

세니르가 약간 미안하다는 듯 웃었다.

"한 번으로는 안 깨더군요."

디아나가 한숨을 내쉬었다.

"무슨 약을 그렇게 많이 먹어요? 건강에 괜찮은 거 맞아요?"

"뭐……."

"말 흐리는 거 보니 안 괜찮군요?"

디아나의 눈매가 뾰족해졌다. 세니르가 난감한 얼굴로 말했다.

"원래 이렇게 많이 마시진 않습니다. 휴가기도 하고 오래 자고 싶어서 마신 거예요."

"아니 무슨, 휴가에 잠만 자러 왔어요?"

세니르가 곤란한 얼굴로 그녀의 눈을 피했다. 하지만 그녀의 눈초리가 풀어지지 않자 결국 이실직고했다.

"아가씨도 아시다시피 이게 제 첫 휴가지 않습니까."

"그렇죠?"

그래서 무척 놀란 것이 얼마 전이었다.

"뭘 해야 할지, 잘 모르겠더군요."

"네?"

세니르가 약간 민망하다는 듯 웃었다.

"일반적으로 휴가에는 뭘 하는지 모르겠더군요."

입을 몇 번이나 열던 디아나가 결국 닫았다.

"뭐……제가 불면증이 있는 건 아시지요."

디아나가 느리게 고개를 끄덕였다.

"뭘 해 볼까 생각하다 일어날 이유 없으니 오래 자 보고도 싶더군요. 그런데 잠이 오질 않아서, 한 병씩 마시다 보니……."

저렇게 많이 마시게 되었다는 뜻이었다. 말을 잃었던 디아나가 뒤늦게 말했다.

"그, 첫 휴가에 하고 싶은 게 '오래 자기'뿐이에요……?"

"그러게 말입니다."

세니르가 별거 아니라는 듯 웃어 보였으나 디아나는 어떤 얼굴을 해야 할지 알 수 없었다.

"그, 친구랑 논다든가."

"아가씨."

세니르가 재밌는 소리를 들은 것처럼 소리 내어 웃었다.

"제게 친구가 있을 것 같으신가요?"

"……."

세니르가 미지근해진 차를 느긋하게 들어 올렸다.

"……없어요?"

"적당히 어울리는 이는 있지요. 제가 오흐리드 후계자가 아니게 되면 곧바로 연락이 두절될 이들도 친우라면요."

"그건…… 친우가 아니죠."

디아나가 허탈하게 답했다.

"그런 자들에게 제 휴가를 쓰는 건…… 아깝잖아요?"

세니르가 눈을 접으며 웃었다. 그는 이단아였다. 귀족의 세계에 살았으나, 그 출신은 평민.

마음을 터놓을 친구?

시간을 들이고 주변을 살핀다면 괜찮은 이를 건질 수 있었을지도 몰랐다.

하지만 왜 그래야 하나?

귀찮은 일에 불과했다. 그의 목적에 친구는 거추장스러울 뿐이었다. 세니르는 그저 웃었다.

"그럼 이제 뭐 하실 거에요?"

"글쎄요."

세니르가 곰곰이 생각하는 양 굴었다. 그러나 그것이 꾸며 낸 모습임을 왠지 모르게 알 수 있었다. 본인의 휴가지만 크게 관심도 없는 것 같았다.

'그러니 수면제 왕창 먹고 종일 잔다는 선택이나 하지.'

잠시 잊고 있었던, 초조하게 방을 뒤지며 세니르를 찾아다녔던 일이 떠올랐다. 억울하기도 했고 그러다 잘못되면 어쩔지 걱정되기도 했고 무엇보다 그가 자신의 몸을 막 다루는 것에 화가 났다.

"휴가 언제까지예요?"

"일주일 남았습니다."

고개를 끄덕인 디아나가 자리에서 일어났다.

"그럼, 모레부터 이틀 동안 시간 비워 둬요."

세니르가 의아하게 그녀를 보았다.

"그때까지 식사도 잘 챙기고요."

디아나가 눈을 깜빡이는 세니르를 향해 손바닥을 내밀었다.

"그리고 다 내놔요."

Chapter 4.

"조심해서 다녀오세요."

그녀를 응시하던 대공이 짧은 한숨을 내쉬었다.

"그놈이 그리 신경 쓰이느냐?."

정확하지 않은 호칭이었으나 디아나는 바로 알아들을 수 있었다.

"나는 마음에 들지 않는다."

대공의 미간이 보일 듯 말 듯 찌푸려져 있었다. 디아나가 모른 척하며 그의 등을 떠밀었다.

"빨리 출발하셔야 하는 거 아니에요? 축제 때문에 사람들 몰려오기 전에 가려면 시간이 빠듯하다던데요."

휴양차 덴르프에 왔지만, 게이트에 가깝다 보니 겸사겸사 대공은 잠시 하임덴 제도에 다녀오기로 했다. 이틀 정도 되는 일정이었다.

그녀 곁에는 이런 비상시를 대비하여 함께 온 정예 기사 스무 명이 대공을 대신해 그녀를 호위하기 위해 남겨졌다.

"천천히 가도 상관없다."

태평한 말에 연신 초조하게 시계를 보던 조엘이 울상을 지었다.

"대공님, 부관들 좀 그만 괴롭히세요."

대공이 조엘을 돌아보았다. 조엘이 언제 울상을 지었냐는 듯 각 잡힌 자세를 했다. 그 모습에 디아나가 작게 웃음을 터트렸다. 대공은 내키지 않아 했지만 몇 번의 실랑이 끝에 겨우 갈라테아의 고삐를 잡았다.

"얼른 갔다 올 테니 몸조심하거라."

"네. 걱정하지 마세요."

대공의 시선이 바스티안에게 향했다. 바스티안이 반사적으로 굳었다.

"너도 디아나 말 잘 듣도록 해라."

"네."

"걱정도 참, 바스티안이 얼마나 제 말을 잘 듣는데요. 걱정하지 마세요."

그제야 대공이 갈라테아에 훌쩍 올라탔다. 대공의 모습이 보이지 않을 때까지 흔들던 디아나의 손이 내려왔다.

"이제 우리도 가 볼까?"

디아나가 바스티안을 향해 말했다. 바스티안이 의아하게 그녀를 보았다.

"축제는 오후에 시작한다고 하시지 않으셨어요?"

"맞아. 축제 구경 가기 전에 네게 소개해 주고 싶은 사람이 있어서."

"소개요?"

"응. 너도 한 번 본 적 있는 사람이야."

디아나가 기대되는 것처럼 환하게 웃었다. 그 맑은 웃음에 의아해하던 바스티안의 미간이 눈을 살짝 크게 떴다.

"설마…… 파트리시오 영식인가요?"

"응? 슈워츠가 여기서 왜 나와?"

"아닙니까?"

"응. 아닌데."

슈워츠에게는 아무래도 만나지 못할 것 같다 연통을 보냈다.

"그럼 누구……."

디아나가 바스티안을 이끌고 넓은 호텔 부지를 걸어갔다. 정문 방향이 아니라 안쪽으로 계속 들어가는 누님의 모습에 바스티안이 어딜 가냐고 묻기 직전 디아나가 멈췄다.

"어서 오십시오, 아가씨."

"안녕하세요. 세니르 안에 있나요?"

"예. 계십니다."

호위가 문에 노크를 하고 말했다.

"작은 도련님. 아가씨가 오셨습니다."

잠시 후에 문이 열리고 저번의 흐트러진 모습과 달리 깔끔한 차림새의 세니르가 보였다.

"아가씨."

화사하게 웃던 세니르가 그녀 곁의 소년을 보고 멈칫했다.

"소식은 들으셨을 것 같지만, 바스티안 노히바덴. 제 동생이에요."

그리고 반대편을 돌아보며 이어 말했다.

"그리고 이쪽은 세니르. 내…… 친구야."

세니르가 그녀를 보고 설핏 웃었다. 디아나의 귓가가 살짝 붉어졌다.

"처음 뵙겠습니다. 세니르라고 불러 주시면 됩니다."

"……안녕하세요."

바스티안이 한 박자 늦게 답했다. 그의 이름 뒤에 붙은 노히바덴을 듣고도 눈빛이 달라지지 않는 이는 처음이었다.

세니르가 매끄러운 미소를 지으며 고개를 문가에 기댔다.

"그런데 각하께서 정말 허락하신 겁니까?"

"네. 대공님이 이틀 동안 하임덴 제도에 가셨거든요."

디아나는 대공님께 바스티안에게 세니르를 소개해 주고 싶다 말했다. 학술원에 가기 전 새로운 이를 사귀는 법을 알아 두는 게 어떻겠냐며.

바스티안을 핑계로 써먹은 느낌이 없지 않아 있지만, 어쨌든 대공님은 그녀의 말을 받아들여 줬다.

대신 소개한 이후에도 세니르를 만날 때 꼭 바스티안도 동행하라는 조건을 걸었지만.

"흐음."

세니르의 시선이 그녀와 바스티안을 향했다.

"그렇다면야 제가 오히려 환영해야죠. 들어오세요."

세니르가 화사하게 웃었다.

*　　*　　*

바짝 굳었던 처음과 달리 바스티안은 세니르와 꽤 대화를 잘 나눴다.

'그냥 세니르가 애를 잘 보는 것 같기도 하고.'

대충 예상했지만 그래도 금방 편해진 바스티안과 다정한 세니르의 모습에 왠지 싱숭생숭했다.

"이제 아가씨 차롑니다."

"아니, 벌써요?"

디아나가 퍼뜩 정신을 바로잡았다. 디아나가 미간을 잔뜩 좁히고 신중하게 탐색했다.

나무 블록 하나를 고른 디아나가 숨도 멈춘 채 조심스럽게 빼냈다. 소리 없이 테이블에 블록을 내려놓고 나서야 후―, 하고 숨을 내쉬었다.

다음 차례인 세니르가 손을 뻗었다. 그리고―

"이런……."

―와르르

외마디 말과 함께 이 빠진 것처럼 듬성듬성한 나무 블록 탑이 무너져 내렸다. 세니르가 짧은 한숨을 내쉬며 무너지는 데 지대한 공을 한 블록을 내려놓았다.

"아쉽네요."

디아나가 바스티안과 짝— 손바닥을 마주쳤다. 세니르가 과장되게 슬픈 척했다.

"절 이기셔서 아주 기쁘신가 보군요."

"그런 얼굴 해도 소용 없어요! 카드 게임을 그렇게 이겨 놓고서는!"

블록 게임 전에 먼저 했던 카드 게임은 세니르가 연달아 일곱 판을 이기자, 열 받은 디아나가 판을 뒤엎는 것으로 끝났다.

디아나가 시계를 확인하고 눈을 살짝 크게 떴다. 서둘러 자리에서 일어나며 말했다.

"벌써 시간이 이렇게 됐네요. 한 시간 후에 다시 봐요."

빠르게 준비를 마친 디아나가 바스티안의 방으로 향했다.

"바스티안, 준비 다 했어?"

"네. 누님은……."

소파에 앉아 있던 바스티안이 일어나다 멈칫했다. 깜빡이는 검은 눈동자에 당황이 보였다.

"이상해?"

바스티안이 재빠르게 고개를 저었다.

"자, 잘 어울리십니다."

"그런데 왜 시선을 피해?"

"아, 아니에요."

부인하면서도 바스티안은 디아나를 바라보지 못했다. 화사한 아가씨는 온데간데없었다.

긴 은발을 꼼꼼히 틀어 올려 모자 속에 모두 집어 넣은 디아나는 넉넉한 상의에 바지와 부츠를 신고, 북부인들이 주로 입는 겉옷을 걸치고 있었다.

그렇지 않아도 또래보다 발육이 더딘 디아나였다. 그녀의 마르고 길쭉한 팔다리와 얽혀 남장이 생각보다 정말, 너무할 정도로 잘 어울렸다.

누님이 형이 되어 버린 느낌에 바스티안은 왠지 너무 어색해서 제대로 쳐다볼 수가 없었다.

"이거 봐라!"

디아나가 들고 있던 커다란 안경을 썼다. 바스티안의 얼굴에 놀란 기색이 스쳤다.

"……눈동자 색이 변했어요."

디아나의 주홍빛 눈동자가 검은색으로 보였다. 디아나가 안경을 벗자 다시 주홍빛 눈동자가 민낯에 드러났다.

"신기하네요."

영구적인 건 아니고, 며칠 사용하다 보면 능력이 다하는 마법 아이템이었다. 디아나가 바스티안에게 한번 써 보라며 안경을 건넸다.

"저번에 헤르만이 줬어. 어디 정체 숨기고 외출하고 싶을 때 쓰라고."

주홍색 눈동자가 흔치 않으니 눈 색만 가려도 알아보는 이가 줄어들 거라 말했다.

바스티안과 함께 호텔 밖으로 나오자 입구 앞에는 세니르가 마차와 함께 미리 나와 있었다. 바스티안에게 눈인사한 세니르의 금색 동공이 그녀를 보곤 크게 확장됐다.

"……아가씨?"

"음? 세니르 변장은 그게 다예요?"

그녀보다 더 얼굴이 알려진 이가 세니르 아니던가. 그런데 부유한 상인 자제 같은 차림새인 걸 제외하면 변장이랄 것도 없었다.

세니르가 들고 있던 가면을 내보였다. 흰 바탕에 특징 없는 가면이었다.

"아하."

"약간 아쉬운 표정이신데요?"

"아니이― 만약 변장 못 한 거라면 도와주려고 그랬죠."

세니르가 흥미로운 눈으로 그녀를 보았다.

"어떻게 도와주시려고요?"

"글쎄요. 제가 남장을 했으니까아……."

바스티안은 눈치채지 못한 듯했지만, 세니르는 곧바로 헛웃음을 터트렸다.

"대체 무슨 생각을 하고 다니시는 겁니까?"

"세니르는 예쁘니까 긴 머리도 잘어울리지 않을까요?"

"제 키에는 여장을 하면 오히려 눈에 띌 겁니다."

"칫."

소리 내어 웃은 세니르가 에스코트하기 위해 손을 내밀었다.

"도움받을 일이 없어 매우 다행이군요."

* * *

축제가 열리는 도시인 뒤셀까지는 마차를 탄다면 한 시간이면 충분했다.

별로 기대할 것 없다는 소리만 몇 번 들어서인지 약간 걱정했지만, 언덕에 오른 마차에서 어렴풋이 뒤셀이 보이자 걱정은 눈 녹듯 사라졌다.

"뭐야, 화려한데."

"북부에서 가장 큰 도시니까요."

혼잣말에 가까운 그녀의 말에 세니르가 답했다.

"세니르는 와 본 적 있어요?"

"뒤셀 자체는 몇 번 오간 적 있지만, 축제 시기에는 처음입니다."

"그래요?"

"일단 축제에 구경 나오는 것 자체가 정말…… 오랜만이군요."

금을 녹여 만든 듯한 금색 눈동자를 담은 눈이 사르르 접히며 그녀를 향해 짙은 미소를 지었다. 디아나의 눈동자가 살짝 흔들렸다.

"그, 바스티안은 어때? 생각보다 화려하지 않아?"

디아나가 태연한 척하며 세니르에게서 시선을 돌렸다. 얼굴에 와닿는 시선에도 돌아보지 않는 디아나의 귀 끝이 붉었다.

"……예? 뭐라고 하셨나요?"

정신없이 창밖을 바라보던 바스티안이 뒤늦게 그녀의 말에 반응했다. 평소의 점잖은 모습과 달리 흥분을 감추지 못하는 반짝거리는 눈동자였다. 이제야 제 또래로 보였다.

"별거 아니야. 축제가 꽤 화려하지 않냐고 물었어."

바스티안이 답을 머뭇거렸다.

"잘 모르겠습니다."

"아."

그러고 보니 바스티안은 어머니와 지내다가 대공성에 오게 되었고, 그 뒤로는 성 밖으로 나가 보지 못했다고 들었다.

뒤셀에 방문한 것도 이번 휴양에 지나가는 길이 처음이었다. 아차 싶은 디아나가 질문을 바꿨다.

"그럼, 어릴 때 지내던 마을 축제는 어땠어?"

바스티안이 시선을 내리깔며 말했다.

"……어머니 방에서만 지내서 잘 모르겠어요."

"……방에서만 지냈다고?"

"네."

눈을 내리깐 바스티안의 표정은 여상했다. 하지만—

'이상한데.'

바스티안이 여섯 살에 대공성으로 들어왔다 들었다. 그런데 그때까지 방 밖을 나가 본 적 없다니? 여섯 살이면 한창 호기심 많을 나이가 아닌가?

바스티안은 과거에 대해 언급하고 싶어 하지 않아 했다. 그녀도 같았다.

오흐리드와 노히바덴.

두 가문이 그녀를 중심으로 복잡하게 엮인 일에 대해 말하고 싶지 않았다. 자연스레 서로 과거를 묻지 않기로 무언의 합의가 되어 있었다.

'그래도 너무 찝찝한데.'

디아나가 떨떠름한 기분을 털며 말을 돌렸다.

"아, 맞아 바스티안. 이거 대공님이 챙겨 주셨어."

품에서 주머니를 꺼낸 디아나가 바스티안의 손에 올려주었다.

"이게 뭔가요?"

"열어 봐."

열어 보라는 말을 듣고서야 바스티안이 주머니를 벌려 보았다. 상당량의 은화와 동화가 섞여 있었다. 금화도 몇몇 보였다.

'역시 여기도 리드를 쓰네.'

디아나는 왠지 뿌듯하게 반짝거리는 금화를 보았다.

"누님?"

"아, 응."

"이게 뭐죠?"

"응?"

디아나가 어안이 벙벙한 얼굴로 바스티안을 보았다.

"이게 뭡니까?"

바스티안이 덤덤한 얼굴로 다시 물었다. 전혀 예상치 못한 반응이었다. 친부의 용돈에 좋아할 거라는 예상은 보기 좋게 빗나갔다.

"돈입니다. 대공 각하께서 축제에서 쓰라고 용돈을 주신 모양이군요."

세니르는 당황한 그녀 대신 차분히 설명했다.

"아, 이게 돈이군요."

바스티안이 담백한 눈으로 동전을 뒤집어 보며 살폈다.

"한 번도 본 적 없나요?"

"네."

"주화 종류는 아십니까?"

"아니요."

"그럼 도착하기 전에 간단히 알아 두는 게 좋겠군요. 이건 은화입니다. 델림이라고도 하죠. 1델림은……."

디아나가 세니르의 설명을 듣는 바스티안을 혼란스러운 얼굴로 보았다.

'대체 바스티안은 어떻게 자란 거지?'

마차는 뒤셀의 어귀에서 멈췄다. 마차에서 내린 그들이 중앙 광장으로 갈수록 사람들이 바글바글했다.

가면을 착용한 세니르와 그녀는 아무도 알아보지 못했다. 가끔 그들에게 관심을 보이는 자들도 있었으나 정신없는 축제 속에 금방 시선을 돌렸다.

축제를 구경하러 돌아다니던 와중 바스티안의 눈길을 사로잡은 건 서커스단이었다. 입에서 불을 뿜고, 칼을 먹었다가 뱉길 반복하는 모습에 바스티안이 감탄하며 눈을 떼지 못했다.

"저기 오는 아이 있지?"

디아나가 바스티안의 어깨를 짚으며 손짓했다. 통에 묶은 천을 목에 건 아이가 주변의 구경꾼들 앞을 돌고 있었다.

"저 아이한테 네가 공연에 만족한 만큼 돈을 주면 돼."

"그렇군요."

바스티안이 그녀가 건넨 주머니를 뒤적였다. 이를 지켜보던 디아나가 가죽으로 만든 공 위에서 보이는 묘기에 한눈을 판 사이였다.

"허억!"

주변이 갑자기 소란스러워졌다. 반사적으로 바스티안을 바라본 디아나도 놀라 숨을 들이켰다.

'금, 금화를……!'

바스티안의 검은 눈동자가 그녀를 바라보며 유순하게 깜빡였다.

순간 누군가 그녀의 손목을 잡아 왔다. 세니르였다.

"이쪽으로……!"

바스티안도 붙든 세니르가 호위가 터 놓은 길로 향했다. 그 뒤를 호기심 어린 시선이 따라붙었다.

사람들의 시선을 한참 따돌린 디아나와 세니르가 골목길 구석에서 가쁜 숨을 내쉬었다. 얌전히 뒤따르던 바스티안이 기가 죽어 물었다.

"……제가 뭘 잘못했나요?"

"아니, 뭐 엄청나게 잘못한 건 아니구……."

디아나가 어처구니없어 웃음을 터트렸다.

"완전 물정 모르는 도련님 같았어. 소문 다 났다, 이제. 호구 도련님 나들이 왔다고."

"일반 평민들은 금화를 볼 일 자체가 드뭅니다. 저 서커스단이 축제 내내 벌 돈을 영식이 한 번에 준 거죠."

"아…… 죄송합니다."

바스티안이 시무룩하게 고개 숙였다. 디아나가 바스티안의 머리를 마구 쓰다듬었다. 할아버지가 그녀의 머리를 자꾸만 쓰다듬던 이유를 이제는 이해했다.

"아, 돌아다녔더니 배고프다. 뭐라도 먹으러 가자."

크레이프 위에 야채를 올려 구운 간식을 베어 문 바스티안이 눈을 동그랗게 떴다.

"맛있어?"

바스티안이 고개를 끄덕였다.

"주스도 먹어."

"누님은 안 드세요?"

"아, 난 이제 너무 배불러."

지나가면서 간식이 보이는 족족 사 먹다 보니 이제 배가 터질 것 같았다. 바스티안도 비슷하게 먹은 것 같은데 아직도 더 들어가고 있었다.

"저도 이제 더는 못 먹겠습니다."

돌아보자마자 세니르가 바로 답했다. 배를 빵빵하게 채우고 다시 축제 구경에 집중했다.

"여기 장신구는 꽤 괜찮네요."

걷다 보니 어느새 장식품들과 장신구들이 몰려 있는 곳이었다. 이런 곳에서 파는 장신구는 하급에서 좋아도 중급 정도의 제품들이었다.

하지만 여기 물건들은 제도에서 파는 것들에 비해 가격도 낮으면서 상당히 화려했다.

"노히바덴 본성에서 마석이 가장 많이 생산되니까요."

마력 미달로 상품성이 떨어지는 마석은 보통 이렇게 보석 대용 장식으로 사용됐다. 가공하고 나면 언뜻 보기엔 보석과 비슷했기 때문이다.

다만 관리만 잘해 준다면 세월에도 변함없는 보석과 달리 마석은 시간이 지날수록 점차 색을 잃었다. 그들이 관심을 가지는 듯 보이자 상인이 서둘러 다가왔다.

"어서 오십쇼! 고급은 아닐지라도 이런 축제에 내보이기엔 상등품이라고 자부할 수 있습니다. 누구에게 선물하시려는 겁니까? 가족? 연인?"

간식을 모두 해치운 바스티안도 다가왔다. 좌판을 구경하던 바스티안은 금세 흥미를 잃었다.

"왜? 별로야?"

"누님이 쓰시기엔 별로입니다."

그녀가 쓰는 장신구를 주로 접한 바스티안의 눈에 이것들은 전부 조잡하게 보일 뿐이었다. 상인은 바스티안의 반응에도 넉살 좋게 웃으며 호객했다.

"어이쿠 누님이 계십니까? 이건 어떱니까? 요즘 아가씨들에게 제일 인기 만점입니다!"

바스티안이 기묘한 표정을 지었다. 그가 말한 누님이 바로 옆에 있는 디아나였건만 상인의 시선은 자연스럽게 그녀를 스쳐 갔다.

상인이 머리에 꽂는 장신구를 내밀었다. 장미 모양으로 중앙 부분에 붉은 마석이 크게 박혀 있었다. 디아나가 받아 든 장신구를 마저 살피고 좌판에 내려놓았다.

"별로십니까? 그럼 이건……."

"아뇨, 좋아요."

디아나가 좌판 끝에서 끝까지 훑듯 가리켰다.

"여기서부터 여기까지 모두 주세요."

"에, 예?"

어리둥절해하던 상인이 그녀가 꺼내 든 리드를 보고 눈이 튀어나오려 했다.

"어구, 어이쿠, 예, 예. 자, 자, 잠시만 기다려 주십시오."

바스티안이 당황하여 주변을 둘러보았다.

"이렇게 많이 사실 필요가 있으세요?"

"선물로 주기 좋은 것 같아서 보내려고. 아, 세니르 이거 어때요? 잘 어울릴 것 같아요."

디아나가 백합 장식의 브로치를 세니르에게 내밀었다.

*　*　*

비슷한 방식으로 좌판을 다섯 개 정도 털고 나서야 디아나는 쇼핑을 끝마쳤다. 주변이 점차 어둑해지자 하나둘씩 풍등을 켜기 시작했다.

축제의 꽃은 역시 야시장이었다. 밤이 되자 한층 분위기가 달아올랐다. 그 거리 한쪽에 사람들이 모여서 손뼉 쳤다가 탄식하길 반복했다. 다가가자 막대기를 든 사람이 입구가 좁은 항아리를 향해 던지고 있었다. 그러나 안타깝게도 막대기는 번번이 빗나갔다.

"사람들이 뭘 하는 거죠?"

구경하던 바스티안이 물었다.

"음, 저 항아리에 막대기를 넣으면 상품으로 저걸 주는 것 같아. 내기 같은 거지."

상품 자리에 놓인 건 커다란 곰 인형이었다. 윤기가 흐르는 하얀 털이 이런 곳에 상품으로 걸려 있기엔 깜짝 놀랄 정도로 고급스러워 보였다.

크기도 바스티안의 반이 넘어, 만드는 데 들어갔을 털가죽만 해도 상당해 보였다. 바스티안의 시선이 향한 곳을 본 디아나가 방긋 웃었다.

"저거 마음에 들어?"

"네? 아, 저렇게 큰 인형은 처음 봐서요."

생각해 보니 바스티안의 방에는 어린아이 방에 어련히 하나 정도는 있을 법한 인형조차 없었다. 삭막하기 그지없는 게 방의 주인이 이런 소년일 것이라고는 전혀 상상 가지 않을 정도였다. 새삼 충격을 받았다.

"도련님."

세니르가 그녀가 변복한 신분을 불렀다. 디아나가 반 박자 늦게 세니르를 돌아보았다.

"잠시 자리를 비우겠습니다."

"네? 어디 가려고요? 같이 가요."

디아나가 곰 인형을 힐끗 보았다. 세니르가 부드럽게 웃었다.

"여기서 잠시만 구경하고 계십시오. 급한 보고가 있는 것 같습니다."

"보고요?"

휴가 아니었어? 그녀의 의문 어린 눈에 세니르가 슬쩍 고개를 기울였다.

"아마 꽤 중요한 일일 겁니다."

"아……."

나름 정말 푹 쉬는가 싶더니 며칠을 못 갔다.

"금방 처리하고 오겠습니다."

"……그래요."

세니르보다 디아나가 더 아쉬워하는 모습이었다. 그녀를 가만히 바라보던 세니르가 말했다.

"아가씨, 한번 안아 봐도 될까요?"

그녀보다 먼저 호위 중 하나가 반응했다.

"……무슨! 안됩니다!"

그 목소리를 무시하며 디아나가 세니르에게 덥석 안겼다.

"잘 갔다 와요."

"……조금 기운이 나는군요."

답지 않게 응석을 부리는 듯한 말이었다. 약간 놀란 얼굴을 하던 디아나가 웃음을 터트렸다. 태연해 보였지만 그도 가기 싫은 것이다.

"잘 다녀와요."

세니르도 잠시 자리를 비웠겠다 디아나는 곰 인형을 얻기 위해 당당하게 도전했다. 그리고 몇 번 도전한 지금 —

'차라리 돈으로 살까?'

디아나가 저리기 시작한 손목을 주물렀다.

'아니야. 여기서 포기할 수는 없지.'

바스티안이 몇 번 말렸으나 이미 디아나의 오기에는 불이 붙은 상태였다. 하지만 생각보다 어려웠다.

'막대 무게가 저마다 달라.'

똑같이 생겼으면서 어떤 건 가볍고 어떤 건 무거웠다. 익숙해질 만하면 달라진 무게에 표적을 저만치 빗나가기 일쑤였다.

거기다 운 좋게 항아리에 제대로 조준되더라도 이미 항아리에 들어가 있는 막대가 새로 넣으려는 막대를 번번이 방해했다. 새 막대를 받아 든 디아나가 고개를 갸웃 기울였다.

이번 막대는 한쪽 끝만 유달리 무거웠다. 디아나가 막대 끝을 살피자 틈새 사이로 쇠못이 살짝 보였다.

'와 진짜 너무하네.'

한두 번 던지고 포기할 사람은 눈치채지 못할 터였다. 이런 내기

게임은에 어느 정도 조작이 들어간다는 건 알았다. 하지만 이건 절대 불가능하게 만들어 놓은 수준이었다.

'어쩔까…….'

그녀가 던지지 않고 가만히 서 있자 상인이 약 올리듯 소리쳤다.

"막대를 들여다만 본다고 성공하는 거 아닙니다, 도련님 ─ !!"

"거, 좀 기다려 주지? 저 도련님이 지금 쓴 돈만 해도 얼만데!"

누군가 소리치자 주변에 구경꾼들이 왁자하게 웃었다. 바스티안이 그녀의 옷자락을 잡아당겼다.

"누, 아니 형님, 이제 그만하죠."

"어이쿠 ─ 동생의 형님 생각이 아주 눈물겹습니다!"

주먹을 꽉 쥔 바스티안은 놀리듯 말하는 상인을 쏘아보았다.

"아니야. 괜찮아."

디아나가 그 손을 다독였다.

"걱정하지 말고 가 있어. 내가 이번엔 진짜 성공해."

"……."

"표정이 왜 그래. 꼭 성공한다니까?"

몇 번의 다독임 끝에 바스티안이 내키지 않은 얼굴로 뒤로 물러났다.

'이렇게까지 할 생각은 없었는데.'

바스티안이 쥐었던 옷자락이 구깃구깃 주름져 있었다. 이를 펴려는 듯이 툭툭 두드리며 고개를 숙인 디아나가 작게 속삭였다.

"실라."

그녀만 볼 수 있는 정령이 펜던트가 걸린 가슴팍에서 튀어나와 그녀 주변을 빙그르르 돌고 들고 있던 막대에 스며들었다.

'저쪽만 편법을 쓰라는 법 있나.'

디아나가 숨을 짧게 들이쉬었다.

"아이고— 기다리다가 해 떨어지겠네! 언제까지 그리 서 있을 거……!"

상인의 말을 무시하며 디아나가 막대를 던졌다. 막대는 가볍게 디아나의 손을 떠났다. 전과 다를 바 없는 궤적을 그린 막대가 부드럽게 항아리에 꽂혔다.

"……!"

상인의 눈이 튀어나올 것처럼 커졌다.

"캬아! 드디어!"

오랜 도전을 지켜보던 구경꾼들이 마치 자기 일처럼 기뻐했다. 상인은 뜻밖의 상황에 떫은 음식이라도 씹은 얼굴을 했다.

성큼성큼 항아리에 다가간 디아나가 항아리 안의 막대를 살짝 건드렸다.

'와, 꿈쩍도 안 해.'

원래 안에 들어 있던 막대는 역시 방해용이었다. 그녀가 던진 막대에서 실라가 나와 다시 펜던트 안으로 들어갔다.

마저 항아리 곁을 지난 디아나가 단상 위의 인형 앞으로 향했다.

"그럼 이건 이제 제 거죠?"

"아니, 잠시만, 도련님 잠깐……!"

놀란 상인이 그녀의 손목을 잡기 직전 누군가 재빠르게 그 손을 쳐냈다. 매서운 소리가 났다.

"손대지 마."

"바스티안?"

바스티안과 눈을 마주친 상인이 겁에 질린 얼굴로 주춤 뒤로 물러났다.

"바스티안!"

디아나가 다시 바스티안을 불렀다. 멈칫한 바스티안이 느리게 그녀를 돌아보았다. 그녀의 눈치를 보는 바스티안을 향해 디아나가 인형을 건넸다.

"내가 꼭 딴다고 했지?"

바스티안의 눈동자가 살짝 커졌다. 누군가 휘파람을 불며 분위기를 띄웠다. 축하하듯 하나둘 치던 손뼉 소리가 점차 커졌다.

* * *

인형을 얻으려 들기 전까지만 해도 바글바글한 인파로 한걸음 걸을 때마다 부딪치기 일색이었는데, 지금은 사람이 훅 줄어들어 있었다. 디아나가 서둘러 걸음을 재촉했다.

"아, 너무 시간을 많이 잡아먹었어. 어떡하지? 폭죽 터지기 전에 언덕까진 못 갈 것 같아."

"……."

돌아오는 답이 없었다. 디아나가 뒤를 돌아보았다. 커다란 곰 인형을 안고 있는 바스티안이 약간 뒤처져 걷고 있었다.

곰 인형을 안고 있는 바스티안은 무척 귀여웠지만, 그의 굳은 표정은 원하던 걸 선물 받았다고 보긴 힘들었다. 보다 못한 기사 하나가 헛기침을 하며 운을 뗐다.

"바스티안 님, 인형이 무거우시면 제가 들겠습니다."

표정 좀 펴라는 눈치에도 바스티안의 얼굴은 펴질 줄 몰랐다. 고개를 갸웃한 디아나가 기사들에게 조금 떨어지라 손짓했다.

"왜 그래, 바스티안?"

"……."

디아나가 몸을 숙여 바스티안을 보았다. 한참 침묵하던 바스티안이 입을 뗐다.

"고작 이런 인형 때문에."

바스티안이 곰 인형을 쥐어뜯을 듯이 잡았다.

"누님이 구경거리가 될 필요 없었는데."

"……."

바스티안은 왠지 서럽고 억울한 기색이었다. 화가 난 것 같기도 했다.

"고작이라니."

디아나가 뺨을 긁적였다.

"난 재밌었는데."

그러나 별로 동의하는 기색은 아니었다. 고개를 기울인 디아나가 곰곰이 생각했다.

"뭐, 그렇지. 이런 곰 인형, 얼마든지 만들 수 있지."

이것보다 좋은 곰 인형도 얼마든지 만들 수 있었다. 가지고도 있었다.

사파이어로 만든 눈에 남부 잉센 왕국에서만 나는 직물로 만든 곰 인형은 수백만 소르나짜리였다. 이에 비하면 바스티안이 들고 있는 곰 인형은 그저 그런 인형이었다.

"하지만 여기 이 축제에서 얻은 인형은 이거 단 하나뿐인걸."

인형을 쥔 바스티안의 손에서 힘이 살짝 빠졌다.

"나는 좋았는데. 내가 노력해서 얻어, 너한테 준 거잖아."

"하지만……."

바스티안이 풍등의 그림자가 어른거리는 바닥에 시선을 고정하고 말했다.

"상인에게 인형 값을 따로 주기까지 하셨잖아요."

"아…… 봤어?"

기사를 통해 치르도록 했는데, 그걸 또 본 모양이었다.

"딱 인형 값 정도뿐이었는걸."

"그자는 심지어 막대에 이상한 짓거리까지……!"

"바스티안, 바스티안."

디아나가 말리듯 바스티안의 어깨를 쥐었다.

"내가 돈을 준 건, 저 인형이 그자의 생계에 영향을 줄지도 몰라서야."

"도전하려고 계속 돈을 내셨잖습니까."

"그렇지. 그래도."

그걸로 벌었으니 충분하지 않냐, 바스티안은 이해 가지 않는 눈빛이었다.

"음, 내가 저 인형을 가져간 것만으로도 그자는 큰 손해를 본 거야.”

디아나가 바스티안이 든 곰 인형을 쓰다듬었다. 새하얀 털이 부드럽게 손에 얽혀 왔다.

“봐봐, 축제는 앞으로 며칠 동안 이뤄질 거야. 그런데 사람들을 시선을 끌어야 할 가장 중요한 경품이 이렇게 네 손에 들어와 있지. 그럼 그자는 내일도 똑같이 사람을 끌어모을 수 있을까?”

“……그건.”

바스티안이 곰 인형을 보고 입술을 깨물었다.

“아닐 거야. 올해 축제 기간은 완전히 망쳤지. 엄청 손해 봤을걸.”

디아나가 웃으며 몸을 일으켰다.

“어때? 그걸로 소소한 복수를 했다고 생각하는 건 안 되나?”

그때였다.

— 피슝 펑

시작을 알리는 첫 번째 폭죽이 터졌다. 색색의 빛이 밤하늘을 수놓다가 순식간에 사라졌다.

“아, 벌써 시작했네.”

연이어 빛들이 비산하고 폭죽 터지는 소리가 요란하게 울렸다. 바스티안의 눈동자에 색색의 빛이 비쳤다 사라지길 반복했다.

“소원 생각해 놨어?”

“소원이요?”

“응, 폭죽을 보면서 소원을 빌면 이뤄진대.”

바스티안의 눈동자에 불꽃 대신 그녀가 비쳤다.

"누님은 이뤄지셨어요?"

"……응."

이뤄졌다.

가족을 가지고 싶다고 빌었었는데…….

약간 복잡해서 그렇지. 이뤄지기는 했다.

"세니르도 봤으려나."

"여기 계셨군요."

말하기 무섭게 목소리가 들렸다. 뛰기라도 했는지 세니르가 가쁜 숨을 가다듬었다.

"언덕에 계실 줄 알았는데 괜히 그곳에서 찾았군요."

"어쩌다 보니 늦어 버렸네요."

바스티안이 안고 있는 인형을 본 세니르가 약간 놀란 얼굴을 했다.

"결국 성공하셨군요."

"흐흐흥. 당연하죠. 볼일은 다 끝났어요?"

"가면서 설명해 드리겠습니다. 일단 호텔로 돌아가지요."

왠지 세니르가 약간 다급해 보였다.

"무슨 일 있어요?"

"있다고도 할 수 있습니다만. 빨리 돌아간다면 아무 일도 없을 수 있습니다."

고개를 갸웃한 디아나가 바스티안을 불러 손을 잡았다.

"가자, 바스티안."

"돌아가는 겁니까?"

"응. 슬슬 가자."

폭죽도 끝인 듯 머리맡에서 울리던 소리가 사그라졌다. 아쉬운 눈으로 바라보던 바스티안도 디아나의 손을 잡고 발을 놀렸다.

뒤셀 외각에 주차해 놓은 마차에 거의 다다랐을 때였다. 누군가 갑자기 그들의 앞으로 튀어나왔다.

"바스티안!"

나타난 여인은 곧장 호위에게 막혔다. 하지만 디아나와 바스티안, 그리고 반사적으로 막아선 호위까지 모두 굳은 채 여인을 바라보았다. 얼굴을 확인한 순간, 정체를 더 물을 필요 없었다.

여인이 먼저 소리쳤다.

"내 아들! 내 아들을 만나게 해 줘요! 바스티안!"

하얗게 질린 바스티안의 시선이 여인을 향해 못 박혀 있었다.

"이거 놔요! 놓으라고! 바스티안! 어미다! 알아보겠니?!"

주춤 물러나던 바스티안이 디아나와 살짝 부딪쳤다.

"바스티안! 잠깐, 잠깐만 이리로 오렴. 잠깐만 얘기 좀 하자꾸나. 바스티안!"

여인의 소란에 폭죽을 구경하고 뒤셀로 돌아오던 인파들이 관심을 가지고 다가왔다.

"내가 너를 어떻게 낳았는데! 어떻게 어미를 이리 모른 척할 수 있어?! 노히바덴이 되었다고 어미를 버리는 거니!"

수군거리던 구경꾼들조차 '노히바덴'이라는 말에 순식간에 조용해졌다. 여인을 막아선 기사가 이를 악물고 말했다.

"소란피우지 마시죠."

디아나도 곤란한 얼굴로 바스티안의 어깨를 짚으며 말했다.

"일단 진정하세요."

오히려 여인은 보란 듯이 소리쳤다.

"진정? 내 아들을 뺏어 간 것도 모자라 만나지도 못하게 하면서 진정하라고! 네가 뭔데!"

기사들의 얼굴이 일그러졌다. 여인은 아랑곳하지 않고 소리쳤다.

"대공님을 뵙게 해 줘!"

그녀는 오히려 다행이라 생각했다. 변장한 그녀를 알아보지 못하는 걸 확인했으니까.

'하지만 이대로라면…….'

정체를 알아본 자가 나타날 수도 있었다. 여인은 일부러 계속해서 주위의 관심을 끌며 이 상황을 피하지 못하도록 만들고 있었다.

여인을 어떻게 진정시켜야 할지 고민할 때―

"노히바덴이면……!"

소리 지르던 여인이 갑자기 비틀거리며 머리를 짚었다.

"갑자기 왜 이렇게……."

눈을 느리게 깜빡이며 머리를 가로젓나 싶더니 풀썩 쓰러졌다.

여인을 막아서고 있던 기사는 그녀의 머리가 바닥에 부딪히지 않도록 반사적으로 붙잡았다. 기사가 재빠르게 숨과 동공을 확인했다.

"정신을 잃은 듯합니다."

다가가려는 디아나를 누군가 붙잡았다.

세니르가 작게 속삭였다.

"잠든 것뿐입니다."

"……네?"

그리고 세니르의 호위들이 모여든 인파를 해산시켰다.

Chapter 5.

여인을 쓰러트린 건 세니르의 호위였다.

"파파라치들을 떼는 데 쓰던 겁니다. 두어 시간 뒤면 깨어날 겁니다."

"몸에 부담이 되거나 그런 건 아니죠?"

"괜찮습니다."

세니르의 태연한 말에 디아나가 머리를 짚었다.

"일단…… 고마워요."

세니르 덕에 더는 소란을 키우지 않고 조용히 빠져나올 수 있었다. 현재 그들이 있는 곳은 뒤셀에 있는 오흐리드의 건물이었다. 쓰러진 여인을 데리고 호텔까지 돌아갈 수는 없었다.

디아나가 바스티안을 돌아보았다. 바스티안은 쓰러진 여인보다 더 창백한 얼굴을 하고 있었다. 바스티안도 놀랄 수밖에 없는 일이었다.

친어머니라니. 디아나가 침대 위에 누워 있는 여인을 바라보았다.

저절로 한숨이 터졌다.

"저 사람…… 닮았죠?"

세니르가 고개를 살짝 끄덕였다. 여인은 어머니를 무척 닮아 있었다. 노히바덴가의 기사들과 디아나가 소란에 바로 반응하지 못하고 놀라 굳어 버릴 정도로.

물론 푸른 눈동자와 판이한 목소리, 표정에서 다른 사람인 걸 금방 깨달았다.

"우연일까요?"

"글쎄요."

여인을 살피던 세니르가 읊조렸다.

"하나 의문이 풀리긴 하군요."

디아나가 질문하듯 세니르를 보았다.

"처음 바스티안 님을 보았을 때…… 아가씨와 닮았다 느꼈거든요."

디아나가 고개를 기울였다.

"대공님하고 닮은 게 아니라요?"

"각하와도 닮았지요. 다만, 아가씨와도 꽤 닮았다고 느꼈습니다. 특히 아가씨가 남장하시니 더 확실해졌죠."

디아나가 자신의 얼굴을 만지작거렸다.

'그랬나?'

그러고 보면 축제 구경을 하면서 만난 상인들이 사이가 좋은 형제라며 바스티안을 당연하다는 듯 그녀의 동생으로 여겼다.

'그냥 어린아이와 같이 다녀서라고 여겼는데…….'

갑작스레 나타난 바스티안의 친모가 어머니를 닮았다니…….

그냥 넘길 일이 아니었다. 그때 여인을 데리고 온 이후로 말 한마디도 없던 바스티안이 입을 열었다.

"누님. 드릴 말씀이 있어요."

아이의 목소리라고 여기기엔 깜짝 놀랄 정도로 음울했다.

"무슨 일이야?"

"제게……."

몇 번 머뭇거리던 바스티안이 각오하듯 입을 뗐다.

"어머니가 쪽지를 보냈었어요."

"쪽지? 언제?"

"본성에 있을 때요. 조금, 조금 됐어요."

바스티안에게 편지가 왔다는 이야기는 들어 본 적 없었다.

'어떻게 외부인의 쪽지를 받은 거지? 몰래? 아니면 대공님은 알고 있던 건가?'

하필이면 대공님과 조엘이 자리를 비워 확인해 줄 사람이 없었다.

"왜 지금까지 말 안 했어?"

"……쓸모없는 내용이라서 알릴 필요 없다고 생각했어요."

"쪽지는 본성에 있어?"

본성에 사람을 보내 확인해 봐야겠다 생각할 때 바스티안이 말했다.

"아니요. 태웠어요."

디아나가 멈칫했다.

"무슨 내용이었길래."

바스티안의 눈가가 붉어졌다. 허벅지 옆에 놓인 양 주먹이 꽉 쥐어졌다. 몇 번이나 숨을 삼킨 바스티안이 더듬거리듯 힘겹게 말했다.

"제가 아들로 인정받았으니……. 대공님께 말해 어머니를 안주인으로 받아들이게 부탁하라고……."

바스티안이 고개 숙였다.

"죄송해요."

디아나는 그저 눈을 깜빡거렸다.

생각지도 못한 이야기였다.

"아니……."

절로 기가 막혔다.

"말이 되는 소리를……. 일단 대공님께 연락을…… 하, 정말 어처구니가……."

그때 디아나의 눈에 숙이고 있는 작은 머리가 보였다.

"……."

디아나가 바스티안을 향해 다가갔다. 디아나가 바스티안의 말아 쥔 주먹을 살짝 감싸 안았다.

"힘들었겠네."

그녀의 말에 바스티안의 손이 움찔 떨렸다.

"다음에 그런 일이 있으면 바로 말해. 혼자 끌어안고 있지 말고."

바스티안이 멍하니 그녀를 바라보았다. 곧 차오른 눈물이 뚝뚝 뺨을 가로질렀다. 디아나가 서둘러 달랬다.

"괜찮아. 바스티안. 네가 잘못한 게 아니잖아. 울지 말고."

"더…… 말씀드릴 게 있어요."

"응. 말해."

"어머니께서…… 만약 자기 뜻을 따르지 않으면…… 밝혀 버리겠다고……."

"어떤 걸?"

바스티안의 얼굴이 차츰차츰 일그러졌다. 아이의 눈이라고 볼 수 없을 정도로 고통에 찬 시선이 그녀를 향했다.

'대체 무슨 말을 하려고?'

왠지 모르게 불안한 예감이 들었다. 바스티안은 차마 쉽게 꺼낼 수 없는 말인지 한참을 망설였다. 디아나가 이를 보채지 않고 가만히 기다렸다.

이윽고 바스티안이 입을 열었다.

"……제 친부가 대공님이 아니라는 걸요."

* * *

"바스티안은요?"

"얌전히 방에 들어가더군요. 호위에게 잘 지켜보라 ……아가씨."

세니르가 단호한 목소리로 말했다.

"마냥 동정할 일이 아닙니다."

"……알아요."

호위가 아직 사정을 모르기에 지키라 했을 뿐 진실은 감시였다.

"귀족 사칭죄는 죄의 경중을 따져 처벌하지만 이런 경우는 사형입니다."

알고 있었다. 그래서 더 믿기지 않았다.

'말도 안 돼.'

대공님은 기억이 없다고 하셨으니 아닐 확률도 있었다. 그렇게 생각하면서도 내심 확신하고 있었던 자신을 새삼 깨달았다.

'하지만 닮았잖아.'

거기다가 검에도 재능이 상당했다. 바스티안을 좋아하지 않는 기사들도 그것만큼은 모두 인정했다. 심지어 대공가 기사도 몇 명만 다룰 수 있는 그 까탈스럽다던 노히바덴산 말도 금방 길들여 냈다.

'믿을 수밖에 없었는걸.'

디아나가 거세게 고개를 저었다. 이렇게 얼빠져 있을 때가 아니었다. 이 이야기에는 확인해 봐야 할 것들이 너무 많았다.

대공님이 돌아오시기 전까지 하루. 아니 소식을 전할 사람을 보냈으니 바로 돌아오실지도 몰랐다. 그전까지 뭐라도 알아내야 했다.

"일단 여인에 대해서 알아봐야겠어요."

방을 나서려는 디아나를 세니르가 붙잡았다.

"제가 알고 있습니다."

"세니르가요?"

"축제 도중 자리를 비우지 않았습니까."

"그랬죠."

"저자가 바스티안을 찾아다니고 있다는 사실을 보고 받았습니다."

세니르의 목소리가 약간 날카로웠으나 디아나는 눈치채지 못하고 생각에 잠겼다.

'아, 그래서였구나?'

불꽃놀이가 끝나자마자 뒤셀을 떠나자 채근하는 게 약간 이상했었다. 이어진 세니르의 말이 상념을 끊었다.

"여인의 이름은 리시타 말론. 몰락 귀족입니다."

"몰락 귀족이요?"

"예. 귀족 도감에서 빠진 지도 오래라 아가씨는 들어 본 적 없으실 겁니다. 거기다 그냥 빠진 것도 아니라서요."

세니르의 얼굴에 비소가 서렸다.

"보르도 가문이 어찌 되었는지 기억하시죠."

"아."

신분적으로는 평민이지만 실상 노예나 다름없다 들었다. 그들은 빚을 변제 받는 대가로 영지에 매여 각종 부역을 도맡아 하는 처지가 되었다. 어느 영지로 끌려갔는지까진 알아보지 않았다.

"리시타 말론 또한 노예나 다름없는 신분이었죠."

설명을 이어 가는 목소리가 날 서 있었다. 이번에는 디아나도 눈치챘다.

빈정대는 듯한 어조부터 날 선 말투.

"잠깐만요, 세니르."

마주한 세니르의 눈에서 미처 감추지 못한 짜증이 보였다. 디아나가 눈을 빠르게 깜빡였다.

"왜 그렇게 화났어요?"

"제가요?"

"네."

그녀의 말이 생각지도 못했는지 세니르의 금색 눈동자가 당황한 듯 흔들렸다.

"……죄송합니다."

그도 당황했다. 축제를 구경하는 와중 자리를 비워야 할 때부터 치솟던 짜증이었다.

별것도 아닌 자와 얽혀 시간을 낭비하게 된 것이 무척 거슬렸다. 그런데 아가씨 앞에서까지 티를 내고 있었다고? 새삼 놀란 세니르가 힘 빠진 목소리로 말했다.

"저도 모르게 그만……. 정말 죄송합니다."

"……아니에요."

잠시 침묵이 방을 덮었고 디아나가 먼저 입을 열었다.

"하던 얘기 계속해요."

"예. 현재 리시타 말론은 완벽하게 자유민입니다."

"음?"

한번 끌려가면 웬만하면 다시 신분을 회복하기 힘들다 들었다.

"말론가 앞의 빚은 리시타 말론이 대공 본성에 들렀던 시기 이후에 탕감되었습니다."

"……."

"그리고 바스티안을 대공가에 보낸 이후부터는 대공가에서 주는 돈으로 뒤셀에서 조용히 지냈다고 합니다."

바스티안을 넘기는 대가로 돈을 받기로 한 모양이었다.

"그런데 왜 갑자기 나타났죠?"

"최근 대공 각하께 정식으로 인정받은 아들이 생겼다는 소문이 돌았습니다. 이에 바스티안에 대해 수소문하기 시작했다 합니다."

"그전까지는 연락하려 들거나 알아본 적은 없고요?"

"예."

인정받기 전까진 방치하다가 이제야 소식을 알아봤다고?

"아니, 대체 무슨 염치로……."

바스티안은 어머니에 관한 이야기는 한 적이 없었다. 바스티안의 어머니에 대해 들어 본 건 대공님을 통해서였다.

그것도 바스티안의 친모가 대공님의 아들이라고 아이를 데리고 왔다. 고작 이 정도였다.

"바스티안에 대한 수소문을 어느 정도 한 후 본성에 방문했다더군요."

"뭐라구요?"

전혀 몰랐다.

"대공님이 중간에서 리시타 말론의 접근을 막았다 합니다. 그 뒤로도 포기치 않고 본성 일꾼들에게 접근하다 쫓겨났습니다."

"하!"

"그리고 뒤셀로 돌아와 지내다가 아가씨와 바스티안이 휴양을 왔다는 소문을 접했다더군요."

머리를 짚으며 이야기를 정리하던 디아나가 물었다.

"그런데 이걸 다 언제 알아본 거예요?"

"아가씨의 이복동생이 있다는 소식에 바로 알아봤습니다."

"그거…… 뒷조사 아니에요?"

디아나가 떨떠름한 얼굴을 했다. 세니르는 그저 미소 지었다.

"……제가 도움을 받았으니 뭐라고 할 처지는 못 되네요."

디아나가 힘없이 웃었다. 팔짱을 낀 디아나가 고민에 잠겼다. 여인의 행동은 뒤로 넘기더라도 일단 중요한 건 바스티안이 정말 대공님과 아무 관계도 없느냐는 것이었다.

여인에게 물어보는 것이 가장 쉬운 방법이었으나. 믿을 수 없었다.

"먼저 바스티안이 대공가에 오기 전의 일을 조사하다 보면 뭐라도 나오지 않을까요?"

산파라든지 아이를 키우는 데 도움을 받은 이에게 뭔가 흘린 사실이 있지 않을까.

"알아봤습니다만, 대부분 리시타 말론이 아이를 낳았다는 사실조차 모르더군요."

"네? 그럴 리가요? 바스티안은 6살까지 친어머니와 지냈다고 들었어요."

그런데 주변인들은 바스티안의 존재조차 모른다고? 그럴 수가 있나? 담담한 세니르의 얼굴을 보니 의심이 피어났다.

"더 알고 있는 게 있는 거죠?"

"아가씨가 들으셔도 이 상황에 별로 도움 되는 이야기는 아닙니다."

"말해 줘요."

짧게 고민하는 듯하던 세니르가 한숨과 함께 말했다.

"너무 놀라지 마십시오."

그 말이 더 불안을 가중했다. 애써 태연한 척하는 디아나에게 세니르가 말을 이었다.

"방 안에 가둬 놓았던 듯합니다."

"네? 아니, 그렇다더라도……."

"조용히 지내도록 폭력도 행사한 것 같더군요."

"……."

순간 눈앞이 아연해졌다.

전혀, 전혀 몰랐는데.

"아가씨, 진정하세요."

다가온 세니르가 그녀의 손을 살짝 들어 올렸다. 저도 모르게 꽉 쥐고 있는 주먹을 세니르가 펴게 했다. 손톱 자국이 선명했다.

숨이 막혔다. 여기서 분노해선 안 됐다. 디아나가 가까스로 진정했다.

"학대가, 사실이고 친부가 대공님이 아닌 것도 사실이라면 오히려 더 숨어야 하지 않아요? 저렇게 당당할 수 없을 텐데."

"글쎄요. 사람의 욕심은 끝이 없으니까요."

상황이 너무 기묘했다.

'대공님의 친아들이 아니면 대체 왜 선대 대공님은 아들로 입적하라며 대공님을 얽맨 거지?'

아무리 뻔뻔하다고 한들 거짓을 고하기 쉽진 않았다.

'거기다 손자의 존재를 알고 있었다면 선대 대공은 왜 학대하도록 방치…….'

디아나가 고개를 저었다. 선대 대공은 대공님께도 좋은 아버지가 아니었다. 손자의 학대 따위 관심 없을 확률이 높았다.

하지만 아무리 관심 없다 한들 대공가의 피도 잇지 않은 이를 입적하려 들었을까? 그렇게 대공님께 결혼하라 닦달하시던 분이?

뭔가가 잡힐 듯 말 듯 희미했다.

"바스티안이 이렇게 순순히 밝힐 줄 몰랐을 테니 이를 가지고 협박한 거겠죠?"

"……목숨이 아깝다면 말할 수 없는 비밀이긴 했죠."

디아나가 입술을 깨물었다. 여인은 끝까지 부인할 것이다.

'뭔가 방법이…….'

디아나가 감싸 안은 자신의 팔을 두드렸다.

"지금 그러면 바스티안이 대공님의 친아들이 아닐지도 모른다는 건 저와 세니르, 바스티안, 그리고 저 여인만이 아는 거죠?"

"그렇지요."

세니르가 이어 말했다.

"지금 저 여인을 처리하면 조용히 넘어갈 수 있습니다."

세니르는 늘 그렇듯 약간의 미소를 머금은 다정한 시선으로 그녀를 바라보고 있었다.

그래서 그가 한 말을 곧장 알아듣지 못했다.

"……뭐라고요?"

금색 눈동자가 그녀를 가만히 응시했다.

"지금 무슨 소리를 하는 거예요?"

"그 뜻이 아닙니까?"

"아니에요!"

"죄송합니다."

세니르가 곧장 공손히 고개 숙였다. 그 깔끔한 사과에 일순간 멍해졌다. 방금 사람을 처리하자고 한 것이 맞는지 기억을 의심할 정도였다.

"아니, 어떻게…… 아!"

고개를 젓던 디아나에게 순간 방법이 떠올랐다. 실랑이는 뒤로 미뤘다. 디아나가 다급히 말했다.

"한 가지 방법이 떠올랐어요. 한번 들어봐 주세요."

* * *

"으윽."

리시타는 신음하며 눈을 떴다. 낯선 천장에 무슨 상황인지 파악하던 그녀는 남자의 목소리에 몸을 벌떡 일으켰다.

"깨어났으면 일어나시죠. 아가씨께서 보시자 하십니다."

"여긴 어디……."

리시타가 상황을 파악할 새도 없이 어디론가 끌려갔다. 꽤 화려한 방으로 안내된 리시타가 무릎 꿇려 앉혀졌다. 그 앞에 긴 은발을 늘어트린 소녀가 앉아 있었다. 보자마자 알 수 있었다.

"오흐리드 영애……."

주홍색 눈동자가 여인을 싸늘하게 바라보았다. 그 눈을 보자 무언가 잘못되고 있다는 예감이 싸하게 들었다.

"이 여자가……."

"아가씨. 진정하세요."

그제야 그녀의 옆자리에 한 청년이 서 있는 걸 알아챘다. 백금발의 아름다운 외모를 가진 청년 또한 보자마자 알 수 있었다.

"오, 오흐리드 후계자?"

저자는 왜 여기 있지? 태생부터 귀족 같은 두 사람의 싸늘한 눈을 보자 본인이 무슨 짓을 저질렀는지 그제야 약간 겁이 났다.

하지만, 하지만 그녀 또한 맨손으로 덤벼든 건 아니었다.

"바스티안을, 바스티안을 만나게 해 주세요."

오흐리드 영애가 헛웃음을 토했다. 영애 곁의 청년이 차분한 목소리로 말했다.

"리시타 말론. 당신의 죄를 알고 있지요?"

"……예?"

목소리와 어울리지 않는 내용에 뒤늦게 리시타가 되물었다.

"그, 그게 무슨 말씀이시죠?"

"발뺌해도 소용없습니다. 바스티안이 모두 자백했습니다."

리시타가 눈을 부릅떴다. 자백이라니? 그 멍청한 것이 설마 모두 말한 건가?

"무, 무슨 말씀이신지요."

그럴 리가 없었다. 그 사실을 말하면 본인의 목숨도 위험하다는 걸…….

"리시타 말론. 바스티안이 대공의 친자가 아니라더군요."

"예?"

"대체 어떻게 대공님과 선대 대공님을 속였는지 모르겠지만, 나한텐 안 통해."

오흐리드 영애가 싸늘하게 리시타를 보았다. 아끼는 동생의 친모를 보는 시선이 아니었다.

"차라리 잘됐지 뭐. 처음부터 그런 애 마음에 들지도 않았으니."

순간 충격이 머리를 강타했다. 영애는 바스티안을 아끼는 척했을 뿐인 거다. 오히려 귀찮은 자를 치울 수 있게 되었다는 듯한 태도.

'이, 이러면, 이게 아닌데.'

리시타가 당황했다. 상황이 계획과 전혀 다르게 흘러갔다. 바스티안을 적당히 어르고 을러 자신이 본성에 들어가도록 협조하게 할 생각이었다.

목숨이 아깝다면, 대공가의 소공자가 된 기회를 걷어찰 리도 없겠다고 여겼는데 그 멍청한 것이!

"바스티안이 모두 말했어. 당신을 보자마자 사색이 되어 내게 미주알고주알 말하더군."

"바스티안은 죄를 자백한 걸 참작하여 노히바덴 본성에서 내보내는 정도로만 하시죠."

영애가 놀란 얼굴로 후계자를 바라보더니 고개를 저었다. 입술을 지그시 깨문 영애가 살짝 떨리는 목소리로 말했다.

"너무…… 봐주는 거 아닌가요?"

"아가씨. 화나신 건 이해하지만 그 이상 손을 쓰면 각하께서 반대하실 수 있습니다."

"그렇게 말한다면…… 알겠어요. 바스티안은 그렇다 치더라도……."

영애의 시선이 리시타에게 닿았다. 그 시선에 리시타가 움찔 떨었다.

"저자는 용서 못 해요."

"리시타 말론은 귀족 능멸죄로 사형이 선고될 겁니다."

리시타의 안색이 퍼렇게 질렸다.

"사, 사형이라니요!"

"정확히는 귀족 사칭죄와 능멸죄, 모욕죄 등 몇 가지 죄목이 더해질 겁니다."

"아니에요!"

"변명은 필요 없……."

"정말 아니에요!"

리시타가 다급하게 소리쳤다. 머릿속이 하얗게 변한 리시타는 드디어 목적한 바를 이뤘다는 듯 이채를 띤 디아나의 눈빛을 읽지 못했다.

"누구 핏줄인지도 모를 자를 노히바텐 대공가에 밀어 넣어 선대 대공과 대공님을 속여 놓고 뭐가 아니라는 거지?"

"그건……."

눈을 굴리던 리시타에게 디아나가 되었다는 듯 손을 내저었다.

"됐어. 들어 봐야 소용없겠군. 데리고 나가세요."

"알겠습니다."

세니르는 사람을 부를 것처럼 자리에서 일어났다. 리시타가 화들짝 놀랐다. 세니르가 방을 나서기 전 부들부들 떨던 리시타가 소리쳤다.

"바스티안은 선대 대공님의 아들이에요!"

이번만큼은 디아나도 표정을 관리하지 못한 채 눈을 부릅떴다. 디아나는 반쯤 빠져나간 혼을 억지로 붙잡았다. 여기서 확실히 못을 박아야 했다. 디아나가 다그치듯 쏘아붙였다.

"당신의 말을 어찌 믿지?"

"그건…… 그러니까……."

기억을 더듬듯 눈을 굴리던 리시타가 마침내 소리쳤다.

"집사! 집사는 진실을 알고 있어요!"

"……벤자민?"

"네! 네! 맞아요. 그자가, 그자가 모두 알고 있어요!"

디아나가 표정이 모두 사라진 얼굴로 세니르를 보았다. 세니르가 방문을 열고 말했다.

"끌고 가요."

* * *

세니르가 손수건을 내밀었다. 받아 든 손바닥부터 목덜미까지 식은땀으로 축축했다.

“두 번은 못 할 짓이네요.”

“잘하시던걸요.”

디아나가 고개를 내저었다.

“도와줘서 고마워요.”

연달아 충격적인 이야기를 들어서인지 이제는 현실감이 없었다.

‘일단 벤자민에게 연통을 보내 보고, 대공님이 돌아오시면 이 얘기를…….’

일어나던 디아나가 순간 어지러움과 함께 다리에 힘이 풀렸다.

“아가씨!”

꽉 감았던 눈을 뜨자 단단한 무언가가 아프지 않게 그녀를 받치고 있었다. 세니르의 가슴팍이었다.

“아! 미안해요.”

디아나가 떨어지려고 했으나 세니르는 그녀를 붙든 손을 놓지 않았다.

“긴장이 풀리셔서 그런 듯합니다. 호텔로 돌아가 푹 쉬셔야겠습니다.”

“네. 가서 — 으악!”

세니르가 그녀를 안아 들었다. 놀란 디아나가 그의 목덜미를 반사적으로 끌어안았다. 복도로 나오자 문 앞을 지키고 선 노히바텐 기사들이 눈을 휘둥그레 떴다.

"아가씨?!"

디아나가 어색하게 웃었다. 기사들을 향해 괜찮다며 살짝 손을 흔든 디아나가 이를 악물고 세니르의 귓가에 목소리를 낮춰 말했다.

"제가 걸을 수 있으니, 빨리 내려줘요."

"아가씨, 간지럽습니다."

"아니, 내려달라……!"

그때였다.

"디아나!"

고작 하루, 아니 하루도 아닌 반나절 조금 넘게 떨어져 있었을 뿐이지만 무척 반갑게 느껴졌다.

"대공님!"

빠르게 다가오던 대공이 그대로 멈춰 섰다. 꽤 널찍한 복도였지만 대공님이 서 있자 복도 자체가 틀어막힌 느낌이었다.

"그 여자가 접근했다고……들었는데……."

혹시나 또 이제 겨우 화해한 디아나와 문제가 생길까 소식을 듣자마자 모든 일을 팽개치고 달려온 상황이었다.

하지만 전혀 문제없어 보이는 모습이었다. 아니 오히려…….

대공이 얼굴을 일그러트렸다.

"왜 네놈이 디아나를 안고 있는 거지?"

* * *

앞서 있던 일을 모두 들은 대공이 소파 등받이에 커다란 몸을 묻듯이 기댔다.

"내 아들이 아니라고."

"네. 선대 대공님의……."

차마 말을 마치기가 힘들었다. 무표정한 얼굴의 대공님은 디아나라 한들 무슨 생각을 하는지 읽기 힘들었다. 찻잔을 만지작거리던 디아나가 물었다.

"바스티안에게도 전할까요?"

"일단 집사에게 물어봐 확실해지기 전까지는 함구하도록 하자꾸나."

"하지만 그럼 너무 불안해하지……."

"디아나."

대공이 씁쓸한, 그러면서도 진지한 눈으로 그녀를 보았다.

"바스티안도 죄가 없는 건 아니다."

"……."

"말할 기회는 얼마든지 있었다."

"……그렇지요."

"그가 감내해야 할 일이다."

"……네."

방 안에 다시 침묵이 내려앉았다. 불편하지는 않았다. 다만 꼭 하고 싶은 말이 있었는데, 지금이 딱 타이밍이었다.

결심한 디아나가 그때까지 그녀를 바라보던 대공님과 눈을 마주했다.

"대공님도 이제 스스로를 용서하세요."

"그게 무슨 소리지?"

"어머니께 죄책감을 갖고 계셨잖아요. ……아닌가요?"

대공님의 검은 눈동자와 마주쳤다. 알 수 없는 빛깔의 감정이 짙게 일렁였다.

"……."

"리시타 말론을 보니 어머니를 많이 닮았더라고요."

아마 그래서 대공님은 아무 일도 없었다고 생각하면서도 스스로에 대한 의심을 떨칠 수 없었던 게 아닐까. 그런 생각이 들었다.

이성적인 판단을 할 수 없던 자신이 그녀에게서 연인의 흔적을 보았다고…….

크게 숨을 내쉰 대공이 한 손에 얼굴을 묻었다. 헛웃음에 가까운 신음이 미약하게 흘러나왔다.

얼마나 그렇게 있었을까. 손바닥 안에서 대공의 꽉 막힌 목소리가 넘어왔다.

"……고맙구나."

이후로도 몇 가지 이야기를 더 나누던 중, 디아나의 찻잔이 빈 걸 본 대공이 말했다.

"이야기가 길어졌구나. 그는 홀로 봐도 되니 이만 돌아가 봐도 된다."

"아니에요."

왠지 모르겠지만 두 사람만 만나게 두어선 안 될 것 같은 생각에 자리를 뜰 수 없었다. 얼마나 기다렸을까 문이 열리고 세니르가 들어왔다.

"부르셨다 들었습니다. 각하."

씻는 와중에 오기라도 한 건지 세니르의 머리가 축축하게 젖어 있었다. 그녀의 시선을 느꼈는지 세니르가 눈을 접어 보였다.

—탕

찻잔을 내리는 소리가 상당히 컸다. 디아나가 놀라 대공님을 보았다.

"탕에 있다 나온 터라 머리를 다 말리지 못했습니다."

세니르가 공손히 말했다.

"내 너무 늦은 시간에 불렀나 보군."

"아닙니다. 각하."

"앉지."

대공이 소파 맞은편을 눈짓하며 말했다. 세니르의 찻잔이 채워지길 기다린 대공이 곧장 말했다.

"오늘 일은 고맙네."

세니르의 금색 눈동자가 살짝 크게 뜨였다.

"그대가 자백을 받는 데 디아나에게 도움을 주었다고 들었네."

"약간의 도움만 드렸을 뿐입니다. 모두 아가씨의 생각이셨습니다."

대공이 그녀를 기특한 눈으로 보았다. 괜히 귓가에 열이 올라 아무렇지 않은 것처럼 고개를 들었다.

"원하는 바가 있다면 뭐든 말해 보지."

파격적인 제안이었다. 세니르도 공치사를 들을 때보다 배는 놀란 눈을 했다. 하지만 곧 담담하게 답했다.

"괜찮습니다. 아가씨에게 도움이 된 것만으로도 저는 기쁘니까요."

"……."

나무랄 것 없는 답변이었다.

'그런데 왜……?'

디아나가 슬그머니 눈치를 보았다. 이유는 알 수 없었지만, 세니르의 대답에 오히려 대공님은 더 기분이 나빠진 것처럼 보였다.

"원하는 것이나 말하지."

낮게 가라앉은 목소리가 여기서 없다고 말하면 오히려 해가 될 기색이었다.

'……보상 맞아?'

디아나가 떨떠름한 표정을 숨기기 위해 찻잔을 홀짝였다. 달그락거리는 소리에 그녀를 본 대공이 서늘했던 눈빛을 풀었다. 대공도 디아나와 같이 찻잔을 들었을 때였다.

잠시 고민하는 듯하던 세니르가 그녀를 보았다. 처음 눈을 맞춘 이후로 내내 내리깔고 있던 세니르였다. 의중을 알 수 없는 눈빛에 디아나가 고개를 기울였다.

"그럼……."

입가에 호선을 그린 세니르가 느리게 입을 벌렸다.

"……아가씨의 하루를 원합니다."

"……."

"……."

옆에서 뜨거운 열기가 느껴지는 건 그녀의 착각일까?

"아가씨 이 옷은 어때요?"

평소 외출할 때 즐겨 입던 가벼운 스타일의 드레스였다.

"괜찮은…… 아뇨! 그거 말고 음…… 자주색 드레스! 그거 어때요?"

"네. 그거 입으시게요? 웬일이에요? 평소에 화려한 건 귀찮으시다고 하셨잖아요."

짙은 자주색 옷감에 은사로 놓은 자수가 화려한 드레스였다. 만찬용 드레스만큼은 아니지만, 평소 입던 스타일과 비교하면 확실히 더 눈에 띄는 쪽이었다.

"음, 왠지 오늘은 그런 옷을 입어야 할 것 같아요."

"배 타러 간다고 하지 않으셨어요?"

"맞아요."

나들이는 평소와 같았다. 하지만 상대가 문제였다.

「아가씨의 하루를 원합니다.」

순간 얼굴이 달아올랐다.

'아니 무슨 말을 해도 그런 식으로 하지?'

그 미소는 뭐고.

디아나가 짤막하게 한숨을 내쉬었다. 하여튼 본인의 외모가 어떻게 보이는지 잘 아는 것이 분명했다. 알면서도 속을 수밖에 없어서 더 교활했다.

"아가씨 더우세요? 갑자기 왜 부채질이에요?"

"아, 아니에요. 어서 준비하죠."

한쪽으로 머리를 가볍게 땋은 후 볕을 가릴 챙이 넓은 모자까지 쓰고 방을 나섰다. 외출 전에 방문할 곳이 한 군데 더 있었다.

—똑똑

"저예요."

"들어오거라."

대공이 안쪽 방에서 거실 방향으로 나왔다. 그녀를 본 대공이 멈칫했다.

"왜 그리 예쁘게 꾸몄느냐?."

대공님도 눈치챌 정도라니 갑자기 너무 과한가 싶어졌다.

"그놈을 만나는 데 아깝다."

"네?"

대공님이 미간을 한껏 찌푸리고 말했다.

"……꼭 가야겠느냐?"

* * *

마지막까지 말리려 들던 대공님을 달래고 호텔 밖으로 나오려 하자 벌써 약속 시간이 지나 있었다.

'으아! 여유롭게 나왔었는데!'

치맛자락을 잡은 디아나가 호텔 로비를 달려나갈 때였다.

"아가씨, 조심하세요."

뒤에서 들려온 목소리에 디아나가 우뚝 멈췄다.

"여기서 기다렸어요?"

세니르가 살짝 고개를 끄덕였다. 로비에 몇몇이 호기심 어린 얼굴로 그들을 힐끗거렸다.

"늦어서 미안해요."

"대공 각하의 객실에 들어갔다고 할 때부터 마음의 준비를 했습니다."

"어떤 마음의 준비요?"

"잘하면 오늘 약속이 파기될 수도 있겠다는……."

그렇지 않아도 답지 않게 칭얼거리는 대공님을 달래느라 늦은 참에 이런 이야기를 들으니 웃음을 참기 힘들었다.

"그러게 말을 왜 그렇게 해요."

"그렇게라뇨?"

"데이트 신청하는 줄 알았잖아요. 그렇게 말하니까 대공님이 더 마음에 안 들어서……."

이야기를 듣는 세니르의 표정이 미묘했다.

"세니르?"

"그럼요?"

"네?"

"데이트가 아니면 이게 뭐죠?"

"……."

디아나가 그저 입만 뻐끔거렸다. 저도 모르게 주변을 둘러보며 누군가 들은 사람 없는지 살폈다. 그리고 표정만 봐도 그들에게 귀를 기울이던 이들이 정확히 들은 걸 알 수 있었다.

"그…… 그 하여튼! 이상한 말로 대공님 자극하지 말아요. 큰일 날 뻔했잖아요."

웬만한 사람들은 대공님과 눈도 마주치질 못했는데…….

그때의 상황을 떠올린 디아나가 고개를 절레절레 저었다. 본인이 먼저 원하는 걸 말하라 했음에도 세니르의 청에 대공님은 화를 내셨고—

"하긴 찻잔이 끓는 걸 볼 기회는 흔치 않죠."

대공님이 쥐고 있던 찻잔은 열 받은 대공님으로 인해 펄펄 끓어올랐다. 그 모습을 보자 대공님이 선대 대공의 말도 안 되는 요구에 화가 나 건물을 통째로 태웠다는 게 무슨 말인지 이해 갔다.

"뭐 그래도 이렇게 아가씨의 시간을 얻었으니 목숨을 걸 가치는 있지 않았을까요."

"……."

대공님께 괜한 소리라도 들어가기 전에 어서 이 호텔에서 나가는 것만이 살길 같았다.

* * *

사공이 삿대로 강둑을 밀자 배가 스르륵 미끄러져 나갔다. 시원한 강바람이 불어왔다. 강에 왔을 때부터 나가고 싶어 들썩들썩하던 실라가 강바람을 타며 신나게 날아다녔다.

잔잔히 흐르는 강의 중간 부근으로 갈 때까지 배 안은 조용했다.
디아나가 손을 뻗어 강물에 살짝 담갔다. 눈이 녹은 물이라더니 손끝이 시릴 정도로 차가웠다.

"괜찮으십니까?"

디아나가 씁쓸하게 웃었다.

"뭐, 이 정도면 잘…… 해결된 거겠죠?"

바스티안은 먼저 본성으로 돌아가 근신을 명령받았다. 리시타 말론의 증언, 바스티안의 증언과 당시 대공님이 느꼈던 미심쩍음 등이 합쳐져 바스티안이 대공님의 동생인 건 거의 확실한 상태였다.

다만 마지막으로 벤자민의 이야기를 듣기 위해 기다리는 중이었다. 더 밝혀진 이야기도 있었다. 바스티안은 대공 본성에 들어온 초반 벤자민에게 친아들이 아니니 성에서 나가게 해 달라고 했다고 한다.

하지만 벤자민이 이를 모두 묵살했다고 말했다. 바스티안은 벤자민이 자기를 살려 주기 위해서 비밀을 지켰다고 생각하고 있었다.

리시타 말론의 처벌 또한 벤자민에게 답변이 온 이후로 미뤄졌다.

"세니르의 도움이 없었으면 이렇게 쉽게 해결 못 했을 거예요."

"아닙니다. 모두……."

"제 생각이라고요?"

세니르가 미소 지었다.

"됐어요. 제 앞에서는 그럴 필요 없어요."

"아가씨."

"그래요. 해결할 수 있었을지도 모르죠. 하지만 지금은 세니르의 도움으로 해결한 게 맞잖아요?"

갑자기 거센 바람이 불었다. 바람에 날아가려는 모자를 디아나가 꽉 눌러 잡았다.

"나중에 제가 필요한 일 있으면 말해요. 꼭 도울게요."

"그런 말…… 쉽게 하시는 거 아닙니다."

디아나가 살짝 고개를 기울였다.

"제가 무얼 부탁할 줄 아시고요."

"그게 뭐든지요."

"아가씨……."

"제가 세니르에게 받은 만큼 해 주려면 멀었죠."

"……."

디아나는 눈을 가늘게 뜨고 흔들리는 수면에 반사되는 빛을 보았다. 세니르와 디아나 둘 다 생각에 잠겨 입을 다물자 배 위에는 평화로운 물소리로 덮였다.

그렇게 한참을 별과 바람을 즐기던 디아나가 사공이 강변이 방향을 틀 때 입을 열었다.

"세니르는 그러지 말아요."

"예?"

"어느 날 갑자기 모습을 숨기고 그러지 말아요."

난데없는 말에 세니르가 의아하게 그녀를 보았다.

"그냥……."

디아나가 씁쓸하게 웃었다. 누구의 잘못이라고 하기에는 얽히고 꼬여 이젠 풀어 내기조차 어려워졌다.

엄마는 엄마대로 최선의 노력을 한 것이었으니까.

"그냥 그런 생각이 들어서요."

분위기를 환기하듯 디아나가 장난스럽게 웃었다.

"대공님 보셨죠? 찾을 때까지 뒤지고 다니시는 거?"

"아주 잘…… 알지요."

세니르가 뭔가를 떠올리는 얼굴을 했다.

"제 몸에도 그 피 반은 있어요. 나머지 반도 한 고집 하는 것 같더라고요."

"그것참 무섭군요."

전혀 무섭지 않은 어조였다.

* * *

세니르가 배가 강가에 멈추고 먼저 건너가 손을 내밀었다. 그의 손을 잡고 배에서 내리자 심부름꾼이 그녀 앞으로 나왔다.

"대공 각하께서 전해드리라 하셨습니다."

"대공님이?"

디아나가 건네받은 편지 봉투를 열었다. 편지를 펼친 디아나의 안색이 딱딱하게 굳었다.

"아가씨?"

"벤자민이 사망했다네요."

세니르가 눈썹을 추켜세웠다. 벤자민의 몸 상태는 보이던 것보다 더 좋지 않았던 모양이었다. 딸의 집에 도착한 벤자민은 얼마 지나지 않아 지병으로 사망했다.

딸은 벤자민의 유지를 따라 조촐하게 장례식을 치렀다. 대공 본성 집사로 부임한 오라비에게는 비밀로 하고.

그렇게 조용히 떠나며 벤자민은 혹시나 대공가에서 연락해 올 경우 전해드리라는 유서를 남겼다. 그곳에 바스티안에 관한 진실이 적혀 있었다.

* * *

대공령 본성으로 돌아왔다. 짧은 휴양이었는데 왠지 모르게 엄청 오랫동안 자리를 비운 느낌이었다.

제인이 테이블에 올려놓은 함을 가리켰다.

"아가씨가 축제에서 산 물건이 든 함은 어디다 정리할까요?"

"아, 그게 있었죠."

하늘에게 얼굴을 비비던 디아나가 몸을 세웠다. 함 뚜껑을 열자 색색으로 반짝거렸다.

"뭐예요? 장신구? 뭘 이렇게 많이 사 오신 거예요?"

간간이 장식품도 섞여 있었다.

디아나가 발치로 따라온 하늘이를 쓰다듬었다.

"제인, 가지고 싶은 거 있으면 골라가요. 미셸이랑 안나, 데이지

것도 고르고요."

제인이 눈을 휘둥그레 떴다.

"헉, 아가씨! 뭐 이런 걸 다…… 감사해요!"

세니르가 돌아갈 때 같이 보내려고 했는데, 정신없어 이 장신구들의 존재에 관해 완전히 잊고 있었다.

"와, 우와! 이거 너무 예쁘다! 헉 이것도 예뻐!"

옷을 정리하던 다른 하녀가 부러운 눈길로 제인을 보았다.

"이 포장된 건 뭐예요?"

"뭐 말하는 거…… 아!"

손가락 한 뼘만 한 크기에 종이로 꼼꼼하게 포장되어 있었다.

"그건 따로 빼놔 줘요."

"네. 알겠어요."

"고르고 나면 나머지는 헤이워스 부인께 드리고 다른 하녀들에게도 나눠 주라고 해요."

방 안의 다른 하녀들 모두 기대에 부풀어 오른 눈빛이었다.

입을 삐죽인 제인이 대공가의 하녀 둘을 꼽으며 말했다.

"너랑 너는 가서 욕실 물 온도 확인하고……."

선택된 하녀들의 얼굴에 실망이 어렸다. 제인이 콧방귀를 뀌며 말을 이었다.

"돌아와. 헤이워스 부인께 드리기 전에 먼저 구경하게."

말이 구경이지, 미리 원하는 걸 골라 놓으란 뜻이었다. 하녀들의 얼굴에 곧장 싱글벙글한 웃음이 떠올랐다.

캐모마일 향이 나는 욕조에서 몸을 씻고 머리를 말리자마자 누웠다.

"아가씨, 주무세요. 가 볼게요."

"으응."

침대엔 미리 자리 잡은 손님도 있었다. 정 가운데에 떡하니 자리 잡은 하늘이를 피해 디아나가 꾸물꾸물 침대 속으로 파고들었다.

뒤척이던 디아나가 하늘이를 찬찬히 쓰다듬었다. 마차에서의 여정으로 온몸이 피로했지만, 여러 생각에 잠이 오질 않았다.

한숨을 열 번쯤 반복했을까 디아나가 결국 몸을 일으켰다. 그녀의 움직임에 하늘이가 귀를 쫑긋거리다 다시 잠들었다. 디아나가 침실을 나가자 제인이 벽난로의 불을 조절하고 있었다.

"아가씨? 왜 일어나셨어요?"

"아직 안 갔네요."

"네. 이것까지만 정리하고 들어가려고 했어요. 시키실 일 있으세요?"

"아뇨."

입술을 지그시 깨문 디아나가 스스로의 팔꿈치를 쓰다듬었다. 일렁이는 불꽃을 바라보던 디아나가 말했다.

"……대공님 좀 뵈러 가야겠어요."

"지금요?"

시각이 꽤 늦었다. 하지만 지금 뵙지 않으면 잠들 수 없을 것 같았다. 잠시 응시하던 제인이 겉옷을 들고 왔다.

"잘 생각하셨어요."

제인도 그녀의 고민을 안다는 듯 겉옷을 걸쳐 주었다.

"그리고 제가 따로 놓으라고 했던 물건도 주세요."

* * *

디아나는 무작정 집무실로 향했다. 하지만 문 앞에서 멈출 수밖에 없었다.

'내가 말을 얹어도 될까.'

괜히 들쑤시는 모양이 될까 걱정됐다.

아주 잠깐 고민했을 뿐인데 안에서 먼저 문이 열렸다.

문고리를 잡은 대공님이 말했다.

"들어오거라."

방 안은 방금까지 머물고 있었다는 것이 의심스러울 정도로 어두웠다. 대공이 손짓하자 방 안의 등불이 차례대로 밝혀졌다.

"왜 불을 끄고 계셨어요?"

"불이 켜져 있으면 자꾸 찾아온다."

"누굴 말씀하시는…… 설마 부관들이요?"

떫은 음식을 씹는 듯한 얼굴로 대공이 고개를 끄덕였다. 디아나가 푸훗, 웃음을 터트렸다.

"본성에 돌아온 첫날이니 일이 많을 수밖에요."

"내 알 바 아니……큼, 큼."

일하기 싫어하는 상관을 둔 부관들에게 오늘도 디아나의 동정을 적립했다.

"그럼 뭐 하고 계셨어요?"

"일했지."

디아나가 의아하게 대공을 보았다. 열심히 일하면서 부관들이 오는 건 싫다는 건가?

"하고 있으면 자꾸 더 가져오니까."

결국, 디아나가 크게 웃음을 터트렸다. 푹신한 소파에 앉은 그녀를 두고 대공이 한쪽 선반으로 향했다.

'티 포트?'

주전자에 찻잔까지 준비되어 있었다. 저번에 집무실에 왔을 땐 보지 못한 것들이었다.

티 포트에 찻잎을 대강 덜어 넣은 대공이 주전자를 들어 뜨거운 물을 부었다. 끓이는 모습을 보지 못했으니, 갓 정령의 불로 데운 것일 테다.

'불의 정령도 참 좋은 것 같단 말이야.'

찻물이 우러난 티 포트를 가져온 대공이 그녀 앞 빈 찻잔을 직접 채웠다. 심지어 들고 온 접시엔 쿠키도 있었다.

"이 시간에 간식 먹으면 안 되는데."

그렇게 말하면서도 손은 착실하게 접시로 향했다. 바삭 베어 물자 상큼한 오렌지 향이 풍겼다.

"대공님은 안 드세요?"

"난 단 거 싫어한다."

"이건 별로 안 달아요."

"내겐 비슷해."

그런데 쿠키는 왜 가져다 놓은 거지?

디아나가 어깨를 으쓱 올렸다. 뜨거운 찻물도 식혀 한 모금 넘긴 디아나가 작게 숨을 들이쉬었다. 그리고 곧장 방문한 용건을 꺼냈다.

"바스티안이요."

디아나가 대공님의 눈치를 보았다.

"어찌하실 거에요?"

먼저 본성으로 보낸 바스티안에 대해 돌아오는 내내 대공님은 언급하지 않았다.

하지만 이제는 같은 본성 안에 있었다. 더는 무시할 수 없었다. 정적이 집무실에 흘렀다. 대공님이 느리게 입을 열었다.

"너는 어찌하고 싶으냐."

대공의 눈이 그녀의 속을 샅샅이 파헤치듯 들여다보았다.

"바스티안은 네 동생이 아니며 너를 속였다."

디아나가 입술을 꾹 다물었다. 몇 날 며칠을 편하게 잠들지 못하고 뒤척였다. 하지만 수없이 고민하더라도 결국 결론은 하나뿐이었다.

"결과적으로는 바스티안이 저를 속였지만……."

디아나가 찻잔을 그러쥐었다.

"그래도 저를 좋아하던 마음만큼은 진심이었다고 믿어요."

선대 대공. 그녀의 조부. 조부라고 말하고 싶지도 않은 악질이었다. 선대 대공은 거절할 수 없는 상황에 처한 이를 찾았다. 이에 발탁된 것이 몰락 귀족 중에 어머니를 닮은 사람인 리시타 말론이었다.

그리고 기회를 틈타 대공님을 약에 취하게 했다. 리시타 말론을 침실에 밀어 넣으며 제대로 유혹해 낸다면 대공가의 안주인 자리를 주겠다 약속했다.

하지만 리시타 말론은 실패했고…….

그 뒤의 일은 별로 언급하고 싶지도 않았다. 추잡한 이야기였다. 어쨌든 바스티안을 가지는 데는 리시타 말론과 선대 대공 둘 다 동의한 일이었다.

그리고 친아들임에도 바스티안이 자랄 때까지 감금과 학대를 당하도록 방치한 것은…….

바스티안은 마지막 대안이었을 뿐 최선이 아니었기 때문이었다.

"하지만 대공님이 어떤 선택을 하시더라도 이해해요."

"……."

대공이 잠시 떠올렸다.

[네가 선택하거라.]

갑자기 들이닥친 그의 모습에 바스티안은 생각보다 담담했다.

[누구 자식으로 살지.]

[…….]

[이대로 내 아들으로 살겠다면 선대 대공과의 약조를 지켜 성인이 될 때까진 널 본성에 두마. 단 성인이 되면 다시는 돌아올 수 없다.]

[……]

[선대 대공의 아들로 살겠다면 당장 학술원으로 떠나라. 졸업한다면 본성에 올 수 있게 하겠다.]

검은 눈동자가 알 수 없는 빛을 띠고 그를 향했다.

[학술원 졸업은 매우 어렵다. 난 도와주지 않을 거고 모두 네 노력 여하에 달렸다.]

학술원을 수료하는 건 쉽다. 일정 기간 수업을 듣는 것만으로 인정되니까. 하지만 졸업은 달랐다. 남들보다 뛰어남을 증명하지 않는다면 학술원은 졸업장을 내어주지 않았다.

[선택해라.]

대공의 검은 눈동자가 디아나를 보았다. 그 안에는 숨길 수 없는 부드러운 빛이 담겨 있었다.

"사실대로 밝히기로 했다."

디아나의 주홍색 동공이 커졌다.

"하지만 당장은 아니다."

"아……."

"먼저 바스티안은 학술원에 보낼 거다."

디아나가 놀라 물었다.

"학술원이요?"

"그래."

"……음, 그렇군요."

놀랐지만 금세 혼란을 가라앉혔다. 학술원은 대륙 최고의 교육 기관이었다. 일반적인 사람이라면 입학조차 힘들었다. 방 안이 세상 전부였던 바스티안에게도 좋은 선택이었다.

"그래도 방학 때 볼 수 있으니까……."

"아니."

대공이 그녀의 말을 잘랐다.

"바스티안은 졸업 전에 본성에 올 수 없다."

디아나가 눈을 깜빡였다. 그녀도 학술원 졸업이 무얼 뜻하는지 알았다.

"졸업…… 전이요?"

"그래."

"대공님께서 정하신 건가요?"

"내가 너무하다 생각하느냐?"

찻잔에 시선을 고정한 디아나가 숨을 크게 들이쉬었다.

"아니요. 바스티안에게도 좋은 선택이니까요."

"설마…… 우느냐?"

디아나가 눈에 힘을 주며 고개를 들었다.

"안 울어요."

대공의 시선이 그녀에게 고정됐다. 바스티안이 쫓겨나지 않아 다행이라는 안도와 이곳을 떠나 오랜 기간 보지 못하게 될 아쉬움에 코끝이 찡해지긴 했지만 우는 건 아니었다.

그러고 보니 오늘 본 마차가…… 설마?

얼핏 뇌리를 스쳐 지나가는 생각을 마저 정리하기 전에 대공이 그녀를 현실로 끌어냈다.

"눈물이 이리 많아 어찌하느냐."

"우는 거 아니에요!"

"하지만……."

"정말 아니에요."

"그, 그래."

디아나가 눈을 부릅뜨고 아니라는 주장을 보였다. 입가를 가린 대공이 시선을 피하며 말했다.

"그, 시간이 너무 늦었구나. 그만 자러 가야지."

"아, 벌써 시간이 그렇게 됐네요."

정말 잘 시간이 한참 넘었다. 깨달음과 동시에 피로가 밀물처럼 몰려왔다.

"그래. 이만 가 보거라."

축객령에 디아나가 잠시 머뭇거렸다.

"디아나?"

그녀가 계속 앉아 있자 대공이 일어나는 걸 도와주겠다는 듯 손까지 내밀었다.

"음……."

"왜 그러느냐?."

"그……."

디아나가 망설이며 허벅지 위에 올려놓은 물건을 만지작거렸다. 이걸 따서 포장하라고 할 때까지만 해도 가벼운 생각이었는데, 이 상황이 되니 또 고민되었다.

'너무 조잡한 것 같은데…… 아, 모르겠다.'

만약 그녀의 예상이 맞았다면 빨리 나가 봐야 했다. 디아나가 눈을 꽉 감았다가 뜨곤, 재빠르게 테이블 위로 올렸다.

거친 재질의 종이로 포장해 노끈으로 묶은, 정체를 알 수 없는 물건이었다.

"축제 때 경품 게임에 참여해서 이것저것 좀 땄거든요."

거의 모든 경품을 쓸어 왔다고 봐도 됐다. 곰 인형 외에는 조잡한 물건이 대부분이었다. 개중 몇은 그래도 꽤 괜찮았다.

그렇다지만 선물로 직접 산 것도 아니고, 곁다리 경품 중 하나.

대공님은 이틀 동안 자리를 비울 예정이어서 이것 말고 다른 것도 알아볼 예정이었으나 사고로 모든 계획이 물 건너갔다.

"대공님이 생각나서요."

포장된 물건을 대공을 향해 살짝 밀어낸 디아나가 벌떡 일어났다. 대공의 시선이 그녀를 따라 살짝 높아졌다. 그는 아직도 상황을 잘 이해하지 못한 눈이었다.

꼭 이렇게까지 말해야 하나.

갈등했으나, 대공님의 눈치를 보아 제대로 말하지 않으면 나중에 하녀를 통해 놓고 갔다고 돌려줄 모양새였다. 일어난 디아나가 후다닥 문가로 향했다.

"선물이에요!"

대공의 반응을 볼 생각도 못 한 디아나가 재빨리 문을 열고 집무실을 나갔다. 멀어지던 발걸음 소리가 다시 가까워졌다. 다시 문을 열고 디아나가 고개를 내밀었다.

대공은 그때까지 그 자세 그대로 굳어 있었다.

"그, 인사를 안 해서…… 좋은 밤 되세요!"

* * *

제인이 뒤에서 소리쳤다.

"아가씨! 천천! 허억 천천히! 허억 천천히 가요!"

디아나는 걸음을 재촉했다. 아직 출발하지 않았을 걸 알면서도 마음이 급했다. 모두가 잠든 시각 어스름한 새벽빛만 비치는 복도를 디아나가 내달렸다.

한참 그렇게 뛰었을까, 넓은 공터에 주차된 마차가 보였다. 하인 두셋이 짐을 싣고 있었다.

그녀의 발소리에 허공을 바라보며 마차 앞에 서 있던 이가 고개를 돌렸다. 검은 동공이 크게 확장됐다.

"누님?"

크게 뜬 두 눈에 의문이 가득했다. 바스티안은 쉽사리 입을 열지 못했다. 그사이 디아나가 달리느라 벅찬 숨을 가다듬었다.

"후우, 아직 누나라고 불러 주네. 아, 이제는 존대해야겠군요."

"아니, 아니 그냥 놓아 주세요."

"아, 정말?"

"예. 아니, 그보다 여기는 어떻게 아시고……."

말하면서도 바스티안은 혼란스러운 얼굴이었다. 죄책감, 반가움, 의문 등의 감정이 적나라하게 표정으로 드러나 있었다. 디아나가 피식 웃었다.

"대공님은 아무 말씀도 안 하셨어."

"……."

"그래도 나름 내가 본성 관리를 하고 있잖니."

귀환한 디아나가 본성을 둘러보다 이상하다 여긴 마차가 있었다. 대공님께 학술원 이야기를 듣자마자 마차의 정체를 깨달았다.

디아나가 뒤를 돌아보자 제인이 앞으로 나왔다. 제인은 들고 있던 두툼한 천 뭉치 같은 것을 바스티안에게 건넸다.

"도련님 드린다고 아가씨가 밤새 바느질하셨어요."

"제인!"

디아나가 바스티안을 힐끗 보았다.

"그런 말을 뭐 하러 해요."

바스티안이 반사적으로 제인이 건네는 걸 받아 들었다.

"망토야."

"예?"

"네가 자랄 걸 생각하고 만들어서 조금 클 거야."

디아나가 짤막한 한숨을 내쉬었다.

"학술원은 남쪽이라 사철 따뜻하니 쓸 일도 없겠지만…… 그래도 당장 줄 수 있는 게 그거뿐이더라고."

디아나가 아쉽다는 듯 웃었다. 바스티안의 떨리는 시선이 다시 그녀를 향했다.

"이걸 왜 만들고 계셨는데요?"

"생일 선물로 만들었는데……."

디아나가 민망하다는 듯 얼굴을 긁적였다.

"되게 웃긴 게 네 생일도 모르더라고."

"아……."

"생일이 언제야?"

바스티안이 망토를 멍하니 바라보았다. 생일? 그런 것 몰랐다. 처음 본성에 들어왔을 때 벤자민이 물어봤으나 대답하지 못했다.

그를 안쓰러운 눈으로 본 벤자민은 더는 물어보지 않았다. 눈을 꾹 감았다 뜬 바스티안이 꽉 막힌 목소리로 말했다.

"……오늘이요."

"응?"

"오늘이에요."

디아나가 믿기지 않는 얼굴을 했다. 동그랗게 뜬 눈을 바라보는 바스티안의 눈매가 부드럽게 풀렸다.

"여쭤보고 싶은 게 있어요."

"뭐, 뭔데?"

"계속 누님이라도 불러도 될까요."

디아나가 눈을 크게 떴다. 훗날 모든 관계를 밝힌다면, 대공님의 동생뻘이 되는데 괜찮은 건가……?

그러나 고민하던 것도 잠시. 디아나는 곧 환하게 웃었다.

"그럼! 나야 환영이지!"

바스티안이 희미하게 웃었다.

"그럼, 몸 건강히 지내세요."

이별을 고하는 인사에 디아나의 입꼬리가 점차 내려갔다. 작아진 목소리가 마주 인사했다.

"……너도."

바스티안은 홀가분한 얼굴로 마차에 올라탔다. 그는 꼭 이곳으로 돌아올 것이었다. 누구에게나 인정받는 사람이 되어서. 그를 인정해 준 사랑하는 가족이 있는 이곳으로.

* * *

일하는 사이 짧은 휴식 시간에 모인 하녀들이 저마다 받은 장신구를 자랑했다.

"어머, 얘 그것도 예쁘다. 완전 너한테 딱인데?"

"나는 이거 골랐어. 예쁘지."

바쁜 이들은 착용하고 뽐내듯 걸어가는 것으로 자랑을 대신하기도 했다. 어릴수록 장신구에 관심이 많았다. 나이가 있더라도 선물을 싫어하는 이는 없었다.

구매하고자 하면 가능하지만, 자신의 손으로 선뜻 사긴 부담스러운 사치품 종류라면 특히 더 그랬다. 그 시각 제인과 함께 복도를 걷던 디아나는 고개를 갸웃 기울였다.

'뭐지?'

공손히 인사를 하고 물러나던 평소와 달리, 하녀는 계속 힐끗거리며 무언가 하고 싶은 말이 있는 것처럼 굴었다.

"오늘따라 다들 조금 이상하지 않아요?"

제인이 한심하다는 듯이 말했다.

"용기 없는 것들ㅡ"

"용기?"

"아니에요. 아가씨 저 오늘 하고 왔는데, 어때요?"

나비 모양의 머리핀이었다. 날개에 여러 색의 마석이 자잘하게 박혀 상당히 화려했다.

"누구 안목인지 정말 잘 어울리네요."

"아가씨 덕분이죠."

그렇게 제인과 장난을 치고 있으니 어젯밤의 일이 조금은 희석됐다.

'바스티안…….'

디아나는 떠오르는 상념을 지우듯 고개를 털곤 서둘러 연회 홀로 향했다. 공사가 끝나가는 연회 홀은 예전의 모습을 찾아보기 힘들 정도였다. 그런데 의외의 손님이 있었다.

삼삼오오 모인 기사들.

저들이 연회 홀에 있는 모습은 매우 희귀한 장면이었다. 그리고 기사들 앞에 하인 한 명이 당혹스러운 낯으로 서 있었다.

"진짜 비슷하지 않냐?"

"난 근데 기억이 안 나."

"아니 정말이라니까?! 아 나, 눈을 발바닥에 붙이고 다니나."

제인이 기사들의 대화를 듣고 고개를 절레절레 내저었다. 하인이 디아나를 보고 반색했다. 디아나가 기사들을 향해 물었다.

"여기서 뭐 해요?"

"아가씨!"

"아가씨를 뵙습니다!"

"이 그림이요!"

그렇지 않아도 목청이 큰 이들이 동시에 인사하고 떠들자 귀가 아플 지경이었다.

"덴르프 백작저에 있는 거랑 똑같죠?"

디아나가 맞다는 듯 싱긋 웃었다.

"거 봐! 맞다니까? 왜 내 말을 못 믿어!"

계속 주장하던 기사가 복장 터진다는 듯 가슴을 두드렸다.

"아니, 정말로?"

"헉, 그러면 하나는 가짜인 건가?"

"이게 진품이겠지?"

"당연하지! 그딴 돈 좀 벌었다고 거들먹거리는 가문이랑 노히바덴이랑 같아?"

다시 저들끼리 떠들다가 한 명이 총대를 메고 물었다.

"아가씨는 어찌 생각하시나요? 저희가 보기엔 전혀 알 수 없어서요."

하지만 당연히 이쪽이 진품일 거라 믿어 의심치 않는 눈이었다.

"확실한 건 몰라요. 어떤 쪽이 진품인지. 둘 다 진품이 아닐 수도 있죠. 일단 감정사 불러 놨어요."

그녀의 말에 기사들이 눈에 띄게 실망한 기색을 보였다. 박수를 친 디아나가 다들 나오라며 손짓했다.

"그럼 이제 그림을 창고에 넣을 수 있게 비켜 주시겠어요? 하인이 기사님들에게 말도 못 걸고 발만 동동 구르고 있네요."

기사들이 말 잘 듣는 어린아이들처럼 한곳으로 우르르 물러났다. 어디선가 더 나타난 하인들이 그림을 내렸다.

"그러고 보니 아가씨."

디아나가 그녀에게 말을 건 기사를 보았다. 기사가 그림에 흰 커버를 씌우는 하인을 흘끗거리며 말했다.

"저희는 없습니까?"

뭘 말하는 건지 의문을 가질 찰나 옆의 다른 기사가 말했다.

"저 하인의 시곗줄이 참 좋아 보이네—"

하인이 황급히 허리춤의 시곗줄을 가렸다. 기사 한 명이 과장스럽게 슬픈 얼굴을 했다.

"흑흑, 아가씨 저희도 선물 받고 싶습니다."

"……."

당황한 디아나가 제인과 눈을 마주쳤다. 그녀가 사 온 건 고용인들 것 정도였다.

"대공님이 안 챙겨 주셨어요?"

"추가 수당은 받았지요."

기사들의 추가 수당과 비교될 만한 선물이 아니었다.

"저희는 아가씨의 선물을 받고 싶은……."

말하던 기사가 헙 하고 입을 다물었다. 시선이 그녀의 뒤편에 고정됐다. 돌아보지 않아도 누군지 알 것 같았다.

"가, 각하."

"각하께 인사드립니다."

"선물이 뭐라고?"

"아닙니다."

디아나가 돌아보며 인사했다.

"여긴 어쩐 일이……."

"어?"

그때 저도 모르게 튀어나온 듯한 탄성이 디아나의 말을 잘랐다.

대공님과 디아나부터 다른 기사들의 시선까지 탄성을 터트린 이에게 다닥다닥 붙었다. 시선에 압박을 받은 것처럼 기사가 약간 움츠린 자세로 말했다.

"각하. 그 검에 차신 장식용 수술……."

다른 기사도 알아봤다. 평소 검 장식류는 거추장스럽다고 전혀 하지 않던 각하였다. 대공의 입꼬리가 미묘하게 올라가 있는 걸 기사가 눈치챘다.

"무척 잘 어울리십니다. 확실히 아가씨께서 혜안이 있으시죠. 어쩐지 경품 게임에 엄청 열심이시더라구요. 다 대공님께 선물을 드리고 싶어서 그러셨던 모양입니다."

경품 게임에 열심히 했던 것도 맞고 선물을 드리려고 한 것도 틀린 말은 아니었다.

하지만 기사의 필사적인 아부 속에서 그녀는 마치 대공님의 선물만을 위해서 굉장히 노력한 것처럼 탈바꿈되어 있었다. 이를 모를 대공은 그녀를 힐끗 보았다.

"디아나가 그랬다고?"

"예에! 경품을 따려고 거의 한 시간을 막대만 던지셨습니다."

"나중에는 주변 사람들이 응원할 정도였습니다."

"……그래."

대공의 입꼬리가 이제 모두가 확연히 확인 가능할 정도로 우뚝 솟았다. 이를 본 기사들이 소리도 내지 못하고 경악의 숨을 들이켰다. 디아나는 그럴수록 왠지 창피해졌다.

'저렇게 좋아하실 줄 알았으면 좀 좋은 물건으로 선물할걸.'

대공님의 검에 달린 걸 보니 따로 있을 때와 달리 좀 조잡해 보였다. 디아나가 선물에 집중되는 시선을 돌리기 위해 서둘러 물었다.

"예까진 무슨 일로 오셨어요?"

그녀에게 공사를 맡기고도 통 한 번을 오지 않던 대공님이셨다.

"티타임인데 네가 오지 않기에……."

대공님이 기사들을 훑어봤다. 필사의 아부가 효과가 있었는지 노려보는 시선은 아니었다.

"그보다 아빠."

기사들이 눈을 휘둥그레 떴다. 벌써 몇 번째였지만 항상 저들이 없는 자리였기 때문에 기사들은 처음 듣는 소리였다.

그리고 벌써 몇 번째임에도 대공님이 어쩔 줄 모르며 좋아하는 것이 느껴졌다. 매번 그런 반응이니 그녀도 적응되지 않고 계속 쑥스러웠다.

"이 그림 한번 보세요."

기사들이 모두 눈을 빛내며 대화에 집중했다.

"어때요?"

"잘 그렸구나."

"……그것 말고 다른 하실 말씀 없으세요?"

그녀의 채근에 건성으로 그림을 보고 넘어간 대공이 다시 자세히 살폈다.

"그러고 보니 덴르프 저택에서도 그림 앞에 멈췄었지. 그림을 배우고 싶으냐?"

"……아뇨. 그게 아니라, 흡."

디아나가 터진 웃음을 꾹 눌러 참았다. 대공이 의아한 눈으로 그녀를 내려다보았다.

"아뇨, 흐흡. 큼. 아무, 아무것도 아니에요."

덴르프 저택까지 떠올렸으면서 그림은 전혀 기억 못 하다니. 관심사가 다르니 모르는 것도 당연했다.

그녀에게 검이 다 똑같이 생긴 것처럼. 하지만 둘 다 좋아하는 것도 있었다.

"아빠, 오늘은 차 마시지 말고 승마하러 갈까요?"

대공의 얼굴에 화색이 돌았다.

"그거 좋구나."

Chapter 6.

화려한 복도. 황족만이 쓸 수 있는, 떠오르는 태양이 그려진 문 앞을 지키는 기사들의 얼굴이 확연히 그늘져 있었다.

"안에 있나?"

문 앞에 선 이가 물었다. 묵례로 답한 기사가 문을 두드렸다. 잠시 기다리자 두터운 문이 소리 없이 열리고 안에서 장식 없는 무채색의 드레스를 입은 여인이 나왔다.

"에스텔."

"오라버니, 오셨어요?"

에스텔의 얼굴이 반쪽이었다. 예전의 활달하고 밝았던 모습은 찾아보기 힘들었다.

"에스테반은?"

에스텔이 고개를 저었다. 마차 사고 이후 에스테반은 깨어나지 못하고 있었다. 깨어나더라도 후유증이 있을 확률도 높다고 했다.

함께 마차에 있던 로베르트가 경상에 그친 것이 천운인 사고였다.

“일단 자리를 옮기자꾸나.”

“아뇨. 다시 에스테반에게 가 봐야 해요. 여기서 말씀하셔요.”

“에스텔…….”

“황녀 저하, 조금 쉬고 오시는 게 어떠십니까.”

로베르트를 예까지 안내한 에스텔의 시녀가 공손히 건의했다.

“에스테반 곁을 비울 수 없어요. 여기서 말해요.”

로베르트가 눈을 꾹 감았다 떴다.

“에스텔. 이제 간호를 쉬고 다시 사교 활동을 하는 게 어떻겠느냐?”

“말씀드렸잖아요. 에스테반을 홀로 둘 수 없어요.”

“에스텔!”

로베르트가 그녀에게 처음으로 높인 언성에 에스텔이 눈을 동그랗게 떴다. 로베르트가 이를 악물었다가 힘없이 내뱉었다.

“상황이 좋지 못해.”

“무슨…….”

“귀족원 의장 자리가 게이나스 후작에게 넘어가게 생겼다.”

게이나스 후작의 딸은 지그프리트의 약혼녀였다.

“오흐리드에게 부탁한다고 하셨잖아요?”

“……거절당했다.”

가장 큰 중립 세력 중 하나인 오흐리드에게 반대표를 부탁했으나 거절당했다.

“오흐리드 영식은 뭐라는데요?”

“근신 중이라 만날 수 없더군.”

오흐리드 영식은 갑자기 덴르프로 휴가를 떠나더니 돌아와 근신 중이었다. 로베르트가 눈가를 짚었다. 독살 사건을 시작으로 오발론 남작과 오흐리드 백작의 대립이 격화되었다. 오흐리드와 협력이 기대되는 상황이었다.

오흐리드 영애가 죽었다면 모를까 멀쩡히 살아남지 않았나. 마르가리타 황후는 범인으로 뻔한 오발론 남작의 편을 들며 사사건건 오흐리드를 방해했다.

당연히 복수를 위해서라도 그들의 편을 들 터였다. 노히바덴도 손에 넣을 절호의 기회였다. 그렇게 생각했었다.

하지만, 노히바덴 대공이 소송을 취하함과 동시에 오흐리드가 발을 뺐다.

[가문의 일은 저희끼리 해결할 겁니다. 로베르트 저하. 황가의 일도 황가에서 해결하도록 하시지요. 앞으로 이런 일로 저를 불러내지 않으셨으면 합니다.]

겨우 만난 오흐리드 백작은 저 말을 이후로 그나마 하던 협력마저 모두 끊었다.

더군다나 대부분 오흐리드와의 협력은 에스테반이 담당했다. 로베르트는 아는 바가 전무했다. 하지만 여기서 포기할 수는 없었다.

오흐리드 백작이 통하지 않는다면…….

"오흐리드 영애가 곧 두 번째 데뷔탕트를 한다더구나."

"아…… 그렇군요."

오흐리드 백작의 생일연에 참석해 손녀딸을 보고 놀랐던 일이 아주 먼일처럼 느껴졌다.

"네가 거기에 가 줘야겠다."

에스텔이 멍하니 로베르트를 바라보았다.

"……죄송해요."

"에스텔!"

"하지만 에스테반을 홀로 둘 수는……."

"로펜 공작이 엊그제 쓰러졌다."

"네? 외조부께서요?"

에스텔이 놀라 목소리를 높였다. 로펜 공작가는 로베르트와 에스텔의 친모인 타티아나 황후의 친정이었다. 그들의 외조부, 로펜 공작은 가장 큰 협력자이기도 했다.

"괜찮으시대요? 세상에 전혀 몰랐어요!"

"소문나서 좋은 일은 아니니 일단 비밀로 하라 했다."

에스텔의 얼굴에 죄책감이 비쳤다.

"다행히도 지병이 있거나 한 건 아니라더군. 그냥…… 이제 연세가 연세이니."

하나뿐인 딸을 황실에 시집보냈으나 배신당한 공작은 이제껏 물심양면으로 로베르트를 도와주었다.

로펜 공작가의 후계자나 다름없던 에스테반의 사고에 공작도 큰 충격을 받았다. 그러나 에스테반이 쓰러진 상황에서 로펜 공작마저 쓰러질 수 없었다. 로펜 공작은 병세를 숨기며 최대한 버텼다.

하나 얼마 전, 로펜 공작이 집무실에서 쓰러진 채 발견되고 말았다. 마르가리타 황후는 그 틈을 놓치지 않았다.

황후의 입김을 받은 것이 분명한 승냥이들은 공작위를 노리고 로펜 공작가를 뒤흔들었다.

하지만 병세가 깊은 로펜 공작은 이를 신경 쓸 처지가 못 되었다. 이대로라면 로펜 공작위가 어중이떠중이들에게 넘어갈 수도 있었다.

그건 안됐다. 절대 다른 자들에게 로펜 공작위를 넘겨줄 수 없었다.

"에스테반이 깨어났을 때를 대비해서라도 그의 것을 지켜줘야 하지 않겠니."

"……."

"에스테반이 네가 이렇게 가만히 아픈 자신의 곁만 지키기를 바랄까? 아니, 절대 그럴 놈 아니다."

로베르트가 에스텔의 어깨를 짚었다.

"에스텔. 네가 필요해."

* * *

[……일단 지금까지는 조용히 잘 지내고 있어. 가문 명을 밝히지 않

은 게 영향이 크지. 앞으로도 밝힐 생각 없어 보이더라.

하지만 입학 시기가 아닌 지금 갑자기 들어와서는 좋은 기숙사를 배정받은 데 논란이 조금 있어. 보통 청강생에게는 기숙사 배정까지 안 하거든.

입학 예정이라는 말인데, 보통 신학기 때까지 기다리다 입학하지 미리 와서 기다리는 경우도 별로 없고, 또 이렇게 미리 기숙사 제공 받는 것도 이례적인 일이지.

가장 좋은 기숙사에 머물면서 외모도 귀티가 나니 사람들이 어느 나라 왕족의 사생아 아니냐고 수군거리더라.

뭐, 나름 맞는 소리라고 해야 하나. 북녘의 지배자라고 불리는 노히바덴 대공가의 숨겨진 아들이니까.

그래도 너무 걱정하지 마. 하인과 호위가 있고, 사람 사는 데 다 같으니까. 여기 사연 있는 애들 한둘도 아니고.

아, 그리고. 너 노히바덴에서 두 번째 데뷔탕트 한다며? 여기까지 소문났어……

……그리고 너 자꾸 이것저것 선물을 보내는데. 너 돈 많은 거 아니까 이제 그만해 줄래?

너 힘들 때 받은 거 갚는다는 소리도 이젠 지겨워. 다 갚았으니까 제발 그만 보내.

쓸데없는 것도! 짝퉁 보석 달린 토끼 인형은 대체 뭐냐? 그 선물 보고 룸메이트가 얼마나 처웃던지. 네가 경품으로 딴 거라니까 참는다.

추신 1. 마석 선물은 고맙다. 노히바덴산이라 그런지 순도 엄청 높네.

추신 2. 네가 알아봐 달라고 한 사건. 편지랑 동봉한다.

추신 3. 생일 선물 원하는 거 있으면 말해. 없으면 아무거나 보냄.]

'바스티안은 잘 지내고 있는 것 같네.'

테시오르가 관심을 기울여 주고 있는 듯했다. 학술원 생활을 오래 한 테시오르니 바스티안에게도 도움이 될 일 있을 터였다.

디아나가 편지를 접고 동봉된 서류를 꺼냈다. 종이를 넘기는 마음이 불안에 술렁였다.

하임덴 제국은 대륙의 중앙에서 서북쪽으로 치우친 형태의 영토를 지니고 있었다. 남쪽은 소규모 왕국 여럿이 자리를 잡고 영토 분쟁으로 매일같이 시끄러웠다.

그리고 그녀가 알아봐 달라고 한 건 남부 왕국에서 벌어진 사건이었다. 그녀도 나름 이곳에서 알아보려 했다. 하지만 폐쇄적인 곳답게 내부의 소식이 나가지 않는 만큼 외부의 소식도 거의 듣기가 힘들었다.

결국, 테시오르에게 부탁했다. 한참 읽어 내려가던 디아나가 씁쓸한 숨을 내쉬었다.

'이런…….'

어머니가 오흐리드 가문에 크게 실망했던 감정이 아직도 선명하게 기억나는데, 테시오르가 보내온 자료에선 오발론 남작의 어떠한 연관도 찾을 수 없었다.

'정말로 대부인이 손을 쓴 건가?'

믿고 싶지 않았다. 하지만…….

얼마나 생각에 잠겨 있었을까. 문을 두드리는 소리가 집중을 깨트렸다. 시계를 본 디아나가 놀라 일어났다.

"가요!"

승마 복장이던 디아나가 문으로 다가가다 멈칫했다.

"아차. 놓고 갈 뻔했네."

디아나가 몸을 돌려 탁자에 올려져 있던 활과 화살통을 집어 들었다.

* * *

디아나는 숨을 들이쉬며 바들바들 떨리는 팔꿈치를 올렸다.

"허리는 반듯이 펴거라. 흔들려선 안 돼. 그래. 그렇게."

디아나는 이를 악물고 숨을 멈추었다. 잠시 후 핑 소리와 함께 화살이 날아갔다. 과녁이라고 부르기도 민망한, 나무에 대충 칼집을 내놓은 흔적에 화살이 퍽 소리와 함께 박혔다.

나무에 박힌 화살이 여덟 개쯤 되었을 때였다.

"적당히 연습하고 본론으로 들어가지?"

헤르만이 붉은 사과를 집어 던지고 받기를 반복하며 다가왔다. 대공이 그녀의 팔을 흘끗 보았다.

몇 발 쏘지도 않았는데 벌써 손끝이 붉었다. 고개를 끄덕인 대공이 활을 집어 들었다.

"화살 끝에 집중해 넣는다고 생각하거라."

붉은 기운이 화살 끝에 어렸다. 그녀처럼 오래 자세를 잡을 필요도 없었다. 검은빛의 활대가 휘었다고 생각한 순간 소리가 들렸고 화살이 날아갔다.

—콰!

폭발음과 함께 나무가 부러지며 불이 붙었다. 나무를 집어삼킨 화마가 마른 낙엽과 나뭇가지에 옮겨붙기 전 헤르만이 나섰다. 갑자기 공중에 나타난 물이 불 위로 떨어졌다.

치익—

김이 올라오며 그대로 불길이 사그라들었다.

"어휴, 날 이런 일로 부려먹는 건 너밖에 없을 거다. 디아나."

헤르만이 함께 있는 건 혹시나 큰불로 번지기 전, 뒤처리를 위해서였다. 디아나가 민망한 얼굴로 웃었다.

"실라."

그녀의 부름에 나온 정령이 제자리에서 빙그르르 돌더니 대공님을 보곤 화들짝 놀라며 그녀 머리칼 사이로 숨어들었다. 실라는 대공을, 정확히 홍염을 무척 무서워했다.

"힘이 많이 안정됐구나."

디아나는 대공, 그리고 헤르만과 함께 노히바덴 본성 근방의 숲 깊숙이 들어와 있었다.

활에 정령의 힘을 실어 날리는 걸 연습 중이었는데, 이는 그녀가 축제에서 막대에 실라를 넣어 날려 보낸 것에 아이디어를 얻은 것이었다.

"인간형 정령이라니 한번 보고 싶은데."

헤르만이 아쉽다는 듯 혀를 찼다.

"왜요?"

"그냥. 신기하잖아. 지금껏 정령에 대한 기록 중에 인간형은 없었거든. 다른 정령과 뭐가 다른지 알아보고 싶은 게 당연한 거 아냐?"

"헤르만은 정령이 안 보이잖아요."

"그래도 궁금한 건 궁금한 거지."

"음, 그런가요."

뭐든 연구해 보고 싶어 하는 것이 헤르만은 천상 연구자 체질이었다.

"디아나."

"아, 네."

잠시 헤르만과 잡담하던 디아나가 대공의 부름에 다시 자세를 취하며 화살을 잡았다.

"활 끝에 힘을 집중한다 생각해야 한다."

"네."

정령의 기운을 불어넣고 깊게 숨을 내쉬었다. 자세를 잡은 후 활을 날렸다. 날아간 화살이 콰득, 하는 소리와 함께 나무에 박혔다.

"아."

아쉬운 탄성이 절로 터졌다. 나무에 활대가 3분의 1 정도 더 박힌 걸 보아 성공은 했지만, 대공님과 같은 느낌은 아니었다.

"다시 한번 해 보……."

대공님이 말하는 도중 갑자기 실라가 쌩하니 대공님을 향해 날아갔다. 아니 정확히는 대공님 어깨에 앉은 홍염 앞에서 팔다리를 쭉쭉 뻗으며 화난 것처럼 움직였다.

"응?"

분명 화난 움직임이었는데 조그마해서 그런지 귀엽기만 한 모습이었다. 전혀 위협적이지 않은 건 홍염도 마찬가지였는지 비웃는 표정으로 부리를 흔들었다. 이에 실라가 파르르 몸을 떨었다.

"실라, 이리 와."

다시 그녀를 향해 날아온 실라를 디아나가 쓰다듬어 줬다.

"좀 전까진 무서워하더니 왜 그래?"

대공님 또한 어깨의 홍염을 떨어트리듯 밀어냈다.

"넌 왜 어린 정령을 괴롭히느냐."

"홍염이 괴롭혔어?"

홍염을 노려본 실라가 화살 속으로 쏙 들어갔다. 작게 웃은 디아나가 다시 자세를 잡았다. 순간 전과는 다르게 머리가 띵할 정도로 기운이 쭉 빠졌다.

갑자기 치솟는 어지러움에 비틀거리며 저도 모르게 활을 놓았다. 과녁을 빗나간 화살은,

ㅡ콰과과과광!

엄청난 회오리를 일으키며 숲을 관통했다. 디아나가 저도 모르게 입을 벌렸다. 폭풍에 휩쓸린 나무들이 연달아 쿵, 쿠쿵, 으드득 쾅 소리를 내며 쓰러졌다. 놀란 산새들이 날아가며 야생동물들이 여기저기서 뛰쳐나왔다.

어지러움에 쓰러질 뻔한 디아나를 대공님이 붙잡았다. 헤르만이 사과를 베어 물던 자세 그대로 굳었다.

"뭐…… 이걸 어쩌라고?"

"……."

"이건 현자라도 혼자 수습 못 해."

서둘러 본성으로 귀환했다. 본성의 횃대에 불이 타오르고 둔탁한 종소리가 울려 퍼졌다.

'저 종소리는…….'

디아나가 어쩔 줄을 모르며 입술을 깨물고 헤르만은 혀를 찼다. 성문이 열리고 안에서 기사들이 다급히 뛰어나왔다.

"각하! 무사히 귀환하셨군요. 다행입니다!"

"서쪽 숲에 마물이 나타난 듯싶습니다. 굉음이 울리며 나무들이 연달아 쓰러졌습니다!"

"안다."

대공과 눈을 마주친 헤르만이 말했다.

"마물은 처리했어."

"아, 그렇습니까?"

기사가 눈에 띄게 안도했다. 기사가 독특한 손짓을 하자 성벽을 분주하게 뛰어다니던 병사들이 멈추고 종소리가 그쳤다.

"다행입니다. 각하께서 나가신 쪽에 벌어진 일이라 혹시 몰라 기사단을 내보낼 준비를 하고 있었습니다. 그들에게 마물 시체를 수거하도록 지시하겠습니다."

"되었다."

"예?"

“시체는 수거할 필요 없다. 한동안 서쪽 숲에 접근 금지시키도록.”

“옙! 알겠습니다!”

대공의 명을 전달한 기사가 다시 함께 성안으로 들어가며 물었다.

“독성이 있는 마물이었습니까? 최근 그런 마물은 보이지 않았는데…….”

“그런 게 있어. 엄청 잔혹했지.”

기사가 알쏭달쏭한 얼굴을 했다. 디아나만 양손에 벌게진 얼굴을 묻었다.

* * *

멋들어진 차림새의 여성이 당당하게 인사했다.

“처음 뵙겠습니다. 마이스터 파라디입니다.”

“반가워요.”

디아나는 약간 놀랐다. 정말로 마이스터 파라디가 여기까지 올 줄은 몰랐다. 마이스터라 불리는 재단사들의 콧대는 웬만한 귀족 이름엔 미동도 않는 걸로 유명했다.

하지만 생활복이 아닌 연회용 드레스다 보니 밑져야 본전이라는 생각으로 연락해 보았다. 그런데 연락을 넣자마자 흔쾌히 본성까지 오겠다는 답을 받았다.

“오시느라 고생이 많으셨겠어요.”

예전에 아헨에서 입었던 블라우스가 파라디의 옷이라고 감탄을 받았던 일이 아련히 떠올랐다.

그때는 파라디가 누군지도 잘 몰랐는데 새삼 많이 변한 것이 느껴졌다.

"아닙니다. 마차도 보내 주셔서 편히 왔습니다. 아, 그런데 혹시 무슨 일 있었습니까? 오자마자 종이 울리고 병사들이 요란스러워 깜짝 놀랐습니다."

"……하, 하하하. 별일은 아니었어요."

디아나가 애써 웃으며 답했다.

"별일 아니라면 다행입니다."

고개를 갸웃한 파라디가 크게 궁금한 일은 아니었다는 듯 말을 이었다.

"영애의 두 번째 데뷔탕트 드레스를 제가 맡게 되어 영광입니다."

"마이스터도 그렇게 말하시는군요."

"예?"

"두 번째 데뷔탕트요. 그냥 무도회나 열려고 했을 뿐인데……."

"노히바덴으로 처음 나서시는 연회라 데뷔탕트라고 소문이 난 모양입니다."

너무 거창해졌다. 간단하게 바스티안을 소개할 겸 대공님의 아쉬움도 푸는 정도로 생각했는데.

테시오르부터 마이스터 파라디까지. 모르는 이가 없는 모양이었다. 괜히 부담감만 더 커졌다.

"아직 초대장도 발송 안 했는데……."

"제도도 아주 난리에요. 초대장이 언제 올지 이제나저제나 목 빼고 기다리고 있답니다."

"제도에서요?"

"예."

"이런……."

마이스터가 의아하게 그녀를 보았다.

"초대장은 북부 귀족들에게만 보낼 예정이에요."

파라디가 눈을 휘둥그레 떴다.

"북부…… 귀족들만요?"

"예."

"크게 열 생각은 없었어요. 노히바덴 대공가와 연이 있는 곳만 초대하려 했거든요."

북부 귀족들 외에는 대공님과 연 있는 군부 관료 몇몇 정도만 생각했다. 일단 북부는 제도에서 너무 멀었고, 괜히 오흐리드 가문과 친분 깊은 곳과 얽혀 곤란해지고 싶지 않았기 때문이다.

"그…… 제가 귀족은 아니지만 하는 일이 일이다 보니 사교계 생리에 대해서는 좀 안다고 생각합니다."

파라디가 곤혹스러운 얼굴을 했다. 디아나가 고개를 끄덕였다.

"네. 말하세요."

"소문이 이렇게 난 이상 규모를 너무 작게 하면 뒷말이 꽤…… 돌 겁니다."

"하아…… 그렇겠죠?"

규모를 키우는 건 가능했다. 하지만 가장 큰 문제는 '두 번째, 데뷔탕트.' 라는 것이었다.

노히바덴은 평소 북부 사교계를 신경도 쓰지 않다가 그녀를 소개한다고 갑자기 큰 연회를 열었다.

안 그래도 필요할 때만 북부 귀족들을 이용한다며 안 좋은 인식이 있는데 '두 번째' 다? 자존심에 죽고 못 사는 귀족들이다. 매우 기분 나빠하고도 충분했다.

'차라리 바스티안이 있었다면…….'

대공가의 다른 핏줄을 공개하기 위한 연회라면 좋은 이유가 됐을 텐데. 바스티안을 위해 부러 소문을 부추긴 일이 부메랑처럼 되돌아 왔다. 파라디가 조심스레 말을 건넸다.

"영애, 일단 치수를 재어도 될까요."

치수를 잰 후 원단 수십 종을 가져다 대길 반복했다. 오랜만이라 그런지 가만히 서 있을 뿐인데도 빠르게 지쳤다. 그 모습을 파라디가 알아채고 말했다.

"조금 쉬었다 할까요?"

"……좋아요."

제인이 재빠르게 주스와 쿠키를 가져왔다. 옷감도 중요했지만, 디자인도 아직 고르질 못했다.

"데뷔탕트는 아니라셨지만, 그래도 북부에서 처음으로 나서시는 자리이니 드레스는 아무래도 장식을 최대한 배제한 채…… 아, 이미 다 아시는 내용이겠군요. 천천히 살펴보십시오."

설명하러 왔던 파라디가 재빠르게 물러났다.

'고민되네.'

무얼 입어도 할머니의 생신연에서 입었던 데뷔탕트 드레스와 비교될 것이었다. 연회의 규모며 홀 장식 하나하나까지 사사건건 비교될 것이 뻔했다.

'대공님은 부담 가지지 않아도 된다고 했지만…….'

그래도 최선을 다하고 싶었다.

대공가에 머무는 3년.

그동안 대공님께 좋은 기억만 남겨드리고 싶었다. 대공가에 머무는 1분 1초가 아까울 지경이었다.

"일단 함에 있는 원단 중 반절은 저쪽으로 옮겨 놓고……."

파라디의 지시에 따라 옮겨지는 원단 중 하나가 그녀의 시선을 잡아끌었다.

'저건…….'

짙은 적색의 옷감. 예전에 대공님과 바스티안의 일로 한참 냉랭한 사이일 때 구입해 놓은 원단이었다. 바스티안의 옷을 맞춰 줄 때, 대공님께 잘 어울릴 것 같아 저도 모르게 구매하고 말았다.

그리고 어찌하지 못하고 그대로 두었었는데…….

순간 좋은 생각이 떠올랐다.

"마이스터 파라디. 남성복도 만들 수 있죠?"

"당연한 말씀을요."

"그럼…… 제인."

디아나가 들고 있던 잔을 내려놓았다.

"가서 대공님 좀 모셔와 주세요."

*　　*　　*

대공님의 미간이 미약하게 구겨졌다.

"예복?"

"네. 마이스터 파라디께 연회에 입을 예복을 부탁드리려고요."

디아나는 어딘가 들뜬 기색으로 말했다. 대공님이 온 이후로부터 그 기색에 짓눌려 눈치만 보던 직원들이 마른침을 삼켰다.

"나는 이미 내 의복을 줄곧 맡아 오던 재단사에게 맡겨 두었단다."

"그럼 안 하실 거예요?"

"음 굳이 또 맞출……."

"……그러시군요. 알겠어요. 어쩔 수 없죠. 아빠가 편하신 대로 해야죠."

디아나가 애써 실망한 기색을 지우며 고개를 끄덕이자 대공의 낯이 굳었다.

"안 하겠다는 건 아니다!"

"아니에요. 굳이 저 때문에 억지로 하실 필요……."

"전혀 억지 아니다. 여러 벌 맞춰 놓으면 좋지. 안 그런가?"

"무, 무, 물론입니다."

갑자기 대공님의 시선을 받은 파라디가 펄쩍 뛰며 답했다. 파라디가 대공과 영애의 모습을 흘끔거렸다. 영애에게 꽉 붙잡혀 쩔쩔

매는 모습은 마치—

'팔불출……?'

본인이 생각하고도 깜짝 놀랐다. 노히바덴 대공이 팔불출이라니!

하지만 저 모습은…….

"……어디 한번 보자꾸나. 너는 어떤 걸 생각하는……."

음영 짙은 날카로운 눈매에 무뚝뚝한 얼굴이었지만 영애를 바라보는 눈빛만큼은 다정한 걸 모를 수 없었다. 피비린내 나는 소문과 전혀 다른 모습이었다.

'오흐리드 백작도 지극히 아낀다지만 노히바덴 대공도 만만치 않구만.'

파라디 휘하 직원들도 대공의 눈치를 슬금슬금 보면서도 처음처럼 겁먹은 기색은 아니었다. 이 일을 하며 느끼지만 역시 소문 믿을 거 하나 없다는 교훈만 다시 깨달았다.

재단사가 셔츠와 바지뿐인 가벼운 차림새를 한 대공의 치수를 재었다.

이렇게 세워 놓고 보니 우뚝 솟은 키에 길쭉한 팔다리, 넓은 어깨에 가벼운 셔츠 아래로도 꽉 짜인 엄청 단단한 몸이 절로 가늠되었다.

지루한 얼굴이었으나, 오히려 그 모습이 나른한 야수를 연상하게 만들었다. 그녀만 대단하다 느끼는 게 아니었다. 디아나가 주변을 흘끔 둘러보았다.

처음엔 대공님을 제대로 바라보지 못하던 파라디와 직원들이 지금은 몽롱한 표정으로 대공님을 바라보고 있었다. 아주 침까지 흘릴 기색인 사람들 사이에서 재단사만 홀로 열심히 일했다.

"각하는 정말로……."

"정말로?"

"헉, 제가 소리 내어 말했습니까?"

파라디가 쓰읍 소리와 함께 손등으로 입가를 문질렀다.

"각하는 뭐요?"

"……예술혼을 절로 불타게 만드시는 분이시란 생각을 하고 있었습니다."

"하하. 대공님 정말 잘생기셨지요?"

"어휴, 말이라고 하십니까. 이제껏 많은 분들의 의복을 맞췄지만 정말……."

마침 대공님과 눈이 마주친 디아나가 환하게 미소 지었다. 대공님이 헛기침을 하며 그녀의 시선을 피했다.

"……쓸데없는 소리."

마치 쑥스러워하는 듯한 모습에 디아나가 작게 웃음을 터트렸다. 그 부녀의 모습을 파라디와 직원들이 흐뭇한 얼굴로 바라보았다.

"옷감은 미리 정해 놓았다 하셨지요?"

"네. 저걸로 하려고요. 어때요, 괜찮을 것 같나요?"

그녀가 골라 놓은 옷감을 보고 파라디가 눈을 크게 떴다.

"이 옷감이 북부까지 유통되는군요. 저도 제도에서 구할 때 고생깨나 했는데요."

"저번에 상인이 왔을 때 한 필 있던 걸 사 놓은 거에요."

"상인?"

파라디와의 대화에 대공이 끼어들었다.

"네. 저번에 바스티안 옷 만들 때요. 그때 대공님 생각나서 사 놨거든요."

"그때는 분명 나와……."

말하던 대공님이 입술을 꾹 다물었다. 디아나는 부연하지 않고 그저 잔잔히 웃었다. 그러곤 곧장 파라디를 향해 말했다.

"그리고 한 가지 더. 저도 같은 옷감을 써서 만들어 주세요."

파라디의 얼굴에 곤란한 기색이 스쳤다.

"이 정도 옷감으로는 드레스 한 벌 만들기도 힘듭니다. 만약 만드시겠다면 각하의 연회복이나 드레스 중에 한쪽을 선택하셔야 할 겁니다."

"아뇨. 드레스 전체를 그 옷감으로 만들 필요는 없구요. 아빠와 같이 맞췄다는 느낌을 내는 정도로 부탁드려요."

"대공 각하와요?"

파라디가 놀란 얼굴을 했다. 뒤편에 대공님도 똑같이 놀란 눈이라 터질 뻔한 웃음을 참으며 답했다.

"네."

"같이 맞췄다는 느낌……. 흠, 이런 의뢰는 처음이라. 일단 디자인을 한번 따져 봐야겠지만 아마도 가능할 겁니다. 그런데……."

파라디가 조심스럽게 간언했다.

"데뷔탕트하는 레이디에게 붉은색은 불길함의 상징인데 괜찮으시겠습니까?"

"괜찮아요. 제 데뷔탕트가 아니거든요."

파라디가 의아하게 그녀를 보았다. 디아나가 파라디와 대공님을 바라보며 말했다.

"연회를 북부 귀족들의 데뷔탕트장으로 만들 생각이에요."

그들의 면도 세워 주며 북부 귀족들을 모두 규합할 이유도 되며, 후에 바스티안이 돌아왔을 때 그를 소개할 자리도 될 그런 연회.

* * *

시간은 빠르게 흘러갔다. 연회 홀의 공사가 끝남과 동시에 초대장이 발송됐다. 대상자들은 북부 귀족들. 연회의 목적은 북부 귀족 자녀들의 데뷔탕트였다.

다행히 북부 귀족들은 그녀의 제안에 호의적인 반응을 보였다. 지금껏 제대로 된 데뷔탕트라고는 매해 가을, 제도에서 열리는 황실 무도회뿐이었다.

하지만 모든 귀족들이 그 황실 무도회에 참석할 수 있진 않았다. 거리상, 비용상, 시간상의 여러 이유로 황실 무도회에서 데뷔탕트를 치르지 못하는 귀족들도 많았다.

특히 북부 귀족들이 대부분 그랬다. 황실 무도회에서 데뷔탕트를 하지 못한다면 소소하게 가문 저택에 근방 귀족들과 지인을 초대해 소개하는 걸 데뷔탕트로 했다.

규모는 달랐지만, 그녀가 할머니의 생신 연회에서 모습을 드러낸 식으로.

그녀가 오흐리드 백작가에서 치른 데뷔탕트는 황실 무도회와 비교해 손색없을 정도였다.

큰 규모에 지체 높은 초대객. 황실 무도회와 비견될 정도로 아주 화려한 연회로 회자됐지만, 보통 가문 저택에서 치르는 데뷔탕트는 소박한 경우가 많았다.

그러나 자식의 하나뿐인 데뷔탕트를 소박하게 하고 싶은 부모가 어딨으랴. 이에 디아나가 제안한 노히바덴 본성에서의 데뷔탕트는 남다른 기억을 안겨 줄 수 있는 좋은 장소가 되었다.

* * *

그렇게 연회 당일이 되었다. 연회장에서 풍기는 꽃향기가 대공 본성을 모두 감쌀 정도였다. 대공 본성에 방문한 귀족들은 외견을 보고 깜짝 놀랐다가 안에서 풍기는 꽃향기에 다시 한번 감탄했다.

"연회 준비를 정말 단단히 한 모양이에요."

"솔직히 처음에 소문이 돌았을 땐 약간 기분 나빴는데 말이죠."

"맞아요. 제 남편도 처음에는 그런 데 갈 필요 없다더니, 초대장 받고는 데뷔탕트 드레스 맞출 재단사 빨리 부르라고 닦달이더라고요."

"거기다 나이가 어리긴 하지만 그 오흐리, 큼, 제도에서 그렇게 큰 연회를 한 번 치른 영애가 준비한 데뷔탕트라니 얼마나 궁금하던지."

그렇게 기대에 차 연회 홀로 향했다. 그리고 입구에 모인 이들의 소란을 보고 고개를 갸우뚱거렸다. 입구를 지키고 선 고용인이 물었다.

"어느 가문에서 오셨습니까?"

가문 명을 들은 고용인이 들고 있던 종이에 무언가를 체크하곤 구석에 서 있던 하인을 향해 눈짓했다.

"약소하지만 데뷔탕트를 맞은 영애를 위한 가벼운 축하 선물입니다."

"선물?"

고개를 갸웃한 부인이 작은 선물함을 열었다.

"어머!"

"너무 예쁘다!"

꽃 모양의 조각한 브로치 장식이었다. 유리를 조각한 느낌의 브로치 장식이 샹들리에의 빛을 받아 눈부시게 반짝거렸다.

"뭐로 만든 거지? 유리? 유리를 조각할 수 있다는 소리는 못 들었는데."

"마석입니다."

크기 자체는 크지만 포함된 마력이 낮은 하급의 마석은 보존 마법이 걸려 있는 노히바덴 창고에 산더미처럼 굴러다녔다.

쓸 곳도 없지만, 함부로 처리할 수 없어 자리만 차지하던 마석을 이런 식으로 쓰자는 아이디어를 낸 건 디아나였다.

북쪽 귀족들, 개중에서도 데뷔탕트를 치를 이들만을 위해 준비한 거라 많이 준비할 필요도 없었다. 세공사들이 약간 고생하긴 했다.

"이번 데뷔탕트 주인공임을 나타내는 표식이라 생각하시면 됩니다."

"주인공이요?"

앳된 외모의 영애의 볼이 발갛게 상기됐다. 주변을 둘러보자 데뷔탕트 연배의 아이들이 꺄르르거리며 브로치를 착용하고 있었다.

사람들이 홀에 들어가지 않고 입구에 모여 있던 이유를 절로 알아낼 수 있었다.

"어머 예뻐라. 이런 경우는 처음이네요."

"그러게요. 왠지 초대장에 데뷔탕트 치를 아이가 있다면 확실히 알려 달라 하더니만!"

"부러워라— 아이들에게 좋은 선물이 되겠어요."

몇 해 전에 데뷔탕트를 치렀지만, 가족을 따라 함께 참석한 영애와 영식들이 브로치를 부러운 눈길로 바라보았다.

"……황실 무도회에선 저런 거 안 줬는데."

그렇게 한바탕 요란을 치른 후 연회 홀 안으로 들어가고 나서는 모두 눈을 휘둥그레 떴다.

"세상에! 무슨 꽃을 이렇게 많이……"

"어머! 이건 남쪽에서만 피는 꽃이 아닌가요? 어떻게 여기에 있지?"

"마치 꽃의 정령이 축복이라도 내린 것 같아요!"

디아나도 노히바텐 대공가의 이미지를 모르는 바 아니었다. 그 굳어진 이미지를 바꾸기 위해서는 압도적인 무언가가 있어야 한다 여겼다.

어차피 화려함이나 부유함은 황실과 오흐리드를 따라갈 수 없었다. 고심하던 디아나가 선택한 건 꽃이었다. 사철 서늘하여 화려하고 커다란 꽃을 보기 힘든 북부 귀족들이 감탄을 쏟아 냈다.

일반적이라면 당연히 가장 북쪽에 있는 대공 본성에서는 보기 힘든 꽃들이었다.

하지만 노히바텐 대공가에는 홍염이 있었다. 그리고 연회 내내 꽃들의 싱싱함을 유지 시키는 마법을 걸어 줄 수 있는 사람도 있었다.

물론 아무도 그 두 사람의 능력을 꽃피우는 데에 사용하리라곤 상상도 할 수 없으니, 그야말로 그녀만이 생각하고 만들어 낼 수 있는 광경이었다.

"이 정도일 줄이야……. 황실 무도회 못지않네요."

"아, 부인은 첫째 영애 데뷔탕트 때문에 재작년에 황실 무도회에 참석하셨었지요?"

"그렇지요. 이렇게 괜찮을 줄 알았다면 아들도 함께 올 걸 그랬어요. 아들은 황실 무도회 준비하라고 그이랑 같이 제도로 내려보냈거든요."

제도와 대귀족들, 그리고 부유한 귀족들만의 특권 같은 대연회에서의 데뷔탕트를 북쪽에서도 한다는 것에 들뜬 이들이 계속해 호의적인 평가를 했다.

그리고 북부 귀족들을 위한 데뷔탕트라는 의미만으로 이렇게 많은 이들이 온 건 아니었다.

"그래서 노히바텐 영애는 어디 있죠?"

잠깐 덴르프에 모습을 드러낸 것 빼고는 줄곧 칩거해 온 소문의 주인공을 볼 수 있다는 소문에 데뷔탕트할 연식의 자식이 없는 귀족들까지 모두 모였다.

"저깄네요!"

누군가 실수로 목소리를 높였다. 하지만 아무도 탓하지 않은 채 목소리가 가리킨 방향을 보았다. 디아나는 한 그림 앞에서 이야기하고 있었다.

"맞아요. 사라졌던 화가 브리텔의 작품인 〈그림자 속의 두 여인〉이에요."

감탄하는 이들 사이에서 당황한 시선을 교환하는 이들이 있었다. 그리고 그들 너머 덴르프 백작이 눈을 부릅뜨고 이곳을 보고 있었다.

덴르프 백작가는 황제의 수족처럼 굴고 있지만, 유력한 북부 귀족이기도 했다.

물론 초대장을 보내며 꼭 오길 바라는 마음이 없진 않았다. 그들이 대공님께 보인 '친절'을 꼭 갚아 주고 싶었기 때문이다.

디아나가 눈이 마주친 덴르프 백작에게 화사하게 웃었다. 덴르프 백작이 헛기침하며 황급히 자리를 떴다.

"제도에서 감정사를 불러 확인도 마쳤답니다."

"혹시 어느 소속 감정사인지 알 수 있소?"

"오페크 미술관 소속이랍니다."

"하긴, 영애의 할아버님이 오페크 미술관의 운영을 맡고 계셨지요. 그렇다면 확실하겠군!"

오페크 미술관은 예술품 감정에서 가장 이름 높은 곳이었다.

'할아버지가 전해 듣고 직접 보고 싶다고 우셨지.'

"이번 연회가 끝나고 나선 미술관에 잠시 전시할 계획도 있답니다."

그녀의 말에 몇몇이 눈을 동그랗게 뜨며 서로 소근거렸다.

"각하께서 오흐리드 백작가에서 영애를 납치하다시피 데려왔다더니. 헛소문이었네요."

"솔직히 말이 안 되긴 했어요."

일거양득. 이 일로 지긋지긋한 소문도 단번에 불식시킬 생각이었다.

* * *

대공님이 준비한 짧은 연회 축사가 끝나자 바로 악단들이 연주를 시작했다. 데뷔탕트를 치르는 아이들이 짝을 지어 플로어에 자리 잡았다.

들뜬 이들과 긴장한 이들이 섞여 수도 없이 연습했을 춤을 추는 모습을 기분 좋게 바라보았다. 가슴팍의 꽃 장식이 춤추는 이들의 움직임을 따라 눈부시게 반짝였다.

'실라.'

드레스 안쪽에 넣어 둔 펜던트 안에서 튀어나온 실라가 휘리릭 천장으로 날아갔다.

천장을 힐끔 보자 실라가 천장에 달아 놓은 장식 주변을 빙글빙

글 돌았다. 연주가 끝을 향해 가고 플로어의 사람들이 마지막 스텝을 밟는 순간 디아나가 읊조렸다.

'지금!'

—텅

연주 사이로 희미하게 들리는 소리.

"어머나!"

"세상에!"

이와 함께 하늘에서 꽃잎이 비처럼 하늘하늘 내려왔다. 무사히 춤을 마치고 인사를 하는 영애와 영식들은 어깨에, 머리에, 그들 사이로 떨어지는 꽃잎에 놀란 얼굴로 고개를 들었다.

한 폭의 그림 같은 낭만적인 장면이었다. 감격에 찬 얼굴의 데뷔탕트 아이들과 감탄한 귀족들의 얼굴을 보자 짜릿할 정도의 뿌듯함이 발끝부터 올라왔다.

연회는 대성공이었다.

*　　*　　*

디아나가 적당한 음료를 집어 들고 대공님을 돌아보았다.

"뭐 드실래요, 아빠?"

대공님이 무서워 다가오지는 못하지만 아닌 척 귀를 기울이던 이들이 깜짝 놀랐다.

"도수 없는 걸로 아무거나."

시종이 눈치 빠르게 디아나가 들고 있는 음료 중 도수 없는 샴페인을 알려 주었다.

"여기요."

대공에게 건넨 디아나가 잔을 홀짝이다 말했다.

"그런데 이제 도수 있는 거 드셔도 되지 않아요?"

"……아니다."

"아무 일도 없었잖아요."

"……!"

대공님이 허를 찔린 듯한 얼굴을 했다. 디아나가 눈을 휘며 웃었다. 그때 잔을 든 헤르만이 저편에서 느긋하게 걸어왔다.

"지금 딸이 아빠한테 술 마시라고 권하는 거야?"

그의 등장에 주변이 순간 술렁거리는 것이 저절로 느껴졌다.

"현자 헤르만……!"

"노히바덴 대공과 친하다더니……."

"영애의 후견인이란 소문도……."

소란을 피한다며 입장도 늦게 했지만 완전히 피한 것 같지는 않았다.

"연회 괜찮네."

디아나의 눈이 반짝거렸다.

"그래요?"

헤르만의 괜찮네 — 라는 말은 최고의 찬사라 봐도 됐다.

"응. 이게 그 같이 맞췄다던 드레스랑 예복이야?"

"네."

"별로 그런 느낌 안 드는데?"

디아나는 모호한 미소를 지어 보였다. 고개를 갸웃한 헤르만이 음료를 입가로 가져가다 눈살을 찌푸렸다.

"아, 이건 좀 세네. 잘 못 골랐다."

그러곤 그녀가 든 잔과 바꿔 들었다.

"……?!"

디아나가 얼빠진 얼굴로 헤르만을 보았다.

"뭐 하는 짓이야."

이번엔 대공님이 그녀와 잔을 바꿔갔다.

"뭐긴 뭐야. 당연히 네가 바꿔 갈 줄 알고 그랬지."

"……."

당했다는 얼굴로 대공님이 헤르만을 노려보았다. 디아나는 손등으로 웃음이 터진 입가를 눌렀다. 헤르만이 옆에 있어서인지 누그러진 분위기에 사람들이 인사하러 다가왔다.

대공님의 지인들, 꽤 이름이 알려진 귀족들과 통성명하며 홀짝이다 보니 어느새 빈 잔이었다. 대공님 곁을 벗어나 테이블에 빈 잔을 내려놓고 돌아가려 할 때였다. 어디서나 기묘하게 용기 있는 자들이 있었다.

"노히바덴 영애, 저는 체르반 남작가의 둘째인 프라이모 체르반입니다."

"네, 처음 뵙네요. 체르반 영식."

계속 주변을 쭈뼛거리며 맴돌았기에 얼굴이 익숙했다.

"영애와 춤을 출 영광을 주시겠습니까."

"이런 죄송해요. 이미 선약이 있어서요."

"그, 그러시군요."

체르반 영식이 살짝 겁에 질린 얼굴로 그녀의 뒤편에 시선을 두었다. 무슨 상황인지 돌아보지 않아도 알 수 있었다.

뒤를 돌아본 디아나가 체르반 영식을 이글거리는 눈으로 노려보는 대공님께 손을 내밀었다.

"그렇죠, 아빠?"

눈썹을 치켜들었던 대공이 금세 한풀 누그러져서는 그녀의 손을 내려다보다가 잡았다.

"그래."

마침 딱 맞춰 연주가 끝났다. 디아나와 대공이 플로어로 나섰다.

"저번 같지는 않을 거다."

"하하, 기대할게요."

디아나가 맑게 웃었다. 찌르는 듯한 시선들이 느껴졌다. 플로어의 사람들도 전에 비하면 눈에 띄게 줄어들었다.

"사람들이 저희만 바라보고 있어요."

"긴장되느냐?"

"홍, 그럴 리가요. 춤 선생님이 저는 타고났다고 그러셨어요."

"그렇구나."

답하던 디아나가 뭔가 이상한 느낌에 대공님을 보았다.

"어……."

확실했다. 대공님이 긴장하고 있었다.

'정말로?'

아무도 눈치채지 못했지만 가까이 있는 그녀는 알 수 있었다.

"왜 그러지?"

"아니, 그 아무것도 아니에요."

"그래."

대공님의 입꼬리가 슬쩍 올라갔다. 부드럽게 풀린 눈매와 다정한 목소리.

새삼 대공님이 그녀를 아끼는 마음이 느껴졌다. 너무 자신감을 부려서였을까, 순간 시작하는 음률을 놓치고 말았다.

"아!"

하지만 이번에는 괜찮았다. 대공님이 그녀의 박자를 놓친 그녀의 실수를 감싸며 부드럽게 움직였다.

"집중해야지, 디아나."

"아, 네."

대공님이 그녀의 허리를 단단히 받치며 움직였다. 곧장 스텝을 맞춘 디아나가 어느새 저도 모르게 웃고 있었다.

"어디서 저 몰래 연습이라도 하셨어요?"

"비밀이다."

"하하."

정말로 이번에는 완벽했다. 점차 박자가 빨라지며 클라이맥스에 다가왔다.

저번과 같은 곡.

그녀와 대공님이 눈을 마주했다. 서로 약속한 적 없지만 마치 마음을 읽은 것처럼, 대공님이 그녀의 허리를 잡았다. 그녀가 바닥을 박참과 동시에 날 듯이 공중으로 떴다.

상앗빛의 드레스의 치맛자락이 펼쳐지며 안쪽의 붉은 안감이 강렬하게 시선을 사로잡았다. 마이스터 파라디의 고심 끝에 나온 디자인이었다.

이를 처음에 제안받은 그녀는 저절로 노르반 백작가의 무도회를 떠올렸다. 아마 파라디도 같은 생각이었을 터였다. 그렇다면 그 의도에 제대로 부응해 줘야겠다고 생각했고, 정말 완벽하게 작용했다.

"드레스 디자이너가 누구죠?"

"아니 그보다, 설마 드레스 대공님과 같이 맞춘 건가요?"

"어머? 그러고 보니 정말 그런 거 같네요?"

나비가 내려앉듯 부드럽게 착지했다. 클라이맥스에 올랐던 음률이 끝을 예고했고 디아나도 마지막 스텝을 밟았다.

살짝 가빠진 숨을 들이 내쉬며 디아나가 물러서 치맛자락을 잡고 살짝 무릎을 접어 인사했다. 마주 인사해야 할 대공은 그저 디아나를 가만히 바라보았다.

그의 딸이 새삼 생경해 보였다.

또래보다 작은 편이었던 그의 딸.

가슴팍까지도 오지 못하던 아이였다. 그런데 어느새 가슴팍을 넘어서 있었다. 이제 정말 성년이 얼마 남지 않은 게 절로 느껴졌다.

"아빠?"

"……."

고개를 갸웃하는 딸의 모습을 보던 대공이 팔을 내밀었다. 그 위에 디아나가 살포시 손을 올리고 함께 플로어를 내려왔다. 짝짝짝 박수를 치며 다가온 헤르만이 손을 내밀었다.

"자, 이번엔 나랑 춰."

예법은 찾아볼 수 없는 신청이었지만 헤르만다웠다. 그리고 헤르만의 말에 대공님의 얼굴이 일그러졌다.

"네가 언제부터 이런 자리에서 춤을 췄나."

"그거야 내 마음…… 제 마음이지요, 각하."

반사적으로 답하던 헤르만이 주변의 시선을 의식해 존대했다.

"아이 참, 여기서 그러지 말아요!"

디아나가 속삭이듯 소리쳤다.

"각하, 못 들은 척하지 마시고 디아나 손 내어주시지요? 곧 연주 시작하겠습니다만?"

대공은 한참을 내키지 않는다는 티를 팍팍 내며 미적거리다 연주곡 시작 직전에야 그녀를 내어 주었다.

"참고로 난 춤 못 춰."

"네?"

다급하게 플로어에 올라가자마자 바로 연주가 시작됐다. 스텝을 밟던 디아나가 고개를 갸웃 기울였다.

"잘하시는데요?"

그 말이 잘못됐던 걸까? 말을 끝마치기 무섭게 헤르만이 그녀의 발을 밟았다.

"아……?"

엄청 아플 거란 생각과 달리 전혀 아무 느낌도 없었다.

"보호 마법 걸어 놨어."

"언제요?"

"테세비츠가 너 잡고 안 놔줄 때. 네가 날 밟아도 괜찮아."

"철저하시네요."

"밟을까 걱정하면서 추는 것보다 맘 편하게 밟을 생각 하면서 추는 게 나아."

어처구니없어 웃음이 터졌다.

"어릴 때 동네 친구들하고 그림자 밟기라는 놀이를 한 적 있거든요."

술래가 그림자를 밟으러 뛰어다니고 밟힌 이가 다음 술래가 되는 놀이였다.

"그게 뭐?"

"그때 생각이 나네요."

긴장이 확 풀렸다. 아무 생각도 없이 적당히 음률에 맞춰 발을 놀렸다. 그녀가 헤르만의 발을 밟기도 헤르만이 그녀의 정강이를 걷어찰 뻔하기도 했지만, 그저 재밌었다.

엉망으로 춘 춤이 끝났다. 서로 한발 떨어져 마주 인사했다.

"영애와 춤을 함께하여 영광이었습니다."

"저도 현자 헤르만 레체프 님과 함께할 시간을 가져 영광이었습니다."

춤과 반대되게 아주 예의 바른 인사를 하고 플로어를 내려왔다. 모든 긴장을 내려놓고 마음껏 움직여서일까 개운하기 그지없었다. 누군가 얘기하고 있던 대공이 곧장 다가왔다.

"대체 몇 번을 밟는 거냐."
"괜찮으십니까, 영애."
대공님과 얘기하시던 분이 안쓰러운 눈으로 그녀를 보았다.
"보호 마법 걸어 놔서 상처 하나 없으니 걱정 말지, 마시지요?
"아, 역시 현자님이십니다."
잠시 대화하는 걸 지켜보고 있었을까. 집사가 연회 홀을 가로질러 다급히 다가왔다. 절로 그녀와 대공님의 얼굴이 굳었다.
대공이 주변의 사람을 물렸다.
"무슨 일이지."
"손님이, 아가씨께 손님이 오셨습니다."
가쁘게 숨을 몰아쉬며 집사가 손수건으로 이마를 훔쳤다.
"손님이요?"
디아나가 고개를 기울였다. 연회 홀에 있는 대부분이 손님이었다. 그런데 이렇게 집사가 따로 보고할 정도의 손님이라니?
"아가씨, 잠시……."
집사가 그녀를 향해 몸을 숙였다. 집사의 말을 들은 디아나가 눈을 동그랗게 떴다.
"아니, 그분이 왜?"
"그…… 아가씨의 연회를 축하하기 위해 오셨다고 하십니다."
무슨 말도 안 되는? 디아나의 얼굴이 일그러졌다.
"무슨 일이더냐."
지켜보든 대공이 물었다. 입술을 꾹 깨물었던 디아나가 대공을 향해 손짓했다. 몸을 숙인 대공에게 디아나가 속삭였다.

"그놈이 왜 여기를?"

"노, 놈이라뇨!"

디아나가 놀라 주변을 돌아보며 대공님의 팔을 꽉 잡았다.

"네가 초대장을 보냈느냐?"

"아니요."

"그럼 됐다. 쫓아내."

"예?"

집사가 화들짝 놀랐다. 대공님이 당연한 말을 한다는 듯 말했다.

"초대받지 않은 손님인데 더 볼 것 있나? 당장 내보내."

"아……그, 그렇게 하겠습니다."

"잠깐만요!"

디아나가 황급히 막아섰다.

"그러면 안 돼요."

대공이 질문하듯 그녀를 보았다. 디아나가 빠르게 생각을 정리했다.

"……아마도 여기서 소란을 일으키면 오히려 그쪽이 원하는 바일 거예요."

"왜?"

"연회를 축하하러 왔다잖아요. 축하하러 온 자를 매정하게 쫓아냈다는 소리를 들을 거예요."

"초대도 없이 온 건 그쪽이다."

"맞아요. 선후를 따지자면 그렇죠. 하지만……."

연회의 성공을 인정하고 싶어 하지 않는 이들이 도처에 있었다.

그들에게 빌미를 제공함과 동시에 쫓겨난 상대를 동정하는 이들이 분명 나올 터였다.

"그렇군."

그녀의 말에서도 뭔가 눈치챘는지 대공이 긍정했다. 디아나가 말했다.

"일단, 조용히 자리 마련해 주세요. 다른 사람 눈에 띄지 않게요."

* * *

"오랜만일세. 이제는 노히바덴 영애라고 해야 하나?"

로베르트가 자리에 맞은 편에 앉은 이를 보았다. 상앗빛 드레스를 입은 디아나에게선 예전 오흐리드 데뷔탕트 때의 어린 모습은 찾아보기 힘들었다.

"원래는 에스텔을 보내려 했는데, 에스텔이 에스테반 곁을 오래 비우기 힘들다 해서 말이야."

그의 설득에 넘어온 듯하던 에스텔은 로펜 공작위에 대한 조력은 하되 노히바덴 연회는 참석하지 않겠다고 했다. 결국, 로베르트가 직접 올 수밖에 없었다.

"에스테반 저하의 일은 위로를 표합니다. 속히 깨어나시길 바라요."

"고맙네."

답한 로베르트가 찻잔을 들었다. 느긋하게 여유 부리는 모습에 디아나가 기다리고 싶지 않아 곧장 물었다.

"그래서 예까진 어쩐 일이신가요. 로베르트 저하."

"좋은 날인데 그리 표정 굳히지 말지."

로베르트가 사람 좋아 보이는 얼굴로 웃었다. 물론 디아나에겐 아무런 효과 없었다.

"나는 우리가 꽤 좋은 동맹 관계라고 생각했는데, 이런 자리에 초대장도 보내지 않는다니 꽤 안타깝군."

초대장도 없이 방문한 무례를 오히려 그녀에게 전가하는 모습은 일말의 예의조차 모두 거둬 가게 했다.

"보통은 초대장이 없다면 방문할 생각도 하지 않죠."

"이런 내가 영애의 화를 돋웠나 보오."

로베르트가 민망하다는 듯 웃었다.

"연회 홀을 오래 비울 수 없으니 본론만 하세요."

"그럼 거두절미하고…… 귀족회의장 자리에 힘을 실어 주게."

"예?"

"이대로라면 게이나스 후작에게 의장직이 넘어갈걸세. 게이나스 후작의 딸이 지그프리트의 약혼녀인 건 그대도 잘 알겠지."

황족의 약혼녀니 기억해 두는 정도로 알고는 있었다.

"지그프리트가 얼마나 무도한 자인지는 그대도 잘 알지 않는가. 이대로 지그프리트에게 귀족회가 넘어가게 둘 수 없네."

"그런 부탁을 왜 제게 하시는 거죠? 저는 귀족회에 아무런 권한도 없어요."

로베르트가 헛웃음을 지었다.

"오흐리드와 노히바덴의 피를 이은 그대가 권한이 없다니? 재밌는 소리군."

생각할수록 정말 괜찮은 핏줄이었다. 오흐리드 영애로도 충분하거늘 노히바덴 영애로도 매력적이었다.

북부의 귀족들.

제도의 권력에서는 멀지만, 귀족 의회에서 목소리를 높인다면 단숨에 한자리를 차지할 수 있을 터였다.

지금까지는 아무도 그 구심점 역할을 하지 못했지만, 이번에 이렇게 성공하지 않았나. 오흐리드와 노히바덴 두 힘을 손에 넣을 수만 있다면……!

"제가 왜요?"

탐욕을 여과 없이 내비치던 로베르트는 디아나의 답에 얼굴을 일그러트렸다.

"뭐?"

로베르트가 믿기지 않는다는 얼굴을 했다.

"제가 왜 로베르트 저하를 지지해 줘야 하는 거죠?"

"그대도 알지 않는가. 지그프리트가 얼마나 무도한지!"

"……."

물론 지그프리트의 그 망나니 같음은 그녀도 겪어 알았다.

하지만 그러는 본인은? 초대받지 않은 연회에 난입하려는 건 고귀하고 예의 있는 행동인가?

잘못의 경중이 다르긴 했지만, 지그프리트가 망나니여서 로베르트를 지지할 거였다면 예전에 결정 내렸을 터였다.

"저하. 저는 할머님과 아버님이 표를 행사하지 않은 데는 이유가 있다고 생각해요. 그러니 이런 부탁은 들어드릴 수 없겠네요. 용건이 이뿐만이라면 이만 물러가 보겠습니다."

"영애!"

일어나는 디아나를 로베르트가 다급히 막아섰다.

"부디 재고해 보시오. 이대로라면 희망이 없소. 그대는 자비로운 자이지 않소."

"자비라뇨, 저하 저는……."

"그대가 반데라스 영애가 생활 할 수 있도록 도움을 주었다고 들었소."

반데라스 영애. 오랜만에 듣는 이름이었다. 지그프리트와 하얀 미로에서 애정 행각을 하던 도중 걸린 영애.

반데라스 남작가는 벌금을 내지 못하고 영지와 저택을 압수당했다. 한순간에 한 가문이 풍비박산 났다.

"그건 또 어떻게 아셨네요."

"나도 반데라스 영애의 사정을 딱하게 여겨 도와주려고 알아보다 보니 알게 되었소."

"그때는 왜 안 도와주시고요?"

"그때는…… 일이 조금 바빠서 신경 쓸 수가 없었소."

거짓말이었다. 지그프리트에게 버림받고 죄를 모조리 뒤집어쓴 영애는 동아줄 잡는 심정으로 디아나를 찾아왔다. 아무도 그녀를 만나 주지 않는다고 했다.

그렇다더라도 디아나가 생면부지의 반데라스 영애를 도울 필요는 없었다. 하지만 그녀는 도와주었다.

"제가 반데라스 영애를 도운 이유는 간단해요."
"그게 무슨 소리요?"
"돈이 많으니까요."
"……."
"그들의 생활을 아주 약간 도와주는 정도로 제겐 아무 영향도 없으니까요."
자살 시도까지 했던 반데라스 영애였다. 그녀가 돕지 않으면 얼마 지나지 않아 죽을 것만 같은 모습이었다. 물에 빠진 자에게 구명줄을 던져 주는 마음에 가까웠다.
"……내 이렇게까지 말하고 싶진 않았지만, 영애. 그대가 반데라스 영애를 도운 행위는 황명으로 내린 처벌에 항거한 뜻으로도 볼 수 있소."
로베르트가 그러면 네가 곤란해지지 않겠냐는 듯한 얼굴로 말을 이었다.
"그리고 또 내가 문제를 제기한다면 반데라스 영애는 더 힘들어지지 않겠소?"
"지금 저를 협박하시는 건가요?"
"협박이라니. 그저 그럴 수도 있지 않느냐 말하는 것뿐이오. 물론 그대가 쉽게 넘어와 준다면 나도 그렇게까지 하고 싶지는 않소."
로베르트가 달래듯 말했다.
"하지만 반데라스 영애도 잘못했소. 정말 원치 않았다면 지그프리트를 제대로 거절했었어야지."
그리고 너절한 변명을 덧붙였다. 점입가경이었다. 지그프리트보다 조금은 낫지 않을까 생각했었는데, 오십보백보일 뿐이었다.

"마음대로 하세요."

디아나가 가로막는 로베르트를 지나쳤다.

"저하 말씀이 맞아요. 황족을 향해 한미한 남작가의 영애가 제대로 거절을 했어야죠."

헛소리. 자신보다 더한 권력자가 위계로 짓누르는 상황에 어떻게 단호하게 거절한단 말인가.

"돌아가 주세요. 저는 제대로 거절을 말씀드렸습니다."

"영애!"

디아나는 로베르트의 부름을 뒤로하고 문고리를 잡았다.

"지그프리트가 황태자가 된다면 마르가리타 황후가 그대를 가만 둘 것 같은가?!"

"……그때 가서 생각할 일이죠."

* * *

"괜찮으십니까."

"……밖에 들렸나요?"

"마지막 부분 대화만 조금 들렸습니다."

"그렇군요."

저 뒤편으로 밀어 뒀던 기억이었는데, 로베르트 때문에 떠오르고 말았다.

'……지그프리트가 되지 않았으면 했는데.'

잠시 생각에 잠긴 채 복도를 걸어가던 디아나가 맞은편에 다가오는 이를 보고 눈을 크게 떴다.

"아빠!"

디아나가 황급히 달려갔다.

"홀은 어쩌고 나오신 거예요!"

"네가 너무 오래 걸리기에. 걱정하지 말라 했던 건 안다만……."

걱정돼서 나왔다는 뜻이었다. 디아나가 싱긋 웃으며 대공의 팔짱을 꼈다.

"뭐 때문에 왔다더냐."

"음……."

디아나가 응접실에서의 대화를 설명했다. 점차 굳어가던 대공님의 표정은 마지막이 돼서는 거의 일그러지다시피 했다.

"로베르트 그놈이……."

만약 로베르트가 이 자리에 있었다면 한동안 밤길 조심해야 할 정도로 섬뜩하게 낮은 목소리였다.

"괜찮아요. 제대로 거절했어요."

"원래부터 졸렬한 자였다."

"그래요?"

"그래. 호인인 척하며 에스테반 황자에게 모든 더러운 일들을 떠넘겼지. 에스테반이 없었다면 진즉 밀려났을 자다."

디아나가 저도 모르게 주변을 슬쩍 둘러보았다.

"수단과 방법을 가리지 않는 것이 마음에 들지 않았으나, 황제가 되기 위해선 당연한 일이기도 했지."

"정쟁에 관심 없으신 거 아녔어요?"

"관심이 없어도 들리고 보이는 것들이 있을 수밖에 없으니."

디아나가 흥미롭게 눈을 빛내며 물었다.

"다른 황족들은 어떻게 생각하세요?"

"에스텔 황녀는 특출하지도 모나지도 않은 평범한 이로 안다. 리투아니아 황녀는 황후에게 순종적이라지."

디아나가 고개를 끄덕였다.

"지그프리트 황자는……."

표정으로 이미 많은 말을 한 거나 다름없었다. 디아나가 작게 웃었다.

"하지만 지그프리트가 황제의 자리에 어울리는가를 떠나 그가 황제가 된다면 오히려 대귀족들은 이득이다."

"왜요?"

"권력의 기반이 약하니까."

"아."

"지그프리트가 황제가 된다면 황권이 약해지는 건 예정된 수순이다."

지그프리트에겐 든든한 외가가 없었다. 현재 황후의 친정은 백작가지만 원래는 한미한 남작가였다.

한 대만 더 지나면 귀족 계보에서도 지워졌을 신분이라 현 황제가 황후로 맞이하기 전 구색 맞추기로 작위를 내려준 것에 불과했다. 황후의 지원 아래 영향력을 키웠다지만 귀족의 힘이라는 게 한 세대의 힘으로 이룰 수 있는 게 아니었다.

오히려 지그프리트보단 마르가리타 황후가 문제였다. 감히 그의 딸을 독살하려 한 오발론 남작을 보호했다. 절대 그냥 둘 생각 없었다.

하지만 지금은…….

대공은 옆에 자리한 디아나를 보았다.

"너는 신경 쓸 필요 없다."

* * *

연회는 성황리에 끝냈다. 돌아가는 귀족들에게 연회장을 장식했던 꽃을 한 묶음씩 나눠 주었다.

북쪽에서 보기 힘든 꽃들이었다. 생기를 오래 유지하는 마법 처리까지 되어 있다는 말에 귀족들은 매우 반겼다.

"정말 괜찮은 연회였어요."

"부인도 그렇게 생각하세요?"

"그럼요. 굳이 제도까지 가서 데뷔탕트할 필요 없고 말이에요. 어차피 친우들도 다 여기에 있는걸요."

"그러니까요. 제도는 솔직히 너무 번잡하잖아요?"

제도에서는 은근히 야만스럽다며, 혹은 가난하다 무시 받던 북부 귀족들이었다.

"대공 각하께서 정말로 좋은 따님을 두었어요."

이번 연회는 그들의 마음을 달래주기 알맞았다.

Chapter 7.

연회가 끝나고 보름 후 그녀의 생일날이 되었다. 일어나 창밖을 본 디아나가 눈을 크게 떴다.

"눈이 오잖아?"

올해의 첫눈이었다. 아침 식사를 마치기 무섭게 방문한 대공님께 이끌려갔다. 쫙 펼친 손바닥에 내려앉은 눈발이 순식간에 녹아내렸다.

'갑자기 여기는 왜 오자고 한 거지?'

멀뚱멀뚱 있던 디아나가 주변을 둘러보았다. 그때 건물 안에서 익숙한 신형이 나타났다.

"아으, 무슨 눈이 벌써 내려?"

투덜거리며 헤르만이 그녀에게 다가왔다.

"안 추워?"

"네. 옷이 두꺼워서 오히려 시원해요. 여긴 어쩐 일이세요?"

"그보다 헤르만, 웬일이에요?"

"뭐가."

"음…… 아직 일어날 시간 아니시잖아요."

"왔군."

때마침 마구간에서 대공이 나왔다. 대공의 손에는 처음 보는, 아직 어린 말의 고삐가 잡혀 있었다. 고개를 기울이던 디아나에게 대공이 고삐를 넘겼다.

"선물이다."

"네?"

"갈라테아와 같은 혈통이지."

갈라테아는 대공이 타고 다니는 말 이름이었다. 엄청나게 크고 위협적이며 까탈스럽기 그지없지만, 노히바덴에서 가장 뛰어난 말이었다.

"내가 오흐리드 백작께 보낸 말보다 훨씬 좋은 혈통이다. 앞으로는 이걸 타고 다니거라."

"네? 갑자기 무슨……."

헛기침한 대공이 그녀에게 말고삐를 넘겼다.

"생일 축하한다."

놀란 디아나가 말문이 막힌 채 눈만 끔뻑거렸다.

"저녁에 파티할 예정인 건 안다만 먼저 전해 주고 싶었단다."

"……감사해요."

디아나가 반짝이는 눈으로 고삐를 잡은 말을 살폈다. 금색 눈의 말이 그녀가 고삐를 잡은 것이 못내 싫은 듯 자꾸만 푸르릉거리며 투레질했다.

"너도 갈라테아만큼 까다롭구나?"

갈라테아는 대공이 아닌 그녀의 손도 기겁하며 싫어할 정도였다. 갈라테아에 비하면 대공이 오흐리드에 선물한 말은 순한 편이었다.

오흐리드 사람들이 들으면 기겁할 소리였지만.

"정말 예뻐요."

"마음에 드는 것 같아 다행이구나."

디아나가 환하게 웃었다.

"말 저리 치우고 이리 와 봐."

말이 나타났을 때부터 질색하며 멀어졌던 헤르만이 뒤에서 말했다. 잠시 말고삐를 대공에게 넘긴 디아나가 헤르만에게 다가갔다.

"나도 선물."

"음?"

평범한 봉투였다. 디아나가 저도 모르게 실실 웃었다. 선물 주려고 이 꼭두새벽에 나오신 거였구나.

"지금 열어 봐도 돼요?"

고개를 갸웃 기울인 디아나가 봉인되지도 않은 봉투를 열었다. 초대장처럼 보였다. 반 접힌 카드를 펼친 디아나의 눈이 크게 뜨였다.

[세계탑 출입 허가서]

"이건……."

"난 곧 떠날 테니까. 저놈이 괴롭히면 얼마든지 오라고."

"꿈 깨시지."

"그거 가지고 있으면 내가 없어도 세계탑에 얼마든지 머물 수 있어."

대공이 툴툴거리는 말에 들은 척도 하지 않은 헤르만이 말을 이었다. 마법사들의 본고장. 대륙 최고의 요새라고도 불리는 세계탑은 비밀에 휩싸인 곳이었다. 함부로 외부인을 들이지 않는 곳으로 유명했다.

"대신 너 세계탑 안에서 사고 치면 큰일 난다."

"안 쳐요!"

"숲에 구멍 뚫은 걸 봐서는……."

"그, 그건 실수였고요! 이제 안 그러잖아요!"

디아나가 억울한 얼굴로 소리쳤다. 그 뒤로 정말 많이 발전했다. 이제는 화살이 없어도 바람으로 활을 만들어 날릴 수 있을 정도로 발전했거늘, 헤르만의 기억은 언제나 숲을 날려 먹은 데 멈춰 있었다.

"그리고 한 가지 더 좋은 점이 있지."

"어떤 거요?"

"너 학술원 가 보고 싶어 했잖아. 그거 있으면 학술원 출입도 마음대로 할 수 있어."

"헤르만! 고마워요!"

디아나가 헤르만을 와락 껴안았다. 헤르만이 엉거주춤하게 그녀를 마주 안았다가 떨어졌다.

"봤지?"

"……."

"내가 이겼다."

"……."

"내놔, 빨리."

대공이 얼굴을 일그러트렸다. 출입 허가서를 다시 곱게 접어 봉투에 넣던 디아나가 의아하게 둘을 보았다.

"두 분 무슨 얘기 하시는 거예요."

"네가 누구 선물을 더 마음에 들어 할지 내기했거든."

디아나가 기막힌 얼굴로 둘을 바라보았다. 대공이 불퉁한 얼굴로 가죽 주머니를 헤르만에게 던졌다.

"어이쿠."

받지 못한 가죽 주머니가 발치로 떨어졌다. 헤르만이 희희낙락한 얼굴로 물건을 주웠다.

"그게 뭐길래 그러세요?"

"크흐흐, 이게 뭔지 알아?"

헤르만이 가죽 주머니를 열고 털자 영롱한 기운을 뿜어내는 주먹만 한 마석이 나왔다.

"어! 최상급 마석?"

“정답!”

“저번 서부 침략 때 잡은 드라고니트 마수의 마석이다.”

드라고니트는 드래곤 바로 아랫 단계 아종 마물로 저번 서부 성벽을 무너트린 일등공신이었다. 서부를 불바다로 만들었고 이를 대공님과 노히바덴 기사단이 직접 토벌했다 ― 라고 신문에서 읽었다. 당시 엄청나게 회자 된 이야기였었다.

그땐 그저 대단하고, 토벌되어 다행이라고 여겼던 일인데…….

만일 그때 큰일이라도 났다면 대공님을 뵙지도 못했을 수 있다는 생각이 들자 등허리가 섬뜩했다. 요모조모 마석을 살피던 헤르만이 미간을 찌푸렸다.

“뭔가 마석이 좀……. 물론 최상급이긴 한데…….”

“말했지 않나. 최상급이지만 상상하는 것 만큼 그렇게 좋은 건 아니라고.”

“……거짓말인 줄 알았는데.”

헤르만이 무척 실망한 얼굴을 했다.

“무슨 생각하는지 알겠지만, 그 드라고니트는 영악한 계책을 써서 잡는 데 오래 걸린 것뿐이다. 능력 자체는 평범했다.”

“젠장.”

최상급 마석만으로도 부르는 게 값이거늘 헤르만의 끝없는 욕심에 디아나가 절로 고개를 저었다. 말의 갈기를 쓰다듬은 디아나가 물었다.

“호수 한 바퀴 돌고 올까요?”

*　　*　　*

대공님이 선물해 주신 말을 타고 호수 한 바퀴를 돌고 오자 여러 하인들이 본성 공터에 주차된 마차에서 짐을 줄줄이 나르고 있었다.

오흐리드에서 보낸 생일 선물들이었다. 할아버지는 늘 그렇지만 '적당히'라는 걸 몰랐다.

그 뒤로도 연회에 초대되었던 북부와 제도 귀족들의 선물 등이 끊임없이 도착했다. 해도 해도 끝나지 않는 정리를 포기하고 저녁 시간이 되자 파티장으로 향했다.

기사단 사람들이 주로 이용하는 대식당이었다. 평소 열려 있는 대식당 문이 굳게 닫혀 있었다.

헤이워스 부인과 제인이 알아서 준비한다며 그녀에게 절대 오지 말라고 신신당부했던 참이었다.

"대체 뭘 하려고……."

디아나가 이상하게 조용한 대식당 문을 밀자—

"생일 축하드려요, 아가씨!"

우렁찬 목소리가 울려 퍼졌다. 서툴게 장식된 식당에 기사들과 고용인들이 모여 있었다. 본성의 거의 모든 이들이 모여서인지 식당이 비좁게 느껴질 지경이었다.

어안이 벙벙한 정신이 뒤늦게 돌아왔다. 요리사가 심혈을 기울여 만들었다던 케이크도 자르고 선물 개봉식도 했다.

고용인들과 기사들이 마련한 선물은 소박하지만, 정성이 느껴졌다.

모두 자리를 비울 수는 없었기에 축하를 끝낸 몇몇은 자리를 지키러 돌아갔고, 남은 기사들은 생일의 주인이 마시지도 못하는 술판을 거대하게 벌였다.

그 뒤로도 신나게 웃고 떠들며, 열여섯 번째 생일이 그렇게 지나갔다.

* * *

첫눈이 오고 얼마 뒤 헤르만은 본성을 떠났다. 헤르만이 떠나기 무섭게 눈이 펑펑 내리기 시작했다.

그리고 얼마 지나지 않아 이번엔 눈 폭풍이 불어닥쳤다. 한 달이 넘는 기간 동안 본성의 성문은 굳게 닫혔다.

매서웠던 겨울이 지나고 봄이 다시 돌아왔다. 봄이 오자마자 대공은 이번에도 토벌을 떠났고 이제, 그가 돌아올 시기였다.

작년과 달리 디아나는 대공님이 언제 돌아오는지만 목을 빼고 기다려 왔었다. 파발을 받고 성벽에서 얼마나 기다렸을까. 숲을 가로지르는 길 끄트머리에 한 무리의 기사들이 보이기 시작했다.

거기서 조금 더 기다리자 지척으로 다가온 기사단 선두에 대공의 모습이 보였다. 환하게 피어나던 디아나의 얼굴에 의문이 떠오르더니 점차 굳었다.

대공의 표정이 심상치 않았다. 성문이 열리고 본성으로 들어온 대공은 말에서 내리기 무섭게 성을 지키던 부기사단장과 함께 어디론가 향했다.

"아가씨, 안 가 보세요?"

"……바쁘신 것 같아요."

상급 기사들이 우르르 그 뒤를 따랐다. 대공님도 괜찮아 보이셨고, 다치거나 피해 본 기사들이 있어 보이지도 않았다.

"아가씨?"

함께 출정을 갔던 패트릭 경이었다.

"각하 마중 오셨습니까? 그런데 왜 안 나오시고 거기 계십니까?"

먼지를 뒤집어쓴 투구를 허리춤에 든 패트릭 경이 그녀를 보고 싱글벙글 다가왔다.

"각하께서는 저쪽에…… 아이쿠, 벌써 사라지셨네."

가벼운 목소리의 패트릭 경은 대공님과 상위 기사들의 분위기와 상반됐다. 디아나가 조심스럽게 물었다.

"토벌에서 무슨 문제 있었나요?"

"문제요? 뭘 말씀하시는 건지 모르겠습니다만……."

"대공님의 표정이 좋지 못하셔서요."

패트릭 경이 고개를 기울였다.

"저는 잘 모르겠습니다. 토벌 자체는, 이번처럼 안전한 적이 없었습니다. 마물을 마주친 적이 손에 꼽을 정도였는걸요."

* * *

회의는 길어졌다. 소파에 앉아 기다리던 디아나는 흔들리는 느낌에 눈을 떴다.

"으음?"

대공이 그녀를 안고 걸어가고 있었다. 본성에 온 뒤로 상당히 자랐거늘 대공님은 아직도 아이처럼 그녀를 손쉽게 안아 들었다.

"아빠, 내려 주세요."

바닥에 발을 딛고 선 디아나가 길게 하품을 했다.

"왜 거기서 그러고 있었느냐."

"기다리다가……."

저도 모르게 잠든 모양이었다. 대공은 마저 말을 듣지 않아도 무슨 일인지 알아들었다.

"그렇군. 시간이 늦어 얼굴만 보고 가려 했는데 내가 깨우고 말았구나."

"회의는 다 끝나셨어요?"

"대략은."

디아나가 방향을 틀어 그녀가 엎드려 잠들었던 탁자로 다시 향했다. 소파 한 귀퉁이에서 쭈그리고 잠들어 있던 제인은 어느새 방에 있는 대공을 보고 기겁했다.

찻물만 가져다 달라고 부탁해 받은 후 제인을 이만 쉬라며 돌려보냈다.

"뭐 때문에 회의하신 건지 여쭤봐도 돼요?"

"너는 몰라도……."

입을 열었던 대공이 입을 다물곤 마른세수를 했다. 머뭇거리던 대공이 이내 입을 열었다.

"……마물의 수가 너무 적다."

찻잔을 들던 디아나가 그대로 멈칫했다.

"2년 동안 대토벌을 안 했으니 수가 불어나야 하는 거 아니에요?"

"맞다."

그래서 올해 봄 토벌은 토벌단 규모도 크게 키웠었다.

"조금 이상하네요."

"큰 문제는 아니지만, 이런 경우는 처음이다 보니 신경이 쓰여서 말이다."

"아빠가 이상하다 느끼셨다면 확실히 알아보는 게 좋겠죠. 주변 영지의 상황부터 한번 물어봐요."

"그렇지 않아도 오자마자 보냈다."

"그럼 소식이 올 때까진 기다려야겠네요."

"……미안하구나."

"뭐가요?"

"토벌에서 돌아오면 함께 학술원에 가기로 했었는데 아무래도 상황을 제대로 알기 전엔 떠나기가 조금……."

답지 않게 머뭇거리는 대공님을 향해 디아나가 밝게 답했다.

"그거야 천천히 가면 되죠. 학술원이 도망가는 것도 아닌데요, 뭐."

디아나가 찻잔을 내려놓았다.

"고맙구나."

"별일이 아니었으면 좋겠네요."

야트막한 하품을 한 디아나가 대공의 팔에 머리를 기댔다. 자그마한 머리통이 닿는 느낌에 내내 신경을 예민하게 조여 왔던 긴장이 절로 풀어졌다.

안온한 평화. 이런 날들이 계속 이어지기를 바랐다.

*　*　*

하지만 그날 이후, 상황은 기이하게 흘러갔다. 주변 영지들의 상황도 비슷했다. 대공님은 다시 산맥 안쪽으로 들어가 동태를 살피기로 했다.

한 달이 넘는 일정, 이번에는 대규모로 준비했던 토벌 때와 다르게 소수 정예 기사들만 대동했다. 디아나의 얼굴에 먹구름이 가득 꼈다.

"조심히…… 다녀오세요."

"디아나."

"네. 말씀하세요."

대공님이 손짓하며 대기하던 주변의 기사들을 몇 걸음 물렸다. 대공님이 그녀를 가만히 바라보다 피식 웃었다. 믿기지 않아 눈을 부릅떴다. 그러니까 지금 이 상황에 웃음이 나온단 말야?!

"뭐랄까, 신기하군."

"뭐가요."

저도 모르게 목소리가 불퉁하게 나왔다. 대공님이 이번엔 정말로 소리 내어 웃었다.

"흠, 내가 네게 믿음을 주지 못하는가 보군."

"……?"

"나를 그렇게 진심으로 걱정하는 사람은 처음 봐서."

산맥 안쪽이라고 했지만, 정확히는 화룡 레스큐란이 죽은 지역에 가는 거다. 화룡 레스큐란이라면 노히바덴 대공가의 가문기에 그려진, 창이 박혀 죽는 드래곤이었다.

"어릴 적엔 혼자서도 가끔 가곤 했다."

"왜요?"

"편했거든. 본성보다."

그래도 나고 자랐을 집인 본성보다 마물이 득실거리는 산맥 안이 편했다니. 디아나가 입술을 깨물었다.

"그러니 걱정 말고 내가 못 미더우면 홍염의 계약자를 믿거라."

"……아빠를 믿을게요."

야트막한 한숨을 내쉰 디아나가 이내 웃는 얼굴을 내보였다. 그리 말은 했지만 정말로 걱정하지 않을 수가 없었다. 그러나 그녀가 걱정하든 하지 않든 시간은 똑같이 흘러갔다.

대공이 돌아온다 약속한 날이 얼마 남지 않았을 때였다. 디아나는 겨우내 버려둔 온실을 손보는 작업을 하고 있었다.

"피곤하세요?"

"조금 졸리네요."

"최근엔 잘 주무시나 싶더니, 또 설치셨어요?"

대공님이 떠난 초반에는 자주 잠을 설쳤었다. 디아나가 고개를 저었다.

"아뇨, 어제 이상하게 꿈자리가 사나워서……."

으슬으슬한 것이 깨어나고도 찝찝한 기분이 떨어지질 않았다.

그때 온실 유리 너머로 집사가 황급히 다가오는 것이 보였다. 순간 싸한 느낌이 발끝에서부터 타고 올라왔다.

"무슨 일이죠?"

가쁜 숨을 가다듬지도 못한 채 집사가 빠르게 말했다.

"오흐리드 대부인이 위독하시답니다."

* * *

"어머니, 디아나가 곧 도착할 테니 조금만 버티세요."

거짓이었다. 외진 곳에 있는 대공성이었다. 지금쯤 대부인의 소식이 닿은 정도일 터였다.

가느다란 숨을 몰아쉬던 대부인은 이미 말조차 하기 힘든 상태였다. 대부인의 손을 부여잡고 얼마나 있었을까, 희미한 노크 소리에 백작이 일어나 문을 열고 나왔다. 집사가 송구하다는 얼굴로 말했다.

"백작님, 방금 백작 부군께서 돌아오셨습니다."

"빨리 왔군. 어서 방으로 올라오라 전해라."

"입구에서 오발론 남작을 마주쳐 지금 소란을 중재 중이십니다. 아무래도 백작님께서 직접 나가 보셔야 할 것 같습니다."

백작이 눈을 꽉 감았다 떴다. 그리고 백작과 집사가 모두 자리를 비운 방에 누군가 거침없이 들어갔다.

방 안에는 짙은 죽음의 냄새가 났다. 세니르가 이 저택에 머문 지도 수년이었건만 이 방에 들어온 건 손에 꼽을 정도였다. 대부인을 보는 세니르의 얼굴에선 아무런 감정을 읽을 수 없었다.

긴 시간이었다. 그러나 그렇게 고대해 왔던 이 순간, 마지막 몇 걸음을 앞에 두고 그의 머릿속에 떠오르는 이는 제 부모도 아닌 다른 사람이었다.

은발에 주홍색 눈동자. 그를 볼 때마다 부드럽게 휘어지는 눈매. 오흐리드 백작이 품에 안고 고운 세상만 보여 주려 하던—

언제부터였을까. 백작의 비위를 맞추기 위해 시작했던 행동에 거부감이 사라진 것은. 정신을 차려 보니 그 또한 그녀에겐 곱고 좋은 것만을 안겨 주고 있었다.

대부인의 눈꺼풀이 느릿하게 뜨이고, 초점을 잡지 못하는 눈동자가 허공을 한참 헤매다 겨우 세니르를 향했다. 그러나 거의 시력을 상실한 대부인의 눈에는 흐릿한 윤곽만이 보일 뿐이었다.

"접니다."

대부인의 눈가가 파르르 떨렸다. 평소 대면할 일도 거의 없었던 그가 이곳에 있는 게 의아할 터였다.

"당신이 아들의 극악무도한 죄를 뒤집어씌워 죽인 랏세 르델의 아들, 이반 르델."

이 말을 할 날을 얼마나 기다렸는지.

〈다음 권에 계속〉